DROEMER

BEATE RYGIERT

Das Lied von der *unsterblichen* Liebe

ROMAN

DROEMER

Besuchen Sie uns im Internet:
www.droemer.de

FSC
www.fsc.org
MIX
Papier aus verantwortungsvollen Quellen
FSC® C083411

Umschlaggestaltung: NETWORK! Werbeagentur, München
Umschlagabbildung:
© Gettyimages/Carmen Moreno Photography
Satz: Adobe InDesign im Verlag
Druck und Bindung: CPI books GmbH, Leck
ISBN 978-3-426-28104-8

2 4 5 3 1

Für Maria Hohler

Ich setzte den Fuß auf die Luft,
und sie trug.

Hilde Domin

ERSTER TAG

1

Wenn Sie springen wollen, dann tun Sie es jetzt«, sagte Valentin zu der Frau, die ein paar Schritte von ihm entfernt in zwanzig Meter Höhe auf dem Sims balancierte. »Mehr Publikum werden Sie nicht bekommen. Worauf also warten Sie noch?«
Valentin blickte auf die Menge hinab, die sich eingefunden hatte, um einem Menschen beim Sterben zuzusehen. Sie hatten die Baustellenabsperrung niedergetrampelt, um besser sehen zu können. Jetzt kam dort unten Unruhe auf. Die Leute waren es leid, die Köpfe nach oben zu recken und darauf zu warten, dass endlich etwas passierte. Doch es sah nicht danach aus, als würde die Frau ihnen diesen Gefallen tun.
Valentin war klar, dass sie in Wahrheit gar nicht sterben wollte. Sie war verzweifelt, gewiss, aber wer war das nicht? Seit fast drei Stunden standen sie jetzt hier oben, und langsam wurde es Zeit, dem ein Ende zu setzen. Sie hatte ihm ihr Leben erzählt, es war traurig. Und unterschied sich doch nur in Details von dem, was er in den letzten Jahren zu hören bekommen hatte. Verratene Liebe. Vertane Chancen. Verlorenes Vermögen. Aber noch war sie nicht ohne Ehrgeiz: Sie wollte die Erste sein, die von dem neuen Bankgebäude sprang, das erst in sieben Tagen eröffnet werden sollte. In diesem Institut hatten sich ihre Anlagen in Luft aufgelöst. »Mein Geld«, wieder-

holte sie immerzu, »steckt in dem Stein, auf dem ich stehe.«
Sie war viel zu zornig, um jetzt schon zu sterben. Valentin sah auf die Armbanduhr. Es war Viertel vor drei. Viel Zeit blieb nicht mehr. Ein Wind kam auf, wehte ihm das Haar ums Gesicht. Die Frau schwankte, dann wurde ihr bewusst, wie schmal das Mäuerchen war, auf dem sie stand, schwankte erneut. Zum ersten Mal, seit sie hier oben waren, entdeckte Valentin Angst in ihrem Gesicht.
»Na dann«, sagte er, »war schön, mit Ihnen zu plaudern. Aber jetzt muss ich gehen. Ich habe noch eine Verabredung.«
Die Frau wandte ihm jäh ihr Gesicht zu. Es war klar, sie wollte nicht allein hier oben bleiben. Er reichte ihr seine Hand. Sie zögerte. Dann ergriff sie sie. Unten klatschte jemand Beifall, andere buhten. Valentin sah kommen, dass sie es sich anders überlegte. Trotz wallte in ihr auf. Er kannte diese Hürde. Keiner kehrt gern als Feigling ins Leben zurück. Sie zog ihre Hand aus der seinen.
»Springen«, sagte er, »springen kann jeder. Aber mit mir da runtersteigen, dazu gehört wirklich Mut. Ich bin mir nicht sicher, ob Sie den haben.«
Bockig verschränkte sie die Arme vor der Brust.
»Wie Sie wollen«, sagte er und wandte sich zum Gehen. »Aber tun Sie sich einen Gefallen: Wenn Sie springen, springen Sie richtig. Ich glaube nicht, dass es Ihnen gefallen würde, den Rest Ihres Lebens im Rollstuhl zu verbringen.«
Er ging zur Feuertür.
»Warten Sie«, rief die Frau.
Valentin öffnete die Tür. Es war besser, sie zweimal rufen zu lassen. Man sparte sich eine Menge Zeit, wenn man nicht gleich reagierte.

»Gehen Sie nicht!«, schrie die Frau.
Da drehte Valentin sich um. Er würde zu spät zu Paulas Beerdigung kommen. Aber sie war es von ihm nicht anders gewohnt.

Cora stand inmitten der Menge und verfolgte die Szene dort oben auf dem Dach des Neubaus genau. Auf dem Mäuerchen, das die Dachterrasse rund um die Glaskuppel noch provisorisch begrenzte, balancierten zwei Gestalten. Ein hagerer Mann, dessen Haar und langer Mantel im Wind flatterten, hielt die lebensmüde Frau fest an der Hand. Nach all der Zeit dort oben hatte sie begonnen, gefährlich zu schwanken.
»Ich möchte wissen«, sagte eine alte Dame neben Cora, »wie die da bloß hochgekommen ist!«
Cora kannte die Antwort. Sie war selbst schon oft dort oben gewesen. Dieser spektakuläre Neubau war ein Entwurf ihres Vaters, und sie kannte ihn in- und auswendig, das Modell hatte lange genug in HP Sternbergs Studio gestanden: ein sich verjüngender Turm mit einem schneckenförmig nach oben führenden Gang ringsherum. Der mündete ganz oben in eine Glaskuppel, die den Innenhof erhellte. Schaffte man es unbemerkt ins Innere des Gebäudes und hinauf bis unter die Kuppel, dann war es einfach, dorthin zu gelangen, wo die beiden jetzt standen. Eine Feuertreppe führte aufs Dach, die Tür war unverschlossen. Cora überzeugte sich täglich vom Fortschritt der Arbeiten. Die Handwerker kannten sie, Cora ging ein und aus, wie es ihr gefiel. Sie war es gewesen, die höchstpersönlich einen Keil in die Tür zum Dach gelegt hatte. Sie war nicht auf den Gedanken gekommen, jemand anderes könnte davon Gebrauch machen. Jemand, der keine Lust zum Leben mehr hatte.

Früher hatte Cora ihren Vater für die Kühnheit dieses Entwurfs bewundert. Ein Museum sollte es werden. Doch dann hatte Raoul ihr erklärt, dass in New York bereits ein ganz ähnliches Museum stünde, ebenso spiralförmig, ebenso weiß. Cora entdeckte es in einem Bildband in der Bibliothek ihres Vaters. »Das Guggenheim hat die Schnecke nicht für sich allein gepachtet«, entgegnete HP, als sie ihn zur Rede stellte. »Und Frank Lloyd Wright war nicht der Erste, der ...«, doch da hatte Cora bereits aufgehört, ihm zuzuhören. Die Pläne für ein Museum hatten sich zerschlagen, nun wurde eine Bank daraus. Und da fragte sich HP Sternberg, warum seine Tochter ihn verachtete.
Cora beobachtete den Mann in dem flatternden Mantel dort oben, der auf die Selbstmörderin einredete. Wie ein großer Vogel stand er dort, als machte ihm die Höhe gar nichts aus. Als wohnte er da oben und die Frau sei sein Gast. Vielleicht sagte er auch gar nichts, aus dieser Entfernung war das schwer zu erkennen. Vielleicht war es umgekehrt, vielleicht war er es, der ihr zuhörte. Menschen, die zuhören, sind viel seltener als die, die reden. Das wusste Cora, spätestens seit Raouls Tod.
»Jetzt hat der Mumm doch nicht ausgereicht, was?!«, sagte ein Mann. Er klang enttäuscht. Cora wandte sich ab. Es wurde Zeit für Paula Sontheim. Sie bahnte sich einen Weg durch all die Gaffer. Der Tod ist ein Spektakel, dachte sie. Und bis vor kurzem hatte sie über ihn nicht einmal nachgedacht.

Paula Sontheim hatte es gefallen, an einem Sonntagmorgen zu sterben. Nach dem Frühstück zog sie sich in ihr Zimmer zurück und öffnete die Schublade mit den Liebesbriefen. Sie hatte alle gesammelt, sieben Päckchen, und je nach Absender mit einem andersfarbigen Geschenkband verschnürt. Aber da war einer, den las sie immer wieder. Der gehörte zu keinem Päckchen, er war ein Einzelgänger und trug das Datum vom zehnten Oktober neunzehnhundertundsechzig.

So fand ihre Tochter sie am Abend. In ihrem Sessel, den Brief auf dem Schoß. »Liebste Paula«, las Agnes, vor Entsetzen wie betäubt, »könnte meine Liebe Dir Unsterblichkeit verleihen, ich wäre der glücklichste Mensch auf Erden …« Weiter las Agnes nicht, sie hatte begriffen, dass ihre Mutter kalt in ihrem Sessel saß, und rannte in die Küche, um die Pizza fürs Abendessen aus dem Ofen zu holen, ehe sie völlig verkohlte. Sie wusste, wie sinnlos dies war, sie ahnte, dass heute niemand mehr Pizza essen wollte, sie dachte, dass sie ihre Geschwister verständigen sollte und vor allem den Hausarzt. Zunächst aber zog sie es vor, sich am Pizzablech die Finger zu verbrennen. Vielleicht tat sie das auch, um nicht nachrechnen zu müssen, dass sie am zehnten Oktober neunzehnhundertsechzig bereits drei Jahre zählte und dieser Brief bestimmt nicht von ihrem Vater stammte.

Sie hatte sich weiße Orchideen gewünscht, und ihre Töchter taten ihr den Gefallen, auch wenn ihr einziger Sohn Paul mit den Zähnen knirschte und so pietätlos war, auf die Kosten hinzuweisen, für Blumen, die ohnehin eine Stunde später mit Sarg samt Inhalt in Flammen aufgehen würden. Er war auch der Einzige, der die halbverkohlte Pizza in sich hineinschlang, ohne zu wissen, was er tat, während seine Schwestern ein Stockwerk höher beschlossen, der Mutter die gebündelten Liebesbriefe, und vor allem jenen einen, ungelesen mit in den Sarg zu geben. So lag Paula Sontheim bereits seit dem Vormittag dieses schönen Mittwochs aufgebahrt in der Friedhofskapelle, in den gefalteten Händen einen Orchideenzweig, ein Lächeln um den eingefallenen Mund. Während Agnes' Schwester

allerdings dachte, sie ruhe auf ihren Liebesbriefen, handelte es sich in Wahrheit um die unerfreuliche Post, die Agnes von dem Scheidungsanwalt ihres Mannes erhielt. Paula Sontheim hatte ihr Lebtag nie etwas dem Zufall überlassen, und Agnes zweifelte keinen Augenblick daran, dass sie genau so, mit dem Brief in der Hand, von ihr angetroffen werden wollte. Es war eine Art Vermächtnis, und Agnes wusste es zu schätzen.
Es wurde Zeit, den Sarg zu schließen. Agnes hörte Esther aufschluchzen. Sie aber freute sich auf die Abende, an denen sie eine besonders gute Flasche Wein öffnen würde, um in aller Ruhe die Liebesbriefe zu lesen.

Feuerbestattungen mochte Cora am liebsten. In der Aussegnungskapelle lief immer dieselbe Musik, es roch beruhigend nach Pflanzen und Räucherwerk. Über dem Altar wachten zwei Engel und wiesen mit ihren Palmzweigen auf die Tür zwischen ihnen, hinter der ein mächtiges Feuer glühte. Cora wusste, der Palmzweig stand für die Wiedergeburt, denn wo auch immer man seinen Zweig in die Erde steckte, wuchs daraus ein neuer Baum. Über der Tür stieg ein Phönix aus seiner Asche auf.
Paula Sontheims Feuertaufe fiel auf einen besonders schönen Tag. Durch die geöffnete Tür spannte sich ein Streifen Sonnenlicht über den Mosaikboden, der Wind trieb ein paar früh verwelkte Blätter vor Coras Füße. Am Portal entstand Bewegung, nach und nach füllten Trauergäste die Bänke, die Musik verstummte. Und dann erschien die Hauptperson in ihrem Sarg. Cora hatte schon viele Särge gesehen, doch heute bekam sie große Augen. Dieser hier verschwand beinahe unter weißen Orchideen. Cora beneidete Paula Sontheim. Wie gerne würde auch sie in einem solchen Sarg durch die Feuerklappe fahren und durch die

Flammen gehen, gereinigt und gehärtet, wie Stahl. Denn sterben würde sie nicht, auch nicht in den Flammen, das wusste sie seit dem Unfall. Raoul war auf der Stelle tot gewesen. Sie aber war aus dem brennenden Auto gestiegen, unversehrt, als könne ihr nichts etwas anhaben. Seither träumte sie von den Flammen, trug ausschließlich Schwarz und die Runen der Unsterblichkeit an einer Kette um den Hals. Seither besuchte sie Beerdigungen. Und verstand täglich ein wenig mehr, wozu sie auf diese Erde geschickt worden war.

Es ist eine Mission, dachte sie, als Paula Sontheims Sarg zwischen den Engeln verschwand. Es muss noch mehr von meiner Sorte geben. Paula Sontheim jedenfalls, so dachte Cora, gehörte nicht dazu. Friede ihrer Asche.

Valentin kam gerade noch rechtzeitig, um Paulas Sarg zwischen den Engeln verschwinden zu sehen. Weiße Orchideen, umhüllt von einer rotglühenden Aureole. Dann schloss sich das Tor. Es war vorbei. Und obwohl er Paula seit vierzig Jahren nicht mehr gesehen hatte, obwohl sie beide in derselben Stadt gelebt hatten, obwohl er niemals mehr versucht hatte, mit ihr in Kontakt zu treten, seit sie ihn damals weggeschickt hatte, war es ihm, als habe er sie erst jetzt wirklich verloren.

Paula war Valentin die Liebste gewesen. Auch wenn sie ihr Leben lang behauptete, dieser Mensch wisse gar nicht, was Liebe sei, er sei ein sonderbares Wesen, einem Baum nicht unähnlich. Aber da Paula Bäume liebte, hatte sie nichts dagegen gehabt, seinen Sohn zur Welt zu bringen und ihrem Ehemann, dem Herrn Sontheim, als Kuckuck ins Nest zu legen.

Valentin hatte Muße genug, diesen seinen Kuckucks-Sohn zu beobachten. Er schien nicht recht bei der Sache, min-

destens dreimal sah er auf seine Armbanduhr, während seine Mutter auf ihre letzte Reise ging. Wo er wohl mit seinen Gedanken war?
Eine der Töchter sah Paula so verblüffend ähnlich, dass es ihm fast den Atem nahm. Dieselben weichgeformten Brüste. Das gleiche eigensinnige Kinn. Valentin seufzte. Von allen Frauen, die er kannte, hätte er am liebsten mit Paula seine Unsterblichkeit geteilt. Sie aber hatte ihn vor Jahren fortgeschickt, und jetzt war sie gestorben, wie alle anderen vor ihr. Während sie in den Flammen verging, wurde Valentin klar, dass auch für ihn etwas endete und etwas Neues begann. Er fror. Und obwohl er gerne ein letztes Mal in das Gesicht dieser Tochter gesehen hätte, stand er leise auf und schlich hinaus, schritt durch die aufwirbelnden Blätter den Kiesweg entlang und davon.

2

Adrian war es, als habe ein Blitz ihn gestreift. Oder eine Erleuchtung ihn durchdrungen. Oder ein Stern ihn berührt. Er fand später viele Bilder für diesen Augenblick, als er Cora zum ersten Mal sah. Aber keine Sprache dieser Welt konnte ausdrücken, was er fühlte.

Es war ausgerechnet bei der Beerdigung seiner Großmutter. Er hatte sie gemocht, die alte Dame, aber diese Zeremonie war ihm ein Greuel. Er wollte sie so in Erinnerung behalten, wie sie gewesen war, noch vor wenigen Tagen, voller Überraschungen, voller Witz, ein bisschen verrückt vielleicht, verrückt genug, um ihm Geld zuzustecken für ein neues Tattoo. Was er keinem erzählte, denn seine Mutter hätte garantiert wieder eine Bemerkung gemacht wie: »Für so etwas hat er Geld, der alte Drache, aber wenn ich sie mal um etwas bitte …«, und sein Vater, nun, den sah er ohnehin fast nie. Sein Vater war ein Spinner und Eigenbrötler, hatte sich von seiner Mutter getrennt, da war Adrian noch ein Baby. Seit er sich Adrian im Alter von fünf Jahren vor seinen Bauch geschnallt hatte, um so mit ihm von einem Steilhang zu springen und an einem Gleitschirm hängend ins Tal zu segeln, ging Adrian seinem Vater lieber aus dem Weg. Paul Sontheim sagte Sachen wie: »Du wirst nicht dadurch zum Mann, dass du dir Muster in die Haut ritzen und Metall ins Fleisch schlagen lässt.« Auf solche Bemerkungen konnte Adrian gut und gern verzichten.

So war es gekommen, dass sich Adrian seit langem, wenn auch nur in dieser einen Angelegenheit, der Meinung seiner Mutter angeschlossen hatte, nämlich dass sein Vater ein Langweiler war, der nichts anderes im Kopf hatte als das Fliegen. Mit seinem Vater konnte Adrian also nicht rechnen. Und seine Mutter ließ keine Gelegenheit aus, um ihm zu erklären, dass er ein »Unfall« war, und wäre er nicht gewesen, hätte sie diesen Spießer niemals geheiratet und ihr Leben hätte eine völlig andere, wunderbare Wendung genommen. So aber war sie verdammt, diesen kleinen Scheißer namens Adrian großzuziehen und in Haushalten putzen zu gehen, den Dreck von Menschen wegmachen zu müssen, die ihr eigentlich nicht das Wasser reichen konnten. Adrian dagegen war der Meinung, wenn eine Mutter ein »Unfall« sein könnte, dann wäre seine ein Super-GAU. Wie oft hatte sich Adrian vorgenommen, ihre Worte an sich abperlen zu lassen wie einen Regenschauer, so wie vorhin, als sie einmal wieder wegen seiner Frisur ein Theater gemacht hatte. Seine Haare waren schwarz und sie standen steil nach oben. Oma hatte sich nicht daran gestört, es wäre ihr auch heute egal. Nie würde Adrian vergessen, wie hysterisch seine Mutter reagiert hatte, als er mit seinem ersten Piercing nach Hause kam. Auch Oma hatte den Kopf geschüttelt, dann aber Kamillentee gekocht, gegen die Schwellung und damit es sich nicht entzündete. Nein, die da unter diesem Blütenberg lag, war bereits eine andere. Eine Fremde. Niemand, der ihn mehr etwas anging.

Adrian war zu der Beerdigung gekommen, obwohl er seine Mutter verachtete, die nichts anderes im Sinn hatte, als ihre Diäten, ihre Fingernägel, die bei ihren Putzjobs unweigerlich leiden mussten, ihre Haarpracht, für die sie viel zu viel von ihrem hart verdienten Geld in Beautystores gegen Pflegemittel eintauschte, und ihre Daily Soaps, nach denen sie süchtiger war, als ein Heroinjunkie es je sein könnte. Er war gekommen, obwohl er seinem Vater lieber aus dem Weg ging und davon überzeugt war, dass es seiner Großmutter vollkommen egal gewesen wäre, ob ihr Enkel bei ihrer Einäscherung dabei war oder nicht. Er war gekommen, und jetzt begriff er auch, warum: Dunkel wie ein Nachtengel saß sie im Kirchengestühl, und zunächst dachte er tatsächlich, sie sei eine Erscheinung. Dann hatte sie ihn angesehen, mit diesem Blick, so blau, so klar. Da war es passiert.

Alles an ihr war außergewöhnlich: das nachtschwarze Haar, das lang über die Kirchenbank bis fast zum Boden hinunterfiel, dicht und glänzend. Der perlfarbene Schimmer ihrer Haut, fast weiß, der schwarzgeschminkte Mund, und eben diese Augen, in dem dunkelsten Blau, das Adrian je gesehen hatte. Sie trug ein schier unglaubliches Kleid, schwarz und bodenlang und mit einem steil aufgerichteten Fächerkragen in Form von Fledermausflügeln. Auf ihrer Brust erkannte er die Rune der Unsterblichkeit. Ihre Haltung war die einer Königin – sie war seine Königin, bis an sein Lebensende würde er ihr dienen. Er starrte sie so lange an, bis sie den Kopf wandte und ihm einen Blick zuwarf, der ihm Stromstöße durch den Körper jagte. Er musste herausfinden, wer sie war, wie sie hieß, wo sie wohnte. Er musste mit ihr sprechen, ihre Stimme hören, ihr Lachen. Er konnte es nicht erwarten, bis dieser Zauber hier zu Ende war. Und gleichzeitig fürchtete er sich davor, als würde dann ein Zauber brechen.

Cora war es gewöhnt, dass man sie anstarrte. Normalerweise achtete sie nicht darauf. Aber bei diesem Jungen war es anders. Sie gehörten zu derselben Art, auch er trug

Schwarz, auch er schminkte sich bleich und umrandete seine Augen mit Kajal. Und er trug Metall an Stellen im Gesicht, wie sie es noch nie gesehen hatte.
Raoul hatte Piercings abgelehnt, darum kam es natürlich auch für sie nicht in Frage. Manche brauchen das, hatte er gesagt, manche brauchen den Schmerz. Dieser Junge da drüben schien einen gewaltigen Bedarf an Schmerz zu haben.
Als sie aus der Halle trat, hatte sich das Wetter gewendet. Wolken waren aufgezogen, und Cora beeilte sich, nach Hause zu kommen. Erst nach einer Weile bemerkte sie ihren Schatten. Er folgte ihr. Cora wandte sich um und sah ihn sich an.
Der Junge war einen halben Kopf kleiner als sie, das sah sie gleich, trotz der steil aufragenden Haarpracht. Er hatte etwas von einem herausgeputzten Igel.
»Ich bin Adrian«, sagte er und strahlte sie an.
Sie bedachte ihn mit einem langen Blick von der Sorte, die eine Menge Menschen und vor allem ihre Mutter garantiert zum Verstummen gebracht hätte. Dieser Adrian schien unter ihm zu schrumpfen, ein interessantes Phänomen. Er wollte noch etwas sagen, setzte an, ließ es dann bleiben.
»Auf Wiedersehen, Adrian«, sagte sie würdevoll und wandte sich ab. Wer ihren Blick nicht aushielt, mit dem verlor sie keine Zeit.

Paul Sontheim war enttäuscht. Gerne hätte er mit seinem Sohn, den er kaum zu Gesicht bekam, gesprochen, auch wenn er nie die richtigen Worte zu finden schien, so fremd waren sie sich. Doch kaum war die Zeremonie zu Ende gewesen, war Adrian davongerannt, als sei der Leibhaftige hinter ihm her. Zugegeben, auch er hatte wie auf Kohlen gesessen. Seit einer halben Stunde sollte er bereits auf dem

Wiesengrundstück hinter dem Auwäldchen sein. Es war typisch für seine Schwestern, ihn mit dem Einäscherungstermin vor vollendete Tatsachen zu stellen. Keine von beiden war auf die Idee gekommen, ihn zu fragen, ob er überhaupt Zeit habe, sie behandelten ihn immer noch als den kleinen Bruder, der er war und bleiben würde, auch wenn sie alle drei einmal im Seniorenheim aus Schnabeltassen trinken würden.

»Wo ist Adrian denn hingerannt?«, fragte Paul seine geschiedene Frau. Sandra sah ihn an, als wisse sie nicht, von wem er sprach, als könne sie sich nur mit Mühe daran erinnern, wer er überhaupt sei, und zuckte mit den Schultern. Na wunderbar, dachte Paul. Was für eine Familie. Er verabschiedete sich mit einem Knurren von seinen Schwestern, stieg in seinen alten, lehmverspritzten Landrover und fuhr davon.

Warum nur hatte er immer das Gefühl, eigentlich nicht dazuzugehören? Warum konnte er keine Ähnlichkeiten zwischen sich und seinen Schwestern entdecken? Selbst seine Mutter hatte ihn zeit ihres Lebens so behandelt, als gehöre er nicht wirklich zu ihr, auch wenn sie alles dafür tat, es ihn nicht spüren zu lassen. Wirklich etwas vorwerfen konnte er Paula nicht, sie hatte sich bemüht, gerecht zu sein, aber Kinder haben eine Antenne fürs Anderssein, und Paul hatte in dem Frauenhaushalt, zu dem sein Zuhause nach dem Tod des Vaters geworden war, nie seinen Platz gefunden.

Wie immer, wenn er es eilig hatte, schaltete jede Ampel auf Rot. Er konnte nur hoffen, dass die Jungs heute einen guten Tag hatten. Vielleicht verspäteten sich seine Kunden, irgendein Wunder musste ihn jetzt retten.

Als Paul auf das Wiesenstück fuhr, atmete er auf. Der Korb stand an Ort und Stelle, die Gasflaschen bereit. Die Ballonhülle war ausgelegt und ordnungsgemäß vertäut.

Bernd pumpte gerade Luft in den Mund des Ballons, während seine Freunde ihn geöffnet hielten. Schon kam Leben in die riesige Blase, und die Männer hatten alle Hände voll zu tun, sie festzuhalten.

Paul sprang aus dem Wagen und begrüßte Bernd und seine beiden Kumpel, die ihm mal wieder aus der Patsche halfen. Dabei versuchte er nicht daran zu denken, dass es fremde junge Männer waren, die ihm halfen, und nicht etwa sein eigener Sohn. Adrian, der herumlief wie eine Figur aus der Horrorshow und sich Metall in den Körper schlagen ließ, als büße er für die Sünden seiner Altvorderen. Adrian, dem es schwindelig wurde, wenn er sich höher als einen Meter über dem Erdboden befand. Der unter Flugangst litt und sich weigerte, den Korb zu betreten. Adrian, der …

»Soll ich vorglühen, oder machst du das?«

Paul kehrte zurück in die Gegenwart und kümmerte sich um seinen Ballon. Erwärmte sich die Luft im Innern, richtete sich die Hülle nach und nach auf. Immer wieder war das ein Moment, der sein Herz höher schlagen ließ: der Augenblick, wenn sein Ballon erwachte. Er war bunt, in allen Regenbogenfarben reihte sich eine Stoffbahn an die andere, es war der schönste Ballon, den er je gesehen hatte, und er gehörte ihm.

»Es sollte mich eigentlich nicht wundern«, hatte Paula gesagt, als sie den Ballon zum ersten Mal sah, »dass es dich in die Lüfte zieht. Wirklich nicht. Tut mir leid, mein Sohn, aber ich kann in so etwas nicht mitfliegen.«

»Das heißt fahren, nicht fliegen«, hatte er patzig geantwortet.

Warum zum Teufel wunderte sie sich nicht? Was sollte das schon wieder bedeuten? Konnte er sie denn mit nichts überraschen? Doch er hatte es aufgegeben zu fragen.

Denn eine vernünftige Antwort, eine, die für ihn einen Sinn ergab, hätte er auch dieses Mal von seiner Mutter wohl kaum bekommen.
Sie hatte Wort gehalten und war nie in den Korb gestiegen. Und wenn er zu sich ehrlich war, bedeutete dies, nach allem anderen, die größte Enttäuschung, die Paula ihm in seinem Leben bereitet hatte.
Jetzt stand die Hülle über dem Korb wie ein bunter, leuchtender Pilz. Auch wenn sich außer ihm niemand aus seiner Familie etwas aus der Luftfahrt machte, Paul war das egal, sobald er festen Grund unter den Füßen verlor. Befand er sich erst einmal dort oben, fiel alles von ihm ab. Mutwillig zog und zerrte der Ballon an dem fest in der Erde verankerten Korb.
»Da sind sie«, rief Bernd, der noch immer die Leine hielt, die ganz oben am Scheitelpunkt des Ballons festgemacht war.
Ein Wagen näherte sich über den Feldweg. Jemand würde gleich eine Geburtstagsüberraschung bekommen. »Eine unvergessliche Fahrt im Heißluftballon«, so stand es in seinem Prospekt. Paul lud die Kühltasche mit dem Sekt und den Gläsern in den Korb. Er war so weit. Die Fahrt konnte beginnen.

Zu Hause sah Cora in der Garage nach dem Lexus ihres Vaters. Er war nicht da. Sie ging ins Studio und betrachtete das Modell. Sie holte die Baupläne aus der Hülle und breitete sie aus. Dort, in dem schneckenförmig sacht ansteigenden Gang sollten wechselnde Ausstellungen stattfinden, denn der Bankdirektor war ein begeisterter Förderer der Kunst.
»Banken sind heute das, was früher Fürstenhäuser waren«, hatte ihr Vater einmal gesagt.

»Vielleicht sollte Cora ihm einmal ihre Mappe zeigen!«, hatte ihre Mutter eingeworfen, mit der ihr eigenen Art zu sprechen, forsch den Satz beginnend, um dann immer leiser zu werden und am Ende zu verhallen. Coras Vater bedachte seine Frau mit einem Blick, der seine Tochter noch mehr gegen ihn aufbrachte. Aber hatte er nicht recht? Wenn sie doch nur ein einziges Mal das, was sie meint, laut und bestimmt vertreten würde, dachte Cora. Sie wusste oft nicht, auf wen sie zorniger sein sollte, auf ihren anmaßenden Vater oder ihre mausartige Mutter.

Coras Mappe hatte ihr Vater noch nie zu Gesicht bekommen, und das würde auch so bleiben. Er würde sagen, dass sie das Talent von ihm habe, und dann auf jedem Blatt etwas kritisieren. Die schlimmste Vorstellung allerdings war, er würde verstehen, was sie da zeichnete. Doch das war undenkbar. Die Welt ihres Vaters war zentrisch auf ihn selbst ausgerichtet, und alles, was sich außerhalb dieses Universums befand, existierte einfach nicht. Wer nicht so war wie er, war nichts anderes als ein Fixstern, der am Horizont verglühte. So wie Raoul, der gewagt hatte, anders zu sein.

Cora hatte lange gebraucht, um das zu erkennen. Früher, da hatte sie ihren Vater abgöttisch geliebt. Es gab eine Zeit, da saß sie nachmittags in seinem Studio und bastelte Feenbehausungen aus Balsahölzern. Damals war ihr Haar noch schokoladenfarben, und sie trug Latzhosen und bunte T-Shirts. Damals war sie noch ein Kind, und Raoul lebte in einer anderen Galaxie. Damals war sie die Sonne im väterlichen Universum, so strahlend, dass ihre Mutter eifersüchtig auf sie war. Heute war das nicht mehr nötig. Heute bettelte ihre Mutter darum, dass sie sich mit ihrem Vater versöhnte.

»Mama«, sagte Cora dann grausam, »du solltest dich sehen, du würdest dich schämen.«

Als schämte sich ihre Mutter nicht schon genug.
Mit Hilfe eines Stücks Bindfaden maß Cora die Länge des spiralförmigen Ganges von unten bis hinauf zu der Kuppel. Sie verglich das Ergebnis mit den Plänen, notierte sich Zahlen auf einem Zettel. Der Fußboden, so hatte ihr Vater stolz erklärt, würde mit dem Holz alter Schiffsrümpfe belegt, die hätten exakt die richtige Wölbung für den sanft gerundeten Gang. Es sei doch ausnahmsweise mal eine Freude, für einen Auftraggeber zu arbeiten, der sich für solche Ideen begeistern könne und nicht dauernd auf dem Geldsäckel saß. Auch Cora freute sich über diese gute Nachricht, doch aus anderen Gründen.
Sie rollte die Pläne wieder auf. Stellte alles zurück an seinen Platz und verschwand aus dem Studio. Lautlos glitt sie durch den Gang hinüber in ihr Reich. Sie schlug ihr Tagebuch auf. Übertrug die Zahlen. Verglich sie mit anderen. Dann zog sie sich um für das Abendessen. Hungrig war sie nicht. Und doch würde sie sich an diesen Tisch setzen, Abend für Abend. Ein selbstauferlegtes Ritual, um ihre Eltern zu strafen.

HP Sternberg würde es niemals zugeben, aber er fürchtete sich vor diesen Abendessen. Immer öfter aß er auswärts, traf sich mit Auftraggebern und Kollegen. Und doch zog ihn ein ihm rätselhafter Magnetismus zurück an den Tisch aus antikem Treibholz, auf den er so stolz war wie auf alles in diesem Haus, und bis vor kurzem auch auf seine Tochter.
Es hatte eine Zeit gegeben, da erschien sie ihm als ein Teil von ihm selbst. Diese Zeit musste enden, das sagte auch der Therapeut, zu dem ihn seine Frau einmal schleppte, damals, nach der Sache mit Raoul. Eine junge Frau muss sich von ihrem Vater lösen, soll sie eine normale Entwick-

lung nehmen, und dieser Lösungsprozess sei mitunter schmerzlich. Auf die Sache zwischen Cora und Raoul wollte der Therapeut nicht eingehen, auch verriet er nicht, was Cora ihm anvertraute, während der vielen Sitzungen, die sie bei ihm hatte. Nur das eine sagte er immer wieder: dass es das Beste sei, sie in Ruhe zu lassen. Und wenn sie mit ihm nicht sprechen wolle, dann müsse er das akzeptieren. Eines Tages sei auch diese Phase vorüber. HP Sternberg wartete nun schon fast ein Jahr darauf.

Er hätte nie gedacht, dass ihm das derart zusetzen könnte. Sie saßen täglich am selben Tisch, und das Schweigen seiner Tochter war wie das unaufhörliche Wasser eines stillen Stroms, er konnte direkt fühlen, wie es ihn aushöhlte, inwendig. Er wollte zornig auf sie sein, aber das gelang ihm nur, wenn sie nicht da war, und selbst dann nur für Augenblicke. Dann richtete sich seine Wut gegen Raoul, der die Schuld an allem trug. Kann man auf einen Toten zornig sein? Man kann.

Es dämmerte bereits, als er seinen Lexus den Hügel hinaufsteuerte. Dies war einer jener Tage, auf die er gut und gern verzichten konnte. Drei geschlagene Stunden hatte eine Lebensmüde auf seinem Neubau gestanden, der Himmel allein wusste, wer die Feuertür zum Dach offen gelassen hatte, die Polizei stellte allerhand Fragen, auf die er keine Antworten hatte. Den Bauleiter in Grund und Boden zu brüllen hatte ihm nur vorübergehend Erleichterung verschafft. Bis der behauptete, dass sich seine Tochter ständig in dem Neubau herumtrieb.

Ausgerechnet Cora. Was hatte sie dort zu suchen? Hatte sie den Keil in die Tür gelegt? Aber wozu? Es war ihm klar, dass er von ihr keine Antwort bekommen würde.

Er schob den Gedanken von sich. Warum sollte ausgerechnet Cora etwas damit zu tun haben. Und auf einmal

war da eine klitzekleine Freude in ihm: Cora interessierte sich also doch noch für ihn und seine Arbeit. Sie wollte es ihm nicht zeigen, und doch nahm sie heimlich Anteil am Fortschritt des Neubaus. Sie wusste so gut wie er, dass dies ein Höhepunkt in seiner Laufbahn war, jahrelang hatte er dafür gekämpft, diesen Entwurf umzusetzen. Ob Museum oder Bankgebäude, ihm war das egal. Was war daran so schlimm? Auch die Medici waren Banker gewesen, Michelangelo hatte sich daran nicht gestoßen. Eines Tages würde Cora verstehen, wie die Dinge liefen, und eines Tages würde sie wieder sein kleines Mädchen sein.
Er bog in die Auffahrt zu seinem Haus ein, da hatte er ihn auch schon auf der Motorhaube. HP Sternberg fluchte, trat auf die Bremse. An seiner Windschutzscheibe klebte ein Gesicht, das vor Piercings nur so strotzte. HP sprang aus dem Wagen, zog den Jungen vom Kotflügel. Der Bursche keuchte, hielt sich die Hüfte. Schwarzlackige Igelhaare standen in allen Richtungen von seinem Kopf.
»Alles in Ordnung?«
Keine Antwort. Der Junge musste ein Freund von Cora sein, er sah aus wie ihr männliches Gegenstück aus einem dieser Dämmerungs-Horrorstreifen, die so in Mode waren.
»Tut dir was weh?«
Der Junge tat einen Schritt, knickte mit dem Bein ein, stürzte beinahe, stützte sich schwer auf dem Lexus ab. HP verschluckte einen weiteren Fluch, als er die Dellen in der Motorhaube entdeckte. Wusste dieser Knabe eigentlich, was er da anrichtete?
»Komm mit«, sagte er und griff dem Jungen unter die Achseln. »Ich nehme dich mit ins Haus. Dann rufen wir einen Arzt.«
Er beförderte den Jungen ins Auto. Brauste die Auffahrt hinauf. Besser, er brachte ihn nicht ins Krankenhaus.

Besser, es gab heute nicht noch mehr Schlagzeilen mit HP Sternbergs Namen darin.
»Schwarze Kleidung in der Dämmerung«, sagte er anklagend, »wie soll man dich da sehen! Was treibst du eigentlich hier oben? Wolltest du zu Cora?«
Der Junge schwieg. Saß auf dem Beifahrersitz wie ein Häufchen Elend. Hoffentlich hatte er sich nichts gebrochen. Das hätte HP Sternberg gerade noch gefehlt.

Adrian glaubte zu träumen, als er aus dem Aufzug humpelte. An einem gewaltigen Tisch aus dunkel gemasertem Holz, erleuchtet von Kerzen, saß sie, und sie schien kein bisschen erstaunt, ihn zu sehen.
»Hey, Adrian«, sagte sie, »du blutest ja!«
Es war ihm egal, dass an seinem Mundwinkel ein paar Tropfen Blut hingen. Den Schmerz in der Hüfte und im Knie fühlte er nicht mehr. Er konnte nicht glauben, welches Glück ihm widerfuhr, während ihre Mutter ihn auf einen Stuhl drückte und nach einer Kompresse für seine Lippe lief, und ihr Vater mit einem Arzt telefonierte. Von ihm aus hätte er ihn zum Krüppel fahren können, Hauptsache, er hatte es geschafft, in ihre Nähe zu gelangen.
Das königliche Kleid hatte sie abgelegt, sie trug ein schwarzes T-Shirt und schwarze Jeans, das lange Haar umhüllte wie ein Schleier ihre Schulter und Brust. Sie war so schön, dass ihm schwindelig wurde, er klammerte sich an die Tischkante, als sei er ein Ertrinkender und sie die rettende Planke. Eine Welle ergriff ihn, spülte ihn vom Stuhl.
»Hey, Adrian …«, hörte er ihre Stimme. Er fühlte, wie ihr Haar sein Gesicht streifte. Sie hatte sich seinen Namen gemerkt. Er war der glücklichste Mensch auf Erden. Dann kam eine zweite Welle und riss ihn hinweg.

3

Ellen Sternberg war ihrer Tochter dankbar dafür, dass sie den Krankenwagen rief, auch wenn HP noch so tobte. Sie hatte genug von tödlichen Unfällen, es kam nicht in Frage, dass dieser Junge auf ihrem Teppich starb. »Schließlich hast du ihn angefahren«, wollte sie sagen, aber sie brachte es nicht über die Lippen. Es hätte ohnehin keiner gehört, so wie alles, was sie sagte, ungehört verhallte.

Als die Sanitäter kamen, hatte Cora sich bereits ihr Cape geholt. Sie würde mitfahren, Ellen hatte nichts dagegen. HP war in sein Studio gestürmt und hatte die Tür hinter sich zugeknallt.

So blieb sie allein zurück. Setzte sich an den gedeckten Tisch. Auch wenn sie alle drei hier saßen, war er viel zu groß. Sie hatte Filets von Lachsforellen mariniert, Kartoffel sautiert und Rote Bete zu Schaum gerührt. Ellen räumte die Teller ab, sammelte das Besteck ein, blies die Kerzen aus. Sollte doch jemand Hunger bekommen, fände er alles in der Küche. Sie löschte das Licht, stand unschlüssig am Fenster.

Ellen Sternberg wusste, dass sie versagt hatte. Sie beteuerte es jede Woche aufs Neue ihrem Therapeuten. Und das seit neun Monaten, ohne dass es ihr Erleichterung verschaffte. Sie war an allem schuld, daran war nichts zu ändern. Darum hatte ihre Stimme beschlossen, sich nach und nach zu verabschieden, kaum begann Ellen einen Satz, wurde sie schwächer und schwächer, das letzte Wort war stets kaum mehr als ein Hauch. Ellen war sich sicher, dass das mit der Stimme nur der Anfang war. Allmählich würde sie selbst verschwinden, sich auflösen ins Nichts. Und dann wäre alles überstanden, denn ein Nichts trifft keine Schuld.

Schlimmer als das Unverständnis ihres Mannes empfand sie die Verachtung ihrer Tochter. Die hatte beschlossen zu schweigen, das Mädchen besaß den stärkeren Charakter, auch daran war nichts zu ändern. Obwohl sie Cora zur Welt gebracht hatte, war sie für Ellen ein unbegreifliches Wesen, erst recht nach ihrer Verwandlung in die Gothic Queen, die sie eines Tages beschlossen hatte zu sein.

Eines Tages. Als ob das irgendwann gewesen wäre. Sie wurde es an jenem Tag, als in ihr, Ellen, alle Freude erlosch.

Sie hatte Raoul unter Schmerzen geboren. Und ganz allein. Oder jedenfalls fast. Sie wäre um ein Haar in jener Nacht in der Bahnhofstoilette gestorben, wäre nicht die Frau gewesen, eine echte Matrone in der hellblau-weiß gestreiften Kittelschürze des Reinigungspersonals. Ellen wusste bis heute nicht, in welcher Sprache die sie anschrie, während sie auf ihren Bauch drückte, bis das Kind endlich aus ihr heraus war. Dann riss sie Ellen das T-Shirt mitsamt BH hoch und legte ihr das Kind, blutig und verschmiert, wie es war, ungefragt an die Brust. Und obwohl sich Ellen dagegen wehrte, erhielt ihr Leben, das bislang in unkontrollierten Schlingerbewegungen über die Autobahn des Schicksals gerast war, eine neue Richtung. Ihr Kompass hieß von nun an Raoul.

Sie spülte unter Schmerzen alle Gifte aus ihrem Körper, bis sie sauber war. So sauber wie ihr Baby. Sie besuchte eine Schule und machte Abitur. Raoul kam in die Kinderkrippe. Sie begann zu studieren, nicht Pädagogik und nicht Sozialwissenschaften, wie man ihr nahelegte, sondern Architektur. Raoul ging in den Kindergarten. Weil das Geld niemals reichte, suchte sie einen Job. Sie ging nicht putzen und sie machte nicht auf Tagesmutter, sondern bewarb sich in einem Architekturbüro. Dort traf sie HP Sternberg. Und von da an begann ihre Kompassnadel zu flackern.

HP Sternberg sagte, ein guter Architekt wird man nicht an der Universität, entweder man hat es im Blut oder nicht. Sie, Ellen, habe das Zeug in den Adern, und wenn sie sich anstrenge, könne sie eines Tages Partnerin werden. Ellen schmiss ihr Studium und schuftete Tag und Nacht in HP Sternbergs Büro. Raoul spielte mit Abfällen aus Styropor und baute seine eigenen Modelle. Mehr als einmal schlief er unter ihrem Tisch ein.

HP Sternberg sagte, ein guter Architekt ist frei im Denken und Handeln, er ist Herr über seine Zeit, und unter dem Zeichentisch schlafende Kinder gehörten nicht in dieses Konzept. Ob der Junge keine Großmutter habe oder wenigstens einen Babysitter, sie müsse sich entscheiden zwischen Karriere und Kind.

Da bäumte sich ihr Trotz noch einmal auf, sie kehrte dem Büro den Rücken, schrieb sich wieder an der Fakultät ein, versuchte sich als Tagesmutter und Putzhilfe. Doch an der Uni hatte sie den Anschluss verloren, ihr Professor schien sie für ihre frühen Erfolge abzustrafen, die fremden Kinder waren anders als Raoul, sie schrien und zankten, und Ellen bekam Migräne und Tobsuchtsanfälle. Abends, wenn die Kinder zu Hause waren und Raoul in seinem Bettchen schlief, wie es sich gehörte, da wanderten ihre Gedanken im Kreis. Und sie focht schwere Kämpfe aus,

um nicht wieder Trost zu suchen bei irgendeinem Gift, in flüssiger, fester oder pulverisierter Form.
Bis das Telefon klingelte und HP Sternberg sie fragte, ob sie. Ob sie nicht. Ob sie nicht doch. Er vermisse sie. Ihr kamen die Tränen. Sie zerschmolz in seinen Armen. HP Sternberg sagte: »Es gibt für alles eine Lösung.« Dieser Satz schien ihr der rettende Anker.
Raoul sagte, das Internat sei ganz okay. Es sei nicht nötig, an den Wochenenden nach Hause zu kommen, er bliebe lieber dort. Nach Hause, das war ein Ensemble aus gläsernen und steinernen Kubi, die auf den Hang hingewürfelt schienen. Es war ein alter Entwurf von Ellen, noch aus ihren Studentenzeiten, dennoch nahm es in der offiziellen Werkliste ihres Mannes einen obersten Platz ein. Ihr war es gleichgültig. Sie war wieder schwanger. Es waren ihre glücklichsten Jahre. Das sagte sie dem Therapeuten. Der schaute skeptisch. Aber das tat er eigentlich immer.
Coras Geburt war ein Kinderspiel, innerhalb von zwei Stunden glitt die Kleine ordnungsgemäß aus Ellen heraus. HP Sternberg, der als aufgeschlossener Vater bei der Geburt dabei war, nahm das Neugeborene der Hebamme aus dem Arm und nabelte seine Tochter eigenhändig von der Mutter ab. Cora war allergisch gegen Ellens Milch, und HP Sternberg bestand darauf, ihr die Flasche zu geben. Coras Wiege stand in seinem Studio, und statt in den Kindergarten zu gehen, saß sie später an seinem Tisch und spielte mit Klötzchen, Bäumen und Männchen, die er für die Modelle benutzte. Ellen dachte an Raoul. Sie vermisste ihn. Sie fühlte sich ausgeschlossen und hatte immer öfter das Gefühl, dass HP und Cora mitten im Satz aufhörten zu reden, wenn sie das Studio betrat. Da war Cora acht, trug Latzhosen und bunte T-Shirts.

Raoul war im Ausland, zum Studieren. HP war alles andere als geizig, wenn es darum ging, ihren Sohn so weit wie möglich wegzuschicken. Ihm eine Perspektive bieten, nannte er das. Andere junge Männer würden sich alle zehn Finger danach lecken, an Universitäten wie Yale oder Berkeley zu studieren. Es gab noch andere Sätze, über die Ellen stolperte. Zum Beispiel der: Ein gutes Studium ist die beste Visitenkarte für die Zukunft. Ohne Abschluss bist du heutzutage doch nur ein halber Mensch.
Ein halber Mensch braucht dringend etwas, worauf er sich stützen kann. Ellen fand Trost bei alten Freunden in flüssiger, später in pillenförmiger Gestalt.
Cora war dreizehn, als Raoul endlich nach Hause kam. Er hatte sie einmal als Baby gesehen, ihre Existenz aber offenbar vergessen. Er schien höchst erfreut, eine kleine Schwester zu haben. Ellen verschlug es die Sprache, als sie ihren Sohn wiedersah. Sie wäre an ihm vorbeigegangen, hätte sie ihn zufällig auf der Straße getroffen. Er war groß, hatte sein Haar schwarz gefärbt, trug einen taillierten Ledermantel, der ihm bis an die Knöchel reichte, und auch sonst sah er aus wie Neo in »Die Matrix«. Dieselbe blasse Stirn. Derselbe Blick, der durch die Materie hindurchzugehen schien. Seine tiefgrünen Augen umrahmte er dezent mit Kajal. Der Nagel seines kleinen Fingers war stets lackiert. Ellen konnte fühlen, wie sich ihrem Mann die Nackenhaare aufstellten. Doch Raoul war das gleichgültig. Er kam und ging, wie es ihm passte. Und immer hatte er Cora im Schlepptau.
Auf einmal waren Ellen und HP wieder allein, nach all den Jahren. Sie nahm allen Mut zusammen, und eines Abends fragte sie ihn. Ob er. Ob er nicht. Ob er nicht vielleicht auch. Sie vermisse ihn. Er sah sie an, als habe sie den Verstand verloren. Kurz darauf begann er ein Verhält-

nis mit einer Praktikantin. Ellen wusste es genau, sie hatte viel Zeit und sich angewöhnt, HP zu überwachen. Damals wünschte sie sich eine Katastrophe herbei. Sie wusste nicht genau, wie die aussehen sollte, und sie verbrachte viele Abende damit, sie sich auszumalen. Eine Katastrophe. Mit Toten. Wenn sie ganz allein auf dem maßgefertigten Designersofa lag, sah sie irgendwann nur noch Flammen.

Darum war sie es, die Schuld hatte. Sie hatte es heraufbeschworen. Statt sich um ihre Kinder zu kümmern, hatte sie die Mächte der Hölle beschworen. Der Therapeut blickte wie immer skeptisch drein. Ellen begriff, dass auch von dieser Seite keine Rettung kam.

Sie stand am Fenster, unter sich die Lichter der Stadt. Aus dieser Dächerlandschaft ragten nur drei Spitzen hervor. Der Turm der Michaelskirche. Das Hochhaus. Und seit neuestem das neue Bankgebäude.

Ellen erwog, HP in seinem Studio aufzusuchen. Mit ihm zu reden. Doch was sollte sie sagen? Welche Worte finden, die nicht in ihrem Hals erstarben? Es hatte keinen Zweck. Und langsam reifte in ihr ein anderer Gedanke.

4

Könnte meine Liebe Dir Unsterblichkeit verleihen, ich wäre der glücklichste Mensch auf Erden. Du bist die Einzige, mit der ich die Zeit vergesse, die Endlichkeit, die Dir bestimmt ist und Dich eines Tages von meiner Seite reißen wird. Du ahnst ja nicht, was das für mich heißt. Du sagtest neulich, Du wüsstest nicht, ob Du mich wegen meines Andersseins lieben oder fürchten solltest. Nun, eine Frau wie Du kennt keine Furcht, also musst Du mich lieben. Warum ich anders bin? Weil ich den Tod nicht zu fürchten brauche. Nicht meinen eigenen, aber Deinen schon. Eines Tages wird er kommen, und wir werden Dich unter weißen Orchideen begraben, so wie Du sie liebst und nie genug von ihnen bekommen kannst. Und ich werde weiterleben, an Dich denken, Dich vermissen, immer, in alle Ewigkeit. Der schlimmste Fluch ist nicht das Weiterleben, sondern das ständige Wissen darum, das Wissen um die künftige Einsamkeit, was mir jede Sekunde des Glücks schmälert. Ja, es ist absurd, denn haben nicht viele Dichter genau das Gegenteil bezeugt, dass es nämlich gerade die Endlichkeit ist, die den Menschen das Glück zu einem gläsernen Tagtraum werden lässt? Wer zuzugreifen wagt, dem zerbricht es in der Hand. Ich aber fand heraus, dass die Unsterblichkeit den Menschen viel weiter vom Glück entfernt, denn er selbst mag unsterblich sein, doch die Augenblicke des Glücks müssen vergehen. Die Vergangenheit wird immer größer und die Zukunft unabsehbar. Das ist es, was mich anders macht. Aber das ist es auch, was Du liebst. Also darfst Du mich ruhig gleichzeitig fürchten und lieben und das völlig ohne Widerspruch, und ich werde Dich lieben und dabei Glück und Pein empfinden, ebenfalls gleichzeitig, und auch dies ist kein Widerspruch, sondern das Geheimnis unserer Liebe, der Liebe überhaupt, denn sterblich oder unsterblich, es macht in der Liebe keinen Unterschied, wo die Zeit ihre Dimension verliert, das Sterblichkeitsgen einige göttliche Momente lang außer Kraft tritt, wir aus dem Jetzt und Heute fallen, aus uns heraustreten, eins werden und eins bleiben, in einem anderen, der Zeit nicht unterworfenen Universum.

Auf diese Weise, liebste Paula, liebe ich Dich, und gehören wir auf dieser Sterblichkeitserde auch verschiedenen Universen an, wandle ich auf dünnem Seil und Du als Familienmutter auf festem Grund, so ist doch das eine wie das andere Illusion, und mein Seil ist ebenso festgegründet wie Deine Wirklichkeit, in der sich täglich die Dinge verschieben und nur Du allein weißt, welche Wurzeln Deine Baumkinder haben, Dein Leib so offen wie ein unumzäunter Garten, in den die Vögel ihre Nester bauen und der Wind Blütensamen aus den entlegensten Gegenden trägt. Gott segne die Gastfreundschaft Deines Leibes und die Empfänglichkeit Deines Geistes, und ich wäre, wie gesagt, der glücklichste Mensch auf Erden, könnte ich Kraft meiner Liebe diesem Wachsen und Gedeihen, Hingeben und Empfangen, Umfangen und Umfassen so etwas wie Ewigkeit verleihen, so wie sie, völlig unverdient, mir verliehen wurde. Aber ich bin nur ein armer Akrobat, der versucht, seinen Anteil am Unterhaltungswert dieses Daseins zu liefern, und als solcher bin ich willens und bereit,

auch bei Dir mein Alleräußerstes zu geben, damit die gemeinsam verbrachten Stunden Dir ewig in Erinnerung bleiben, als etwas, was aus der Zeit herausgefallen und somit gleichsam Ewigkeitscharakter erlangte.
Dein Dich ewig liebender V.«

Agnes war sich nicht sicher, ob sie alles verstand, was sie da las. Aber es gefiel ihr, sie hatte noch nie so etwas Verrücktes gelesen. Sie entschied, dass dies Anlass für einen besonders edlen schottischen Whisky war, einer von den Inseln, wo sie einst ihre Flitterwochen verbracht hatte. Die Ehe war zerbrochen, ihre Vorliebe für dieses Getränk, das sie damals für sich entdeckt hatte, geblieben. Und während sie die sonnenhelle Flüssigkeit sorgfältig in ihr Lieblingsglas goss, wirbelten Sätze aus dem Brief durch ihren Kopf wie Lichtreflexe eines Kaleidoskops. Es ging um Leben und Sterben und Unsterblichkeit und natürlich um Liebe. Agnes konnte nicht umhin, ihre Mutter zu beneiden. Dann fiel ihr ein, wie seltsam es doch war, dass Paula ausgerechnet diesen Unsterblichkeitsbrief in den Händen hielt, während der Tod zu ihr kam. Ihre Mutter hatte ihr Leben lang nichts dem Zufall überlassen, wäre es möglich, dass sie auch im Sterben das Heft in der Hand behielt?
Agnes nahm einen Schluck, schickte ihn langsam über die Zunge, den Gaumen entlang in den Rachen und die Speiseröhre hinunter. Genoss die prickelnde Schärfe, die Entfaltung der Aromen von Meersalz und verbranntem Torf, ihre Wandlung und Flüchtigkeit. Wenn die echte Liebe durch ihre Vergänglichkeit derart Schmerzen verursachte, gerade aufgrund ihrer Flüchtigkeit, war es nicht besser, solche Momente wie diesen ganz allein zu genießen, der gerade auf der Freude am Sich-Verflüchtigen gründete?

Vielleicht war sie einfach zu bodenständig für derartige Geistesflüge.
Dennoch setzte sie sich und nahm den Brief erneut zur Hand. Sie besah sich den letzten Teil. Wie schade, dass dieser Liebesakrobat der Flüchtigkeit nur mit einem Buchstaben signiert hatte. Sie betrachtete den Anfang: Für einen Menschen, der die korrekte Zeitmessung so wenig schätzte, hatte er den Brief ziemlich buchhalterisch datiert, nämlich auf den 10. Oktober 1960 um 22.47 Uhr. Ihre Mutter war damals fünfunddreißig gewesen. Im Januar darauf war ihr Bruder Paul zur Welt gekommen.

ZWEITER TAG

5

Seit jener Sache im Krieg wusste er es. Um ihn explodierte die Erde. Sein Mantel war durchlöchert wie ein Sieb. Eine Kugel traf ihn, doch statt ihn zu töten, schmiegte sie sich an den Muskel seines Herzens. Er lebte mit ihr, als sei sie ein Teil von ihm. Die Ärzte hielten ihn für ein Wunder.

Danach balancierte er mit Eleganz auf dem Drahtseil des Lebens. Das Geheimnis war: Er kannte keine Angst. Denn die Angst ist ein Kind des Todes, und da er unsterblich war, fand sie nicht den Weg in sein Herz. Ebenso wenig wie die Kugel. Aber auch nicht die Liebe. Denn die Liebe ist ein anderes Kind des Todes. Wer weiß, dass er sterben muss, klammert sich an den nächstbesten anderen, wärmt sich an seinem Blut, das heiß ist vor Angst. Sein Blut war kühl. Die Frauen warfen es ihm vor. Doch er wusste, es kam allein von der Unsterblichkeit.

Er hatte sie nun alle überlebt, Paula war die Letzte. Und er begann sich zu fragen, was er anfangen sollte mit diesem Übermaß an Leben. Es war besser, er sprach nicht darüber. Und doch. Es musste noch mehr von seiner Sorte geben. Er war fünfundachtzig, als ihm dieser Gedanke kam.

Als dieser Gedanke sich bei ihm einstellte, saß er auf seinem Stammplatz im Café Stadler. Es war der schönste Tisch im Haus, und niemand wagte es, ihm den streitig zu machen. Manchmal gesellte sich der Clown zu ihm, der draußen in der alten Papierfabrik wohnte. Einen Winter lang waren sie im selben Zirkusprogramm aufgetreten. Doch die Manege war nichts für Valentin, er war lieber für sich allein.

Ja, dachte Valentin an jenem Nachmittag, es sollte doch mit dem Teufel zugehen, wenn es nicht mehr von meiner Sorte gäbe. Er hatte gerade den Bericht über die Rettung einer vierundvierzig Jahre alten Frau gelesen, die gestern versucht hatte, vom Dach des neuen Bankgebäudes zu springen. Befriedigt blätterte Valentin weiter zu den Todesanzeigen und las sie alle durch, von oben bis unten. Dann hängte er die Zeitung an der Holzleiste mit der Aufschrift »Café Stadler« an den ihr vorbestimmten Haken, bezahlte seine Ovomaltine und ging.

Vielleicht, dachte er, ist es besser, es gibt nur mich.

Auf seinem Heimweg betrat er, für ihn selbst überraschend, die Michaelskirche. Das kam nur alle paar Monate vor, er wusste selbst nicht, was ihn dazu bewog, eine Weile in der Nähe des Kreuzes zu sitzen und über die Auferstehung nachzudenken.

»Ich hätte dich dort heruntergeholt«, sagte er halblaut zu der Gestalt am Kreuz. Was für eine Verschwendung, dachte er. Und: Warum sterben, um hernach wieder lebendig zu werden? Er stellte sich das Geschrei der Frauen am Ostermorgen vor. Die Menschen mochten es nicht, wenn einer anders war, damit kannte er sich aus. Sie schlugen einen ans Kreuz. Oder sie bastelten eine Religion um das Anderssein herum. Oder sie taten erst das eine, dann das andere.

Valentin dachte eine Weile darüber nach, ob er vielleicht auch dazu ausersehen war, eine Religion zu gründen. Was die Menschheit bislang an Glaubenssystemen hervorgebracht hatte, fand er nicht wirklich zufriedenstellend. Alle Religionen drehten sich um Leben und Tod. Die eine brauchte den Tod, um ewiges Leben zu verschenken. Die andere legte es darauf an, den Kreislauf des Lebens zu durchbrechen und der ewigen Wiederkehr ein Ende zu setzen. Offenbar hatten die Menschen entweder zu viel Leben oder zu wenig davon. Er betrachtete den schmerzgekrümmten Christus an seinem Kreuz. »Ja«, wiederholte Valentin, »ich hätte dich ganz sicher da runtergeholt.« Hinter ihm räusperte sich jemand. Er stand auf und ging hinaus in den Tag.

Im Leute-von-irgendwo-Herunterholen hatte Valentin Übung. In seiner Stadt gab es ein vierundzwanzigstöckiges Hochhaus, einen Fernsehturm, eine Autobahnbrücke und nun noch das turmartige Bankgebäude. Täglich ging er hier oder dort vorbei. Die Feuerwehrleute kannten ihn von weitem und hielten ihn für einen Priester. Nicht immer konnte er einen Sprung verhindern, und manchmal wollte er es auch nicht, das waren jene, die entschlossen waren, und vor denen hatte er Respekt. Den anderen half er wieder zurück ins Leben. Seine Spezialität war es, die zu retten, die sich in eine unmögliche Situation gebracht hatten, aus der sie sich alleine nicht mehr befreien konnten. Solche, die in den Verstrebungen der Brücke so lange herumgeklettert waren, bis sie nicht mehr vor noch zurück wussten. Oder solche, die erst einen Dachfirst entlangbalancierten, um sich am Ende starr vor Angst an einen Kamin zu klammern. Dann war es, als wüchsen Valentin Flügel, leichten Fußes schwebte er den First entlang, als sei der breit wie eine Autobahn. Oder er turnte in der Brücke herum, als gäbe es keine Schwerkraft.

Was war eine Eisenverstrebung im Vergleich mit dem Hochseil? Fünfzig Jahre lang war das sein Leben gewesen, der schwingende Stahl unter seinen Füßen, von der Erde angezogen und ihr doch nicht verhaftet. Das straffe Seil, das auf nichts ruhte, das selbst niemals ruhte, sondern stets in Bewegung war. Es hatte einen Anfang und ein Ende, auch das gehörte zum Spiel. Den Menschen schien es als ein Abbild ihres Lebens. Nicht, dass sie sich dessen bewusst gewesen wären, wenn sie atemlos unten standen und zu ihm aufblickten. Ganz ähnlich, wie sie zu den potenziellen Selbstmördern aufsahen. Wird er springen oder nicht? Bei ihm hieß es: Wird er stürzen oder nicht? Gelingt ihm der Gang?
Er stürzte nie. Er wusste genau, wann er das Seil betreten konnte und wann nicht. Er kannte die Winde, die es zum Zittern brachten, die waren die gefährlichsten. Er hatte keine Angst, nur keine Lust, sich alle Knochen zu brechen. Den Satz über den Rollstuhl, den er den Selbstmördern zu sagen pflegte, hatte er sich selbst stets zu Herzen genommen. Soll er ewig halten, muss man auf seinen Körper achten.
Er war eine Berühmtheit, reiste um die ganze Welt. Das Stahlseil in seinem Gepäck wog eine halbe Tonne, manchmal mehr. Er wurde süchtig nach Höhe, nach dem Moment, wenn er hinausging. Der erste Schritt, der war der schwerste. Und wenn er auch unsterblich war, vor jedem ersten Schritt starb etwas in ihm.
Es gab eine Zeit, da verlor er den Kontakt zum Boden. Damals träumte er immer wieder denselben Traum: Er stand kurz vor seinem Gang hinaus aufs Seil. Schloss die Augen und begann sich zu zentrieren. Seine Atmung zu fokussieren auf diesen einen, winzigen Punkt in seiner Mitte, seine Masse darauf zu bündeln, die Schwerkraft seines Körpers ganz und gar zu beherrschen und sein Ge-

wicht vollständig auf das linke Bein zu verlagern. Der rechte Fuß löste sich vom Boden, ertastete das Seil.

Doch da war kein Seil.

Im Traum öffnete er die Augen und stellte fest, es war tatsächlich nicht da. Und doch sah er in der Luft die feine Linie, er setzte den Fuß auf sie, prüfte, fand Widerstand. Er verlagerte sein Gewicht auf den Fuß, der auf dieser Linie schwebte, machte den ersten Schritt und, siehe, sie trug.

Die Luft trug ihn.

Dieser Gedanke ließ ihn nicht mehr los. War einer, der unsterblich war, möglicherweise dazu bestimmt, die Naturgesetze außer Kraft zu setzen?

Doch diese Linie in der Luft sah er nur im Traum, dort umso deutlicher. Das Seil löste sich auf, wurde ein Teil von ihm oder umgekehrt, er wurde ein Teil des Seils. Eine Weile erschien ihm das reale Seil plump mit seiner komplizierten Mechanik des Spannens, so plump und grob wie sein eigener Körper. Es war eine Wissenschaft für sich, wie hoch die Spannung sein durfte oder musste, den Mittelweg zu finden zwischen zu wenig Straffheit und zu viel. Immer an der Grenze zum Zerreißen.

Und doch: Valentin liebte den Klang, wenn das Seil im Wind sang. Dann war es eine Saite und er der Finger, der sie teilte. Manchmal war es auch eine Welle, auf der er ritt, eine Schaukel, auf der er sich wiegte. Und so sehr er sich auch nach der Leere sehnte, so sehr liebte er die gestraffte Energie, auf der er mitunter tanzte, wie auf eines Messers Schneide.

So hatte er Paula kennengelernt.

Sie hatte ein Kind an der Hand und eines im Buggy und wartete nach einem seiner Auftritte auf ihn. Ob er bereit wäre, in ihrer Stadt eine Benefizvorstellung zu geben.

»Benefiz«, fragte er, »wofür?«

Aber es war ihm im Grunde egal. Ihre Augen blitzten, ihr Mund war perfekt, ihr Busen ein Versprechen. Er würde ihr folgen, in welches Provinznest auch immer. Er spannte sein Seil zwischen die beiden Brückenpfeiler, von denen er heute Lebensmüde herunterklaubte. Ein Wind kam auf, brachte das Seil zum Tanzen. Er ging trotzdem hinaus, tanzte für Paula, ertanzte sich ihr Herz. Er blieb einen Winter lang, zog in die Pension Stadler, dessen Café sein Wohnzimmer wurde, und auch als die Saison wieder begann, blieb das Stadler sein Zuhause.

Paula war verheiratet, und keiner von ihnen beiden stellte dies in Frage. Ihr Ehemann, Herr Sontheim, kam in ihrem Zusammensein nicht vor. Valentin empfand keine Eifersucht, er war nicht der Typ dafür, er hasste es, wenn sich Frauen an ihn hängten, das war nicht gut für das Hochseil, er musste frei bleiben von jeglichem Ballast.

Paula hängte sich nicht an ihn. Paula kam und ging, wie es ihr gefiel. Sie hatte auch nichts dagegen, dass er wochenlang verschwand, in fremden Ländern die Luft durchmaß, dabei Menschen – und natürlich auch Frauen – in Begeisterung versetzte.

Nein, Paula war nicht kleinlich, sie war die Konstante in seinem Leben, und so ging er auf Tournee und machte sich nicht die geringsten Sorgen. Er bereiste ganz Europa, immer auf der Suche nach zwei Punkten in luftiger Höhe, zwischen denen er sein Seil spannen konnte. Er fuhr in die USA, nach Südamerika, und erst wenn es ihm gelungen war, so viele Orte wie möglich von oben zu sehen, kehrte er heim. Er ging nach China und Japan und versetzte die Menschen dort in Erstaunen, lernte die Liebe der Asiatinnen kennen und schätzen, er traf dort so manche Akrobatin und erweiterte sein Wissen. Über Thailand ging es weiter nach Australien, dort spannte er sein Seil über die Harbour Bridge und zwischen die Three Sisters in den Blue Mountains. Es gab auch tatsächlich drei Schwestern, die ihn liebten, und da er keine Zeit zu verlieren hatte, denn davon hatte er im Übermaß, verbummelte er ein paar Wochen an der Goldküste und in Byron Bay, wo er mit jungen Leuten am Strand hauste und mit ihnen über die Unendlichkeit philosophierte und die Unmöglichkeit der platonischen Liebe bewies. Valentin war ein Mann, den die Frauen begehrten, egal welchen Alters, egal welcher Herkunft. Sahen sie seine hohe, elegante Gestalt auf dem Seil, wünschte sich jede Frau, ihn in ihren Armen aufzufangen. Die Reise war also ein Erfolg auf allen Ebenen.

Als Valentin »nach Hause« kam, freute er sich über die Nachricht, dass Paula von ihm schwanger war. Er wusste, auch diese Vaterschaft würde für ihn ohne Komplikationen verlaufen, er war ein Mann im Glück, und da Herr Sontheim von ihm nichts ahnte, war er es auch. Paula entband von einem Sohn, nannte ihn Paul, und zeit seines Lebens hegte ihr Gatte nicht den geringsten Zweifel daran, dass dieser Spross ihm entsprungen war.

Valentin war mit sich vollkommen im Reinen, bis sich eines schönen Tages die Tür zum Café Stadler öffnete und die Vergangenheit in Gestalt einer jungen Frau herein- und in sein Leben trat. Oder zurückkehrte, jedenfalls behauptete sie das. Valentin konnte sich nicht erinnern, doch sie bestand darauf, ihn in Australien in ihren Armen gehalten und ein Kind von ihm empfangen zu haben. Eine Tochter. Fünf Monate alt.

Eine Tochter, warum nicht? Warum er, warum nicht ein anderer? Er war nicht der einzige Mann gewesen, dort, am goldenen Strand. Er erzählte von Paula, die solche Dinge selbst regelte und ihn nicht behelligte. Erwies sich als großzügig in finanzieller Hinsicht. Stellte klar, dass sie sonst von ihm nichts zu erwarten hatte.

Er fragte nicht nach dem Namen des Kindes. Wollte nicht wissen, wo es war. Er bemerkte nicht ihre Verzweiflung. Er kannte nicht deren Ursprung. Er lebte in seiner Welt, die bot nicht viel Raum für das Schicksal einer Fremden. Sie sagte, sie hieße Elvira, ob er sich wirklich nicht erinnerte. Erzählte ihm eine Geschichte, die ihn langweilte, er erkannte sich nicht darin.
»Es muss eine Verwechslung sein«, sagte er schließlich und wünschte sich, sie ginge. Das tat sie auch. Stand auf. Ging hinaus. Schloss die Tür hinter sich. Konnte vergessen werden.
Aber er vergaß sie nicht. Im Geist sah er, wie sie durch die Straßen lief. Sie ging entschlossen in eine bestimmte Richtung. Während er reglos unter dem Spiegel im Café Stadler saß, schien ein Teil von ihm ihr zu folgen. Und dieser Teil wusste, was sie vorhatte, kannte ihren Plan.
Sie ging zum Fernsehturm und stieg hinauf. Bewunderte die Aussicht. Er sprang auf und rannte hinaus, ohne Mantel, ohne Hut. Sie wartete geduldig, bis alle anderen gegangen waren. Dann kletterte sie über die Absperrung und stellte sich auf einen Vorsprung. Er lief so schnell er konnte, nahm keine Rücksicht auf Passanten. Sie verlagerte ihr Gewicht auf einen Fuß, zentrierte sich, so wie er es ihr gezeigt hatte, dort, am australischen Strand. Auf einmal war sie da, seine Erinnerung, er hatte eine Linie in den Sand gezeichnet. Sie war die Geschickteste von allen gewesen, schwankte nicht ein einziges Mal. Er rannte, bis seine Lungen brannten. Jetzt hob sie den anderen Fuß und setzte ihn bedächtig auf die unsichtbare Linie. Er erreichte den Turm. Sah ihre Gestalt, dort oben. Er schrie ihren Namen. Sie verlagerte ihr Gewicht. Konzentriert. Stieß sich ab. Die Luft trug sie nicht.

Am selben Abend schickte Paula ihn für immer fort. Er verstand nicht, warum, doch sie hatte ihre eigenen Grundsätze. Er ging wieder auf Tournee von einem Weltenende zum anderen. Wenn er dort oben stand, fiel alles andere von ihm ab. Er sah nie zurück, er sah nicht nach unten. Alles was zählte, war der nächste Schritt, der Meter Seil, der vor ihm lag. Meter für Meter durchmaß er den Himmel. Allein.

6

Adrian nahm seinen ganzen Mut zusammen. Statt sich wie am Abend zuvor in der Auffahrt herumzudrücken, erklomm er heute die vielen Stufen zum offiziellen Eingang. Unter seinem Arm klemmten seine Skizzenblöcke. Er hoffte und betete um eine freundliche Aufnahme, hatte Cora ihn nicht eingeladen?

Als er gestern im Krankenwagen die Augen aufschlug, sah er sie. Sie blieb bei ihm, bis er untersucht war und wartete auf das Ergebnis. Bewies das nicht, dass sie ihn mochte, wenigstens ein ganz kleines bisschen?

Er hatte eine leichte Gehirnerschütterung und ein paar Prellungen, nichts, weshalb sie ihn dabehalten wollten. Seine Mutter machte am Telefon ein Riesentheater, wie immer. Von der Beerdigung verschwinden und im Krankenhaus wieder auftauchen! Das übliche Blablabla. Adrian hatte sich angewöhnt, die Meckereien seiner Mutter als Sprechblasen zu sehen, mit kleinen hässlichen Zeichen anstelle von Buchstaben. Als sie ihn abholte, war Cora schon gegangen.

Er klingelte. Und wartete. Wartete lange. Überlegte, ob er ein andermal wiederkommen sollte. Die Gegensprechanlage surrte. Cora ließ ihn ein.

In ihrem Zimmer erkannte er die Runen der Unsterblichkeit. In goldener Farbe waren sie auf eine schwarze Wand gemalt. Der Raum war riesig. Im Grunde hatte Cora ein ganzes kleines Haus für sich.

Eine Wand war also schwarz, die andere rot wie Blut. Eine dritte nahm ein gigantisches, um viele Dimensionen vergrößertes Schwarz-Weiß-Foto ein. Es zeigte eine Gestalt, wahrscheinlich einen Mann, die Rasterung war so grob, dass Adrian sich nicht sicher war.
»Du musst hier rüber kommen«, befahl ihm Cora vom anderen Ende des Raumes, und als er gehorchte, fügten sich die hellen und dunklen Flecken zu einem erahnbaren Bild.
»Wer ist das?«, fragte Adrian.
Ein Stich von Eifersucht durchfuhr ihn. Die riesige Gestalt war das Halbporträt eines jungen Mannes von hinten. Im Gehen wandte er den Kopf über die Schulter und sah dem Betrachter direkt in die Augen. Dieser Blick war das Merkwürdigste an dem Bild, denn obwohl diese Gestalt nicht wirklich da zu sein schien und jeden Moment wieder in weiße, graue und schwarze Flecken zu zerfallen drohte, war es, als behielte sie alles im Auge, was in Coras Zimmer geschah.
»Das ist Raoul«, sagte Cora, »mein Bruder. Er ist tot.«
Ihre Stimme war kalt. So als ginge sie das gar nichts an.
»Wie geht es deinem Kopf?«, fragte sie unvermittelt.
Adrian beteuerte, es gehe ihm blendend. Was nicht stimmte, er hatte Kopfschmerzen, doch das war ihm egal.
»Was hast du da mitgebracht?«, wollte Cora wissen und wies auf die Skizzenbücher.
»Ich … wollte dir was zeigen«, sagte Adrian verlegen.
»Na, dann tu's doch.«
Adrian sah zu Raouls Gesicht auf. Schluckte. Was auch immer er Cora zeigte, dieser Bruder würde es ebenfalls sehen, da war er sich sicher.
»Was ist?«, fragte Cora. Ihre Stimme klang gefährlich. »Macht er dir Angst?«
Adrian schüttelte den Kopf. Cora musterte ihn mit gerunzelter Stirn.

»Wenn er dir Angst macht«, fuhr sie fort, »dann kannst du gehen und brauchst nicht wiederzukommen. Mein Vater traut sich nicht mehr hier rein, verstehst du? Er hält ihn nicht aus. Wer ihn nicht aushält, mit dem will ich nichts zu tun haben.«

»Er macht mir nichts aus. Ich … ich muss mich nur an ihn gewöhnen.«

Er nahm eines der Skizzenbücher und hielt es Cora entgegen. Sie nahm es, kniete sich auf den Teppich und schlug die erste Seite auf.

Da war er, Adrian, als Finnegal, der sagenhafte Held, übte Zauberkraft und flog in Adlergestalt über verwunschene Lande, focht mit Giganten und Zwergen, kroch als Schlange in den Bauch der Erde, erlöste und befreite. Vor allem aber diente er seiner Königin, Morgain, die er mehr liebte als sein Leben. Sein ewiger Feind war der lästige, weil niemals auszurottende Galahad, ein gefallener Ritter aus Artus' Runde, ein Monster, halb Mensch, halb Echse, dem es immer wieder gelang, Morgain zu rauben oder ihr Schaden zuzufügen, so dass Finnegal ständig alle Hände voll zu tun hatte.

Adrian zeichnete, seit er einen Stift zwischen seinen Fingern halten konnte. Er zeichnete Geschichten, in denen ihm Flügel wuchsen und Wunder gelangen. Dass die Königin Coras Züge trug, und zwar lange bevor er sie getroffen hatte, schien ihm von schicksalhafter Bedeutung. Es war ihm, als wäre sie aus seinen Bildergeschichten herausgestiegen, um ihn endlich zu erlösen. Atemlos beobachtete er, wie ihre Augen die gezeichneten Bänder entlangflogen, gebannt von dem, was sie sah. In seinen kühnsten Träumen hätte er nicht zu hoffen gewagt, dass sie sich so für seine Arbeit interessierte. Die Zeit verging. Auch Raoul dort an der Wand schien gnädig. Endlich

blätterte Cora die letzte Seite um. Sie blickte auf. Holte tief Luft.
»Bringst du mir das bei?«
Adrian wusste nicht gleich, was sie meinte.
»So zu zeichnen!«, fuhr sie ungeduldig fort. »Das will ich lernen.«
Sie stand auf, öffnete einen Schrank und entnahm ihm eine Zeichenmappe. Legte sie vor Adrian auf den Boden, öffnete den Verschluss.
»Das hab ich noch nie jemandem gezeigt«, sagte sie.
Sie sah Adrian kurz in die Augen.
»Es bleibt unser Geheimnis«, sagte er. Und dann fühlte er es, fühlte die Verwandlung. Er wurde tatsächlich zu Finnegal, es war, als wüchsen ihm Flügel. Er betrachtete Coras Zeichnungen. Sie waren nicht schlecht. Er sah, was sie ausdrücken wollte. Vor allem sah er Flammen. Bislang hatte sie einzelne Bilder angefertigt. Was fehlte, war Dynamik, war Entwicklung.
»Willst du einfach nur zeichnen«, fragte er, »oder damit Geschichten erzählen?«
»Ich will eine bestimmte Geschichte erzählen. In Bildern. Aber ich weiß nicht wie. Zeigst du mir das?«

Bevor Raoul zurückgekommen war, hatte Cora viele Freunde gehabt. Sie war beliebt, sie verstand es, aus allem ein Ereignis zu machen, einfach, weil sie dabei war. Als Raoul nach Hause kam, da gingen Cora die Augen auf. Darüber, wie kindisch ihre Freunde waren. Wie albern die Unterhaltungen. Verschwendete Zeit. Vergeudetes Leben. Sie war dreizehn, als sie eines Tages von der Schule kam, und ihre Mutter sagte, er sei da. Wer, fragte sie. Raoul. Ihr Bruder. Sie konnte sich kaum an ihn erinnern, hatte vergessen, dass es ihn gab. Er kam nicht vor in den Gesprächen der Eltern, wenn Ellen an ihn dachte, dann behielt sie es für sich. Raoul war irgendwo da draußen, Cora lebte in einer anderen Welt.

Und dann war er auf einmal da.

Er war ihr Bruder, und sie liebte ihn wie einen Gott. Sie liebte ihn ohne Grenzen, ohne Halt, ohne Wenn und Aber. Begann zu fragen. Wo er gewesen war. Und wie lange. Sie begann nachzudenken, über Dinge, die sie bislang für gegeben hielt. Warum sie zu Hause wohnte und er in der Fremde. Weshalb sie nicht gemeinsam aufgewachsen waren wie andere Geschwister.

»Ich bin dein Halbbruder«, sagte er, als erklärte das alles. »HP ist nicht mein Vater.«

Es dauerte nicht lange, und Cora begriff. Ein Blick auf HP genügte, seine Eifersucht war offensichtlich. Aber da war noch mehr, was für sie schwer zu fassen war. Als würde ihr Vater Raoul beneiden. Um seine Weltläufigkeit. Um seine Kompromisslosigkeit. Um seine Klugheit. Um seine Jugend. Zum ersten Mal stellte Cora ihren Vater in Frage. Und tat es gründlich, wie alles, was sie begann.

Was von ihm übrig blieb, nachdem sie ihn seziert hatte, das hatte mit ihrem geliebten Papa nicht das Geringste zu tun. Je mehr HP Raoul ablehnte, desto schneller verlor er Cora. Sie bewegte sich in Lichtgeschwindigkeit von ihm fort in eine neue Galaxie. Die Sonne, um die sich dort alles drehte, hieß Raoul.

Cora schien es, als verändere sich die Temperatur, betrat ihr Bruder das Zimmer. Es wurde wärmer und eine knisternde Spannung lag in der Luft. Man wusste nie, was er als Nächstes sagen würde, man wusste nur, es würde eine Überraschung sein. Wenn er sie ansah, war es ihr, als sehe er in sie hinein. Ihre Gefühle, ihre Gedanken, nichts blieb verborgen. Und was er sah, er schien es zu mögen. Obwohl

sie erst dreizehn war, ließ er sie nie den Unterschied spüren.
Sie hatten sich nicht gesucht und doch gefunden. Wurden unzertrennlich. Raoul nahm Cora überall hin mit. Ellen machte sich Sorgen. HP hieb mit der Faust auf das antike Treibholz. Den beiden war es egal.
Es dauerte nicht lange, und Cora wurde klar, ihre Liebe zu Raoul war nicht die einer Schwester. Wie hätte sie in ihm den Bruder sehen können? Als solchen hatte man ihn ihr vorenthalten. »Vaterliebe kann man nicht verordnen«, hatte Raoul einmal gesagt, als sie sich über HP beklagte. Geschwisterliebe auch nicht, wollte sie sagen. Doch sie traute sich nicht.
Sie wagte nicht, von ihren Gefühlen zu sprechen, doch da er in sie hineinsah, kannte er sie ohnehin. Sie traute sich nicht, ihm ihre Liebe zu offenbaren, auch wenn sie sich noch so sehr nach ihm sehnte. Sie wurde erwachsen durch seine Anwesenheit, als ließe sie das Mädchen wie eine leere Hülle hinter sich, und heraus schlüpfte Cora als Frau. Sie begann über ihre Kleidung nachzudenken. Nach und nach verschwanden die Farben aus ihrer Garderobe. Sie umrahmte ihre Augen scheu mit Kajal. Er nahm sie mit zu Vorträgen über Quantenphysik, Diskussionen über die Globalisierung, den Klimawandel, die Parapsychologie. HP protestierte umsonst. »Man kann einen Verstand unterfordern«, sagte Raoul, »und das ist ein Verbrechen. Überfordern kann man ihn nicht.«
Raoul schmuggelte Cora in Filme, die eigentlich für sie noch verboten waren. Er nahm sie mit zu Rockkonzerten in weit entfernten Metropolen, fuhr mit ihr in Diskotheken, in denen DJs auflegten, die neue Wege gingen.
»Es gibt nicht wirklich neue Wege«, erklärte er ihr, »es gibt nur neue Katakomben unterhalb der ausgetretenen

Pfade. Je mehr wir die vernetzen, umso spannender.« Und: »Wir sind in einem Zeitalter angekommen, in dem es nur zwei Möglichkeiten gibt: Entweder wir dekonstruieren, was vorher geschaffen wurde, oder es gelingt uns, neue Dimensionen des Bewusstseins zu erschließen.«
Natürlich verstand sie nur wenig von dem, was er sagte. Schrieb es so, wie sie es erinnerte, in ihrem Tagebuch auf. Bastelte aus den Bruchstücken ihre eigene Philosophie.
»Wir sind das«, sagte er, »was wir beschließen zu sein. Also liegt unsere Beschränkung allein in unserem Denken.«
Das war Coras Lieblingssatz, der von der Grenzenlosigkeit.
Und dann kam HP und wollte ihrer Liebe Grenzen setzen. Ausgerechnet er, der für Raouls Verbannung gesorgt hatte. Ja. Verbannung. Sie sprach es aus, bei einem der gemeinsamen Abendessen. Raoul sagte nichts, es schien, als lächelte er seinen Teller an. Ellen wurde blass, HP umso röter.
Was danach kam, darüber wollte der Therapeut seit einem Jahr mit ihr sprechen. Aber sie schaffte es nicht. Sie ging zu den Sitzungen, setzte sich, schwieg. Nicht weil sie bockig war, wie HP vermutete. Nicht weil sie nicht wollte. Wenn sie an diese letzten Tage dachte, dann sah sie einen Wirbelsturm an Bildern. Sie konnte nicht darüber sprechen. Sie hatte begonnen zu zeichnen. Wollte die Bilder ordnen. Verstehen, was geschehen war. Und wie. Und warum. Zeichnen beruhigte sie. Je länger sie an einem Detail arbeitete, desto klarer wurden ihre Gedanken, desto deutlicher die Erinnerung. An guten Tagen war es, als zeichnete ihre Hand ganz von allein. Und doch gelang es ihr nie, das zu zeichnen, was sie wirklich vor sich sah …

»Stell dir vor«, sagte Adrian, »du siehst einen Film. Was du siehst, bewegt sich, und doch besteht jede Szene aus tausend winzigen einzelnen Bildern. Und eine Szene kommt schön nach der anderen. Was siehst du da? Das, was die Leute tun. Empfinden sie Freude, Wut oder Hass, dann siehst du es in ihren Gesichtern und den Details, die sie umgeben. Schau hier: Finnegal ist wütend, und der ganze Berg bebt. Der Text in der Sprechblase ist nur für das Notwendigste. Das Wesentliche steckt in den Bildern. So wie im Leben auch. Fang einfach irgendwo an, und ein Bild führt zum nächsten.«
Er hatte nicht gewusst, dass all diese Gedanken in ihm waren. Er schwieg. Betreten. Erwartete, dass sie sich über ihn lustig machte. Doch das tat sie nicht. Sie sah ihn an, als offenbarte er ihr ein Geheimnis. Und wer weiß, vielleicht tat er das ja auch.

7

Es gab eine Zeit, da war er verrückt nach ihr. Jedenfalls glaubte er das. Heimlich hatte er sie bewundert. Ihre Entwürfe waren bei aller Unbeholfenheit außergewöhnlich und verrieten eine gewisse Begabung. Das war es, was er zu ihr sagte. Im Stillen dachte er: Dieses Mädchen ist genial!
Sie besaß eine Frische, die er nie gehabt hatte. Und ein unfehlbares Gespür für Raum und Licht. Er hatte sie quasi von der Straße aufgelesen, er erkannte den Hunger in ihrem Gesicht, auch die Spuren von zu viel Erlebtem in zu kurzer Zeit. Sie war jung und hatte doch schon ein Kind. Es gibt für alles eine Lösung. Inzwischen war er sich nicht mehr so sicher, ob das stimmte.
Als sie sich damals gegen ihn aufbäumte und ging, trotzig, zornig, hinterließ sie eine Lücke so tief wie ein Abgrund. Und er drohte, in ihn hineinzustürzen. Erst da bemerkte er, wie viel sie auffing und abfing. Sie war weg, und er fühlte sich nackt und bloß.
Im Bett war sie sensationell. Sie liebte, als gäbe es kein Morgen, als sei es das allerletzte Mal, als brächte man sie bei Tagesanbruch aufs Schafott. Je länger sie fort war, desto mehr kam er zu dem Schluss, dass er sie brauchte wie die Luft zum Leben. Damals hielt er ihre Art, sich an ihn zu klammern wie eine Ertrinkende, für ein Zeichen außergewöhnlicher Leidenschaft. Später für Schwäche. Heute war sie ihm eine Last.

In jenen Tagen zögerte er lange, ehe er sie anrief. Er war sich sicher, dass sie längst einen anderen hatte. Umso überraschender fand er, wie einfach es war, sie zurück zu bekommen. War er schon damals womöglich ein bisschen enttäuscht?
Den Jungen auf ein Internat zu schicken war natürlich die beste Lösung. Und zwar vor allem für ihn selbst. Es wurde Zeit, dass das Kind lernte, in einer fest umrissenen Ordnung zu leben, denn es war offensichtlich, dass Ellen ihn verwöhnte, wie so viele Mütter, die ihr Kind ohne Vater aufziehen mussten. In Wahrheit, aber dies gestand HP sich niemals ein, auch heute nicht, fürchtete er sich vor Raoul. Schon als Fünfjähriger hatte er eine Art, durch ihn hindurchzusehen, die er unheimlich fand. So als sei da gar niemand. Ein Nichts. Aber dieses Nichts hatte die Macht, ihn zu verbannen. Raoul beklagte sich nie.
Es war ein Fehler, zu heiraten, das sagte er sich wieder und wieder. Er hätte sie in dieser Ungewissheit belassen sollen, ob er sie nicht eines Tages wieder auf die Straße setzen würde. Der Hunger hatte ihr gut gestanden. Seit sie sich seiner sicher war, hatte sich vieles verändert.
Sie hatte sich verändert. Sie verlor das Interesse an den Details, entwickelte eine fatale Freude an der Ungenauigkeit, eine Lethargie, die ihn zur Weißglut brachte. Aber war sie genau genommen nicht von Anfang so gewesen, und nur er, HP, hatte die ganze Zeit geglaubt, sie werde endlich lernen, etwas zu Ende zu bringen, ein einziges Mal, ganz allein?
HP stand in seinem Studio vor einem offenen Schrank und hielt ein Blatt in Händen. Er wusste nicht, was er davon halten sollte. Ein mit Kugelschreiber locker hingeworfenes Liniengeflecht. Was sollte das sein? Ein Stapel Bücher, unordentlich übereinander geschichtet? Er entzif-

ferte die Datierung, es war fünfzehn Jahre alt. Und dann erinnerte er sich. Ellen hatte Raoul in seinem Internat besucht. Kam zurück und reichte ihm diese Zeichnung. Die Schule hatte einen Wettbewerb ausgeschrieben für eine neue Bibliothek. Sie hatte noch mehr Skizzen angefertigt. Die Idee war so einfach wie außergewöhnlich. Fünf Stockwerke, wie zufällig übereinander gestapelte, verrutschte Bücher, jedes einzelne mit genau der richtigen Menge an natürlichem Licht aus Fensterbändern und Oberlichtern, Möglichkeiten für Dachterrassen und Vortragsräume. Sie hätten den Auftrag wahrscheinlich gewonnen.
Aber er hatte zum ersten Mal nicht mitgespielt. Wenn es ihr so wichtig war, wieso arbeitete sie nicht selbst die Pläne aus? Er hatte es satt, ihre hingeschmierten Skizzen umzusetzen. Hatte es satt, die ganze Arbeit zu machen, während sie ihren Stift über Papier tanzen ließ und sich einbildete, eine Architektin zu sein, die es nicht nötig hatte, sich um die eigentliche Arbeit zu kümmern.
Aber er war kein Erfüllungsgehilfe. Er war HP Sternberg und hatte dieses Büro aufgebaut, zu einer Zeit, als sie noch mit Klötzchen spielte.
»Du führst dich auf wie eine Künstlerin«, sagte er eines Abends, und sie lachte. Vielleicht hatte sie getrunken, er hatte schon immer befürchtet, ihre alte Schwäche für Alkohol oder Schlimmeres würde wieder aufblühen.
»Aber du bist keine Künstlerin«, fuhr er fort und schnitt ihr damit das Lachen aus dem Gesicht, »du bist nicht einmal eine Architektin.«
Sie wurde weiß wie das Papier, auf das sie zeichnete.
»Was bin ich dann?«, fragte sie. Es sollte provozierend klingen, doch ihre Stimme zitterte.
Er sagte es nicht. Er sagte es niemals. Aber dachte es oft. Und sie wusste es. Sie wusste es ganz genau. Und wurde

immer mehr zu dem, was zwischen ihnen beiden unausgesprochen blieb.
In jener Nacht, als er zum ersten Mal dachte, was Ellen in Wirklichkeit war, zeugte er Cora. Er würde sich immer an diese Liebesnacht erinnern als eine der leidenschaftlichsten, die sie je hatten, und für ihn war das eine der Ungereimtheiten in der Beziehung zwischen Mann und Frau. Oder war sie vielleicht gerade darum so leidenschaftlich, weil er zum ersten Mal wusste, wen er da in seinen Armen hielt, und sich in seine Liebe bereits eine Prise Verachtung mischte, und Hass?
Wie dem auch sei, in jener Nacht fanden sich Sperma und Ei, und Cora trat in ihr Leben wie eine kleine Fee. Als brächte sie die Lösung für alle Probleme. Als besäße sie den Zauber, der alle bösen Worte und vor allem Gedanken auszulöschen vermochte. Cora, die Freude seines Herzens, wie er sie im Stillen nannte. Sein kleines Mädchen. Sein Augenstern.
Es waren die glücklichsten Jahre seines Lebens, er sagte es sogar dem Therapeuten, damals, obwohl der ihn ansah, als wisse er nicht, wovon er redete, und wahrscheinlich war das auch der Fall, was wusste so ein Therapeut schon von Glück. Statt sich gegenseitig anzustarren und auf die kleinste Bewegung des anderen zu lauern, waren ihre Blicke auf das Mädchen gerichtet. »Liebe heißt, gemeinsam in dieselbe Richtung schauen«, das hatte auf einer ihrer Glückwunschkarten zur Hochzeit gestanden, und es schien wahr. Ellen blühte auf. Sie bestand darauf, dass ihr Sohn seine kleine Schwester kennenlernte. Raoul schien nicht sonderlich interessiert, sechs Monate lang schrieb Ellen Brief um Brief, bis sich der junge Herr endlich bequemte, nach Hause zu kommen.
Er blieb nicht lange. Und das war auch gut so. Er hatte dreimal in Folge eine Schulklasse übersprungen und be-

suchte mit seinen gerade mal elf Jahren schon die achte Klasse, lernte freiwillig außerdem Arabisch und Mandarin. Angeblich war er hochbegabt. HP hatte seine Zweifel. Aber da der Junge nicht mit ihm sprach, konnte er auch nicht herausfinden, was so Besonderes an ihm sein sollte. Ellen weinte, als er wieder fuhr, als sollte sie ihn nie wiedersehen.

Und dann kam er doch, dreizehn Jahre später. Hatte bereits promoviert in Physik und Philosophie, außerdem einen Master in Recht und Ökonomie in der Tasche. Kam in einem bodenlangen Ledermantel, bleich geschminkt und mit dunkel umrandeten Augen und legte seine Stiefel auf HPs originalen Glastisch von Le Corbusier. Und zum ersten Mal blieb er. Machte keinerlei Anstalten, eine Arbeit zu suchen. Als habe er vor, im Gästetrakt Wurzeln zu schlagen. Und das Schlimmste war: Er nahm HP sein kleines Mädchen weg. Das hätte er nicht tun dürfen. Das nicht.

HP blickte auf das Blatt in seinen Händen. Auf das Geflecht von Linien, nachlässig hingeworfen. Hätte er dieses Blatt sauber gerahmt in einer Kunstausstellung gesehen, dann hätte er es wahrscheinlich bewundert und seinen Wert taxiert. Aber das konnte er sich nicht eingestehen. Schließlich war da auch kein Galerist, der es vorsichtig aus einer Mappe holte und ihm präsentierte. Er hatte es in den Tiefen seines Schrankes gefunden, unter Bergen von anderem Papier, ein Wunder, dass es nicht zerknickt worden war. Es war ein Stück Abfall seiner und Ellens Vergangenheit. Ein lästiger Zeuge ihres Scheiterns. HP überlegte kurz, ob er es verbrennen sollte. Doch wenn er einmal damit anfing – wo sollte er dann aufhören? Und so warf er es einfach wieder zurück in den Schrank.

Als Ellen auf das Aussichtsplateau des Turms trat, war er schon da. Sie sah ihn nicht gleich, er saß jenseits der Absperrungen wie ein Vogel auf einem Dachfirst, mit flatterndem Flügel. Es war sein Mantel, der im Wind schlug. Er schien auf sie zu warten, so wie sie gewartet hatte, bis die Dämmerung hereinbrach und der Turm geschlossen wurde. Es war ganz einfach, sie hatte sich hinter die Tür in die Ecke neben dem Papierkorb gesetzt und sich zwei Stunden lang einfach nicht bewegt.

Es war ihr also gelungen. Sie war unsichtbar geworden. Doch er, er hatte sie gesehen. Oder vielleicht auch gerochen. Noch immer war sie sich nicht sicher, welche Art Wesen er war.

»Komm«, sagte er, »setz dich zu mir.«

Ellen war, als träumte sie, als sie über die Absperrung kletterte. Sie sah nicht nach unten, sie sah nicht zurück. Er reichte ihr die Hand, und sie setzte sich neben ihn auf den Vorsprung, der so beliebt bei Selbstmördern war. Sie konnte sein Gesicht nicht sehen, es lag im Schatten.

Sie schwiegen.

Ein Wind kam auf, Ellen spürte ihn nicht.

Sie betrachtete die Lichter der Stadt. Dort hinten, auf jenem Hügel, stand ihr Haus. Doch obwohl sie es entworfen hatte, war es nie ihres gewesen. Sie hatte kein Zuhause, seit damals nicht, seit dem Tag, an dem sie erfuhr, dass die Frau, zu der sie Mama sagte, in Wirklichkeit ihre Tante war, und ihre Mutter, eine Herumtreiberin und Vagabundin, sie von einer Reise um die Welt nach Hause gebracht hatte, um sie unter Flüchen zu gebären und fünf Monate später von diesem Turm zu springen. Dreizehn Jahre alt war sie damals und begann, von »zu Hause« wegzulaufen, so oft, bis man es aufgab, nach ihr zu suchen.

Sie hatte alles versucht. Jedenfalls dachte Ellen das. Sie hatte versucht, sich mit Drogen umzubringen, doch dann war Raoul in ihr Leben getreten und hatte alles verändert. Bis sie zugelassen hatte, dass sie getrennt wurden. Bis sie schwach genug war, um bei HP unterzukriechen. Sie hatte immer gewusst, dass sie einen Preis dafür zahlte. Man zahlt immer einen Preis. Nichts ist umsonst. In ihrem Fall aber war der Preis zu hoch.
Sie weinte.
Ellen bemerkte erst jetzt, dass sie alles dem Fremden erzählte. Der hörte einfach nur zu. Saß da, schaute über die Stadt und lauschte. Sie hatte keine Ahnung davon, was in ihm vorging. Dass er begriff, warum er all die Jahre auf Türme gestiegen und auf Brücken geklettert war. Sie nahm es als gegeben, dass er hier oben Wache hielt, aus welchem Grund auch immer. Menschen, das wusste Ellen, taten die seltsamsten Dinge aus den seltsamsten Gründen.
Sie erzählte von Raoul, der ihr von Anfang ein Rätsel gewesen war, ein Mysterium, und das schon als Baby, immerhin hatte er die Fähigkeit besessen, ihr Leben zu ändern und sie zu einem besseren Menschen zu machen, ja, davon war sie überzeugt. Er war etwas Besonderes, egal was HP auch sagen mochte, und solche Menschen waren einfach nicht gemacht für diese Welt.
Danach schwieg sie lange. Besann sich, weshalb sie hier heraufgekommen war und die Mühe auf sich genommen hatte, sich so lange versteckt zu halten. Damit sie im Schutz der Dunkelheit in aller Ruhe ans endgültige Verschwinden denken konnte. Keiner würde sie vermissen. HP würde erleichtert sein, so wie Raouls Tod ihn im Grunde erleichterte. Und Cora, nun ja, auch sie war ein rätselhaftes Wesen, ihrem Bruder nicht unähnlich, wo um alles in der Welt hatten ihre Kinder das bloß her, von ihr

sicherlich nicht. Jemand wie sie, die ihren Ursprung nicht kannte, nicht die Mutter, den Vater schon gar nicht, so zufällig und überflüssig in diese Welt geworfen, so störend, dass die eigene Mutter sich das Leben nahm – so jemand sollte verschwinden, sich auflösen, in die Nacht gehen, so wie sie es vorgehabt hatte, als sie vor Stunden aufgebrochen war.

Es hatte eine Zeit gegeben, da hatte sie versucht, herauszufinden, was für ein Mensch ihre Mutter gewesen war. Ganz hinten in ihrem Schlafzimmerschrank stand eine Keksdose mit ein paar gelbstichigen Fotos. Auch ein Poesiealbum befand sich darin, in das jemand geschrieben hatte: »Warum in die Ferne schweifen / sieh, das Gute liegt so nah« und jemand anderes »Sei stets wie das Veilchen im Moose, / bescheiden, sittsam und rein, / und nicht wie die stolze Rose, / die immer bewundert will sein.«

Ganz unten in der Dose, die Ellen eines Tages von ihrer Großmutter überreicht bekam, lagen eine große Südseemuschel und ein Zeitungsausschnitt über einen Seiltänzer. Das war alles. Tante Hanne, die sie großgezogen hatte, sprach nicht gern über ihre Schwester, und Ellen konnte fühlen, wie zornig sie nach all den Jahren noch immer auf ihre Mutter war. Musste sie nicht umso zorniger auf sie, Ellen, sein? Es war eine Ironie des Schicksals, dass ausgerechnet Kirsten, Ellens Cousine, von der sie so lange geglaubt hatte, sie sei ihre Schwester, nach Australien auswanderte, als wolle sie den Spuren der abtrünnigen Tante folgen. Auch daran trug Ellen Schuld, auch wenn dies von ihren Verwandten nie ausgesprochen wurde. Schuld muss nicht ausgesprochen werden, Schuld fühlt man. So wie auch über ihre Mutter nicht gesprochen wurde. Sie war eine Schande. Ausreißerin. Hippiebraut. Selbstmörderin. Und so war Ellen in ihre Fußstapfen ge-

treten. Fehlte nur das Letzte, und um das zu erfüllen war sie heute gekommen.
Einen Anlass? Einen Anlass brauchte es nicht. Sie hatte den Entschluss am gestrigen Abend gefasst, heute Morgen war sie aufgewacht in der Gewissheit, es nie wieder zu tun und hatte den Tag damit verbracht, ihren Plan zu schmieden.
Sie war gekommen, um zu springen.
Doch jetzt war da etwas, das hielt sie. Der Fremde. Er störte. Sie sah ihn zum ersten Mal an. Er war alt. Weißes Haar umflatterte sein Gesicht. Seine Augen waren geschlossen. Wahrscheinlich schlief er. Ein Clochard der Lüfte, vielleicht war dies sein Stammplatz, und sie war es, die ihn störte? Was also hinderte sie?
Er saß da, wie aus Stein, ein Dämon, ein Wasserspeier, ein Engel. Vielleicht.
Ihre Glieder waren steif. Mit einem Mal fror sie. Bald würde sie nicht mehr frieren. Nur jetzt keinen Fehler machen. Nur nicht hinuntersehen. Einfach aufstehen, einen Schritt machen, so als sei da eine Linie, auf der man mühelos gehen konnte. Endlich etwas zu Ende bringen.
Und da, auf einmal, sprach er.
»Deine Mutter«, sagte er, »hieß sie vielleicht Elvira?«

8

Als Cora in die Küche kam, stand da ihre Mutter und aß gegrilltes Hähnchen mit den Händen. Neben ihr Raoul, um mindestens ein halbes Jahrhundert gealtert. Cora wollte schreien, doch die Luft blieb ihr weg, und so erkannte sie rechtzeitig ihren Irrtum. Es war nicht Raoul. Aber fast.

Wie Raoul trug auch dieser Mann einen langen Mantel, der ihm bis an die Knöchel reichte. Das konnte ein Zufall sein. Viel verwirrender fand Cora seine Art, sie anzusehen, so unbedingt, als seien nicht nur die Augen auf sie gerichtet, sondern der ganze Mensch mit jeder Pore ihr zugewandt. So hatte Raoul sie angesehen, so hatte er sie erkannt, als nicht nur dem Blute nach verwandt, sondern auch im Wesen. So hatte er alles angesehen, und es gab durchaus Menschen, die diesen Blick nicht ertrugen.

Sie hörte, wie ihre Mutter sie dem Fremden vorstellte, mit ganz normaler Stimme, keine Spur vom Verblassen und Verhauchen. Das erstaunte sie so sehr, dass sie nicht richtig mitbekam, was Ellen sagte, auch, weil sie fasziniert davon war, Ellen mit den Händen essen zu sehen, soweit sie sich erinnern konnte, war das noch nie vorgekommen.

»Willst du auch etwas?«, fragte Ellen. »Hier ist noch mehr.«

Cora bedachte sie mit ihrem Spezialblick, doch Ellen schaute gar nicht her. Was war nur los mit ihr?

»Ich hab dich bei Paulas Beerdigung gesehen«, sagte der Fremde. »Hast du sie gekannt?«
Cora schüttelte den Kopf. Seine Ähnlichkeit mit Raoul machte sie benommen.
»Dann warst du zufällig dort?«
»Ich sehe mir gerne an, wie sie verbrennen.«
»Du meinst die Blumen?«
»Nein. Die Leichen.«
Triumphierend sah Cora, wie Ellen nun doch endlich erblasste und ihr Hühnerbein beiseitelegte.
»Du solltest mitkommen, Mama«, fuhr sie fort. »Vielleicht springt bald wieder jemand vom Turm. Dann gehen wir hin und schauen zu, wie er verbrennt.«
Ellen legte eine Hand über ihre Augen. So gefiel sie Cora schon besser. Das war die Mutter, die sie kannte. Die Mutter, die Reue fühlte.
»Man sollte diese Türme besser sichern«, sagte Valentin und bedachte Ellen mit einem Lächeln. »Dort oben herrscht zu viel Betrieb. Was meinst du, Ellen, warum wollen die Menschen so gerne sterben?«
»Weil sie fürs Leben zu feige sind«, mischte sich Cora wieder ein. »Weil sie nicht wissen, was anfangen mit ihrer Zeit. Weil sie auf teuren Sofas rumsitzen und darauf warten, dass es Abend wird, damit sie sich einen Martini einschenken können. Aber irgendwann merken sie, dass das kein Leben ist.«
Ellen sah aus, als hätte sie eine Ohrfeige erhalten.
»Und dann«, fuhr Cora ungerührt fort, »steigen sie auf diesen Turm. Ein paar Tage später steht es in der Zeitung, und ich gehe auf den Friedhof und sehe zu, wie sie verbrennen.«
Sie bedachte Valentin mit einem langen Blick aus kalten, veilchenblauen Augen. Er hielt ihm stand. Lächelnd. Mü-

helos. So wie Raoul es getan hätte. Sie war es, die als erste die Augen abwenden musste.

»Na ja«, sagte Valentin, und seine Stimme klang wie Nachtwind. »Manche verbringen eben ihre Zeit lieber im Krematorium als auf Sofas. Vielleicht sind auch die zu feige für ein Leben. Vielleicht merken auch die irgendwann, dass dies kein Leben ist. Vielleicht schauen die so lange in die Flammen, bis sie selbst da hinein wollen. Und dann steigen auch sie auf einen Turm.«

Cora lachte böse.

»Falls Sie mich meinen«, sagte sie heftig, »ich bin schon durch die Flammen gegangen.«

Sie biss sich auf die Lippen. Darüber sprach sie normalerweise nicht.

»Und«, wollte er wissen, als sei es nichts Besonderes, »wie war es da drin?«

Sie starrte ihn an, wie er in aller Ruhe seinen Hühnerknochen abnagte. Betrachtete seine Lippen, die vom Fett glänzten. Nein. Dieser Mann war nicht wie Raoul. Hätte ihr Bruder alt werden dürfen, dann …. aber er war tot. Und dieser alte Mann hier lebte. Was für eine Verschwendung.

Valentin beobachtete belustigt, wie Cora sich zwei große Stücke Hähnchen schnappte und mit ihrer Beute von dannen zog, dampfend vor Zorn. Aber er war auch besorgt, und zwar wegen Ellen, der das Mädchen mehr zusetzte, als gut für sie war.

Er hatte es ihr nicht gesagt. Als sie wissen wollte, ob er ihre Mutter gekannt hatte, teilte er gern mit ihr das Wenige, was er über sie wusste. Das Wesentliche aber, das ließ er aus. Er fühlte sich zu alt, um jetzt noch Vater zu werden. Er hatte nie eine Familie gewollt. Daran änderte auch dieser Abend nichts.

Und dennoch.
Er hatte sich eingemischt. Aber tat er das nicht seit Jahren? Holte Männer und Frauen von Dächern herunter, mischte sich so nach Kräften ein? Bisher allerdings war er verschwunden, so rasch und unauffällig, dass ihn nicht einmal die Presse je zu Gesicht bekam. Doch heute stand er in dieser Küche und aß Hühnchen, plauderte mit Ellens Töchterlein, das, wenn er es recht bedachte, seine Enkeltochter sein konnte. Mit dieser Cora, die es sich offenbar zur Aufgabe gemacht hatte, ihre Mutter zu demütigen.
Aus welchem Grund?
Aber warum fragen? Warum ging er nicht einfach hinaus in die Nacht?
»Warum machen Sie das«, wollte Ellen wissen, wie ein Echo auf seine Gedanken. »Es ist gefährlich da oben. Und ungemütlich. Warum gehen Sie da rauf?«
Valentin nahm sich Zeit mit der Antwort und einen großen Bissen von der Hähnchenkeule. Kaute gründlich. Warum? Weil er verhindern wollte, dass Menschen sich zu Tode stürzten und damit anderen für den Rest ihres Lebens, und sei der auch unendlich, die Schuld daran aufbürdeten? Ging es ihm um die Unglücklichen selbst dort oben oder um die, die zurückblieben, für immer chancenlos, irgendetwas gut zu machen, etwas zu ändern, um Vergebung zu bitten oder vielleicht den Toten zur Rede zu stellen? Hatte er es all die Jahre für Paula getan, um ihr zu zeigen, dass er so verantwortungslos, wie sie behauptete, nicht war? Welchen Sinn hatte das jetzt noch, da sie selbst tot und begraben war? Er fand keine Erklärung. Wahrscheinlich gab es keine.
»Früher«, sagte er, »da war ich Hochseilakrobat. Ich habe mein Leben quasi in der Luft verbracht, so wie andere auf

dem Sofa oder in Aussegnungshallen. Daher zieht es mich immer wieder da rauf.«
Er vermied es, Ellen direkt in die Augen zu sehen. Schließlich tat er es doch. Und war überrascht, welche Wirkung seine Worte bei ihr hinterließen.

Sobald sich Valentin verabschiedet hatte, ging Ellen in ihr Zimmer und holte Elviras Keksdose aus dem Schrank. Suchte den Zeitungsartikel heraus und las ihn zum ersten Mal richtig durch. Neben dem Text war auch ein Foto abgedruckt, doch das Gesicht des Artisten war nicht zu erkennen. Es war eine Schwarz-Weiß-Aufnahme, die einen großen, athletischen Mann im Trikot auf einem Seil zeigte. Das Bild war von schräg unten aufgenommen, die Figur kontrastierte wie ein Scherenschnitt gegen den Himmel, die Stange in seinen Händen bildete einen sauberen Winkel zur Linie des Seils.
Ellen erinnerte sich daran, wie sie zum ersten Mal diese Dose geöffnet hatte, mit klopfendem Herzen, um dann umso enttäuschter zu sein. Den Zeitungsartikel hatte sie gar nicht erst gelesen. Die scheinbare Bedeutungslosigkeit der Gegenstände, die ihre Mutter ihr hinterlassen hatte, schien ihre eigene Bedeutungslosigkeit, wie Indizien in einem Gerichtsverfahren, zu beweisen. Aber hatte sie nicht selbst eine ähnliche Schachtel mit allerhand Krimskrams, und dachte sie etwa, dieser Plunder verrate etwas über ihr wirkliches Wesen?
Aber was dies tatsächlich sein könnte, ihr »wirkliches Wesen«, oder ob sie so etwas überhaupt besaß, darüber befand sich damals die dreizehnjährige Ellen in allerhöchstem Zweifel. Also hatte sie die Fundstücke wieder in die Dose gepackt und, statt sie einfach wegzuwerfen, aufbewahrt. Für bessere Zeiten. Für diesen Abend. An dem zu-

mindest eines der Puzzleteile eine gewisse Bedeutung erfuhr. Sie würde herausfinden, was dahintersteckte. Das jedenfalls nahm sie sich vor.

Jetzt hat es begonnen, dachte Valentin bang auf dem Weg nach Hause. Paulas Tod hat es in Gang gebracht. »Eines Tages«, hatte sie gesagt, damals, als sie ihn aus ihrem Leben verbannte, »kommst du so nicht mehr durch. Du wirst Verantwortung übernehmen müssen, mein Lieber, oder es wird dir ewig leidtun.«
Er hasste Verantwortung. Das Wörtchen »Antwort« steckte darin. Und tief in seinem Innern war er davon überzeugt, dass es auf dieser Welt nur Fragen gab. Fragen. Keine Antworten.

9

Sandra erwachte von einem dumpfen Knall. Die Fernbedienung war ihr aus der Hand geglitten. Hastig richtete sie sich auf. Sie konnte es nicht leiden, wenn sie vor dem Fernseher einschlief, in den Geschichten, die sie liebte, in denen sie heimlich lebte, schliefen nur fette Ekelpakete vor dem Fernseher ein. Sie wischte sich einen Speichelfaden vom Kinn und sah sich um, als sei die Schrankwand von Ikea schuld an allem. Ihr Leben war verpfuscht, das sah man deutlich. Keiner, der etwas auf sich hielt, richtete sein Leben mit Ikea ein, das hatte Sternberg einmal gesagt. Sie stellte sich vor, er träte hier zur Tür herein und sähe sie so. Hastig stand sie auf, strich sich die Haare aus dem Gesicht. Ging ins Bad. Sah in den Spiegel.

Sie war immer noch schön. Ihr Haar war dick, fest und golden. Von Natur aus, nicht gefärbt. Wenn sie putzen ging, flocht sie es zu einem Zopf.

»Sie haben etwas Slawisches an sich«, hatte er gesagt, als er sie zum ersten Mal wahrnahm. Als er zum ersten Mal da war, was eigentlich ein logistischer Unfall war, denn Frau Sternberg legte großen Wert darauf, dass sie sein Büro nur dann betrat, wenn ihr Mann nicht zu Hause war.

»Bei uns kommt keiner aus dem Osten«, sagte sie und kam sich töricht vor.

»Es ist das Haar. Wirklich, außergewöhnlich. Und Ihr Gesicht. Doch doch, Sie haben slawische Züge. Sie sollten einmal Ahnenforschung betreiben.«
Von da an war er immer da, wenn sie kam. Und eines Tages, als Frau Sternberg nicht da war, passierte es. Sie hatte es kommen sehen. Und erhofft. An diesem Tag hatte sie ihr Haar nicht geflochten, sondern hoch oben am Hinterkopf mit einer raffinierten Spange zusammengehalten. Sie war so raffiniert, dass er sie nicht aufbekam, und sie ihm helfen musste. Ob Frau Sternberg bemerkt hatte, dass an diesem Tag keiner den Staub von den Regalen gewischt, niemand den Boden gesaugt, noch die Fenster geputzt hatte? Sandra wusste es nicht, und es war ihr egal.
Was ihr nicht egal war: Seit jenem Tag war Frau Sternberg nie wieder abwesend gewesen.
Sie stand vor dem Badezimmerspiegel und betrachtete sich. Sie war immer noch schön. Es gab immer noch Hoffnung.

Agnes' Mutter hatte immer gesagt, die Männer muss man so nehmen, wie sie sind, sie lassen sich nicht ändern. Märchenprinzen gibt es schon lange keine mehr, und weißt du was, selbst wenn es sie gäbe, ich wollte so einen nicht geschenkt. Wenn du nicht nach dir schaust, dann wird es kein anderer tun, nutze deine Chancen, denn nichts ist schlimmer als spätes Bedauern. Ihre Mutter sagte auch, sie selbst habe ihre Chancen genutzt, und darum könne der Tod ruhig kommen, sie fürchte ihn nicht. Das Einzige, worum sie sich sorge, das sei sie, Agnes, vielleicht hätte sie ihr einen anderen Namen geben sollen, sie könne kaum mit ansehen, wie ihre Tochter sich zur Schlachtbank führen ließe, immer wieder aufs Neue. Wenn dir einer gefällt, hatte Agnes die Stimme ihrer Mutter im Ohr, dann nimm

ihn dir, und wenn nicht, dann mach einen weiten Bogen um ihn, das ist die Regel, eine andere gibt es nicht.
Wie aber macht man einen Bogen um seinen Chef?
Sie hätte nicht mitgehen sollen, als er sie nach der Arbeit zum Abendessen in den »Tannenhof« einlud, der für seine Küche berühmt war, hätte nicht erlauben sollen, dass er Champagner bestellte, den teuersten, der auf der Karte stand, hätte nicht verraten sollen, dass sie Trüffel über alles liebte und nicht lachen sollen über seine Witze, die so schlecht gar nicht waren. Und als sie später im Auto vom Tod ihrer Mutter erzählte, weil sie hoffte, ihn damit auf Abstand zu halten, hätte sie nicht in Tränen ausbrechen dürfen. So aber fand sie sich in seinen tröstenden Armen wieder und wenig später in einem Hotelbett unter seinem begehrlichen Leib, und während er sein Gesicht in ihr Haar wühlte und sinnlose Dinge in ihr Ohr flüsterte, dachte sie an den Mann, der ihrer Mutter diesen Brief geschrieben hatte, und etwas nagte in ihrer Brust. Und erst, als sie den Taxifahrer bezahlt hatte, erst als sie ihre Wohnung aufschloss, erst als sie sich wie eine Fremde im Spiegel anstarrte, begriff sie, dass es Eifersucht war. Eifersucht auf die unbeirrbare Art ihrer Mutter, das Glück gewaltsam beim Haarschopf zu packen und an sich zu reißen, ob es nun Federn dabei ließ oder nicht.
In dieser Nacht tat Agnes kein Auge zu. Und während sie sich von einer Seite auf die andere warf, fiel ihr wieder ein, worüber ihr Chef während des Essens gesprochen hatte. Sie war befördert worden. Oder jedenfalls so ähnlich. Die neue Bank musste eröffnet werden, und sie sollte die Organisation der Festlichkeiten übernehmen. Die Dame aus München, eine renommierte Kulturmanagerin, die schon so manchen Event erfolgreich organisiert habe und bereits vor zehn Monaten für diese Aufgabe verpflichtet worden

war, sei überraschend ausgefallen. Erkrankt. Genaues wisse er nicht, doch man sprach von einem Burn-out-Syndrom und einem mehrwöchigen Aufenthalt in einer Spezialklinik. Und nun säße man da. Das Ganze drohe in einer Peinlichkeit zu enden, wenn nicht sie, Agnes, als Retterin in der Not die Sache in die Hand nähme. Der gesamte Vorstand teile seine Ansicht, dass sie das Zeug dazu habe, die Sache zu einem guten Ende zu bringen.

»Es hängt viel davon ab«, hatte ihr Chef gesagt und den Wein in seinem Glas kreisen lassen, »aber ich weiß, Sie werden mich nicht enttäuschen.«

Nun war Agnes hellwach. Morgen war Mittwoch. Blieben ihr noch zwei Arbeitstage und der Samstag. War sie etwa so wahnsinnig gewesen, das Angebot anzunehmen?

Erst als der Morgen graute, wurde ihr klar, dass er sie überhaupt nicht gefragt hatte.

DRITTER TAG

10

Es war wie eine Geburt. Jedenfalls stellte Cora es sich so vor. Sie wollte aus ihr heraus, diese Figur, schon so lange steckte sie in ihr und quälte sie mit ihren unvermittelten Bewegungen, den Satzfetzen wie herrische Befehle ohne Sinn und Zusammenhang. Es war nicht Raoul, nein, Raoul war sanft gewesen, sanft und zurückhaltend. Man musste Geduld zeigen, wollte man, dass er sich offenbarte. Wer die nicht hatte, hörte ihn nur schweigen.

Aber diese andere in ihr, die ließ ihr keine Ruhe. Es wird ein Feuer geben …, flüsterte sie wieder und wieder wie der Staccato-Refrain eines Raps. Aber es hatte doch bereits ein Feuer gegeben. In fünf Tagen jährte es sich zum ersten Mal. Das Feuer liegt doch hinter uns, wandte sie ein.

Ein Feuer! Ein Feuer! In fünf Tagen gibt es wieder ein Feuer!

Adrian war gegen Mitternacht nach Hause gegangen. Sie hatten die Hähnchenteile verzehrt, die sich Cora in der Küche geschnappt hatte, dann weiter gearbeitet. Er zeigte ihr verschiedene Techniken, niemals hätte Cora gedacht, dass man den Bleistift anders halten könnte, als sie es von klein auf getan hatte: fest in die Faust geklemmt, die ihrerseits auf dem Zeichenblatt ruhte. Jetzt übte sie, ihn locker zwischen Daumen, Zeige- und Mittelfinger zu balancieren wie einen Dartpfeil, die Spitze über das Blatt tanzen

zu lassen, die Hand über der Zeichnung schwebend. Wie sollte man so eine gerade Linie ziehen?
»Wozu brauchst du gerade Linien?«, fragte Adrian und grinste.
Cora schluckte und übte. Versuchte Bleistifte unterschiedlicher Härtegrade. Stundenlang krakelte sie herum, längst hätte sie aufgegeben, machte Adrian nicht vor, wie einfach es doch sein konnte.
Dann probierte sie die Filzstifte aus. Das funktionierte besser, doch der Strich war ihr zu grob. Und der Kugelschreiber?
Wirf das Ding in die Ecke, herrschte sie die Stimme in ihr an, ich will kein Kugelschreibergesicht!
Dann war Mitternacht, und Adrian sagte, er müsse nach Hause.
»Wie kannst du mich einfach so im Stich lassen«, sagte Cora ungnädig.
Er sah unglücklich drein.
»Ich lass dich nicht im Stich«, sagte er leise, »ich komme morgen wieder.«
Und als sie nicht antwortete: »Ich habe Jahre dafür gebraucht. Willst du es über Nacht lernen?«
»Ja«, sagte Cora und sah von ihrer Skizze auf. Sie blickte in sein verdutztes Gesicht und musste grinsen. Adrian atmete auf. Cora legte den Kugelschreiber weg und brachte ihn zur Haustür.
»Danke«, sagte sie und wunderte sich. Sie konnte sich nicht erinnern, wann sie sich das letzte Mal für etwas bedankt hatte. Seit Raouls Tod war das nicht mehr vorgekommen.
»Und du kommst morgen wirklich wieder?«
Adrian nickte heftig.
»Versprochen!«

Danach hatte sie sich gestreckt und gedehnt, gegähnt und sich die Augen gerieben, und schließlich weitergemacht. Versuchte vergeblich, den Bleistift tanzen zu lassen. Die Figur in ihr drängte und quengelte.
Lass den ollen Bleistift, sagte sie.
»Und was dann?«, wollte Cora wissen.
Tusche. Ich bin eine Tuschgestalt.
Tusche. Ausgerechnet. Von Tusche hatte Adrian nichts gesagt. Cora kramte in ihren Schreibtischschubladen und fand tatsächlich irgendwo ganz hinten ein halb eingetrocknetes Tuschfässchen und ein paar verklebte Stahlfedern.
Als sie alles beisammen hatte, stellte sie fest, dass ihr das Zeichenpapier ausging.
Macht nichts, sagte die Stimme, *dreh die alten um und nimm die Rückseite.*
Und dann war es, als sei die Zeit aufgehoben, alle Müdigkeit war verflogen, die Feder kratzte, aber das war gerade richtig, die Stimme in ihrem Kopf und ihre eigenen Gedanken verschmolzen, und auf einmal tauchte sie auf aus dem Weiß des Papiers, erst die Augen, dann die Nase, der Mund, der schlanke Hals, nein, nicht so … so, und noch einmal von vorne, und als sich endlich die Linien fügten und eine Figur dort auf dem Blatt erschien, da kam es Cora nicht so vor, als habe sie sie gezeichnet, sondern als habe sie sich selbst aus dem Papier geschält, endlich freigelegt durch die kratzende Stahlfeder, als habe sie sich aus den untersten Schichten der Fasern herausgekämpft, und selbst ein unbeabsichtigt herabtropfender Tintenfleck ergab die einzig richtige Form ihres Körpers, ein ungeplanter Strich den Schwung ihres Gewandes inmitten einer Drehung, ja, Cora kam es so vor, als materialisiere sich diese Figur mit Hilfe der von ihr zufällig gespendeten Tusche wie von selbst.

»Wie heißt du?«, fragte sie.
Die Figur lachte. In einem Close-up, der lediglich ihr Gesicht wie in der Nahaufnahme eines Filmes zeigte, erschienen ihre makellosen Zähne.
Wie ich heiße?, fragte sie, und Cora sah erstaunt zu, wie sie selbst eine Sprechblase zeichnete und die Buchstaben der Antwort hineinschrieb: *Ich heiße CoraZwei.*
In diesem Augenblick läutete der Wecker. Es war halb sieben. Cora konnte nicht glauben, dass sechs Stunden vergangen waren. Sie fühlte keine Müdigkeit, nur eine namenlose Euphorie.
Wie gesagt. Es war wie eine Geburt. Es war nicht leicht gewesen, aber jetzt war CoraZwei in der Welt.
Der Wecker läutete erneut, dringlicher, sie musste zur Schule, es wurde höchste Zeit. Doch da spürte sie, wie CoraZwei sie ansah und dabei verächtlich den Mund verzog.
Zur Schule?!, erschien in der Sprechblase. *Du gehst heut nicht zur Schule. Du machst gefälligst weiter, das hier ist erst der Anfang.*
Also ging Cora hinunter in die Küche und befahl ihrer Mutter, in der Schule anzurufen. Sie sei krank. Habe die ganze Nacht kein Auge zugetan. Ellen war besorgt. Doch da war Cora schon wieder verschwunden.
Es dauerte eine Weile, bis sie ihre Ruhe hatte. Sie musste ziemlich gemein zu Ellen sein, damit die von ihr abließ, sie mit ihren Hausmittelchen verschonte und auch nicht den Arzt rief. Dann lauschte sie, bis sie HPs Lexus aus der Garage gleiten hörte, und schlich sich in sein Studio. Suchte und fand Papier und ein unberührtes Tuschfässchen. HP war ein Architekt mit altmodischen Vorstellungen, gefiel sich darin, jederzeit eine Handskizze anfertigen zu können, was er seit Jahren nicht mehr getan hatte.

Zurück in ihrem Zimmer räumte Cora auf. Warf alles bis auf die letzten acht Skizzen in den Papierkorb. Diese Skizzen aber hängte sie an ihrer schwarzen Wand auf, direkt unter die Rune der Unsterblichkeit. Während sie CoraZwei betrachtete, fiel ihr Blick auf ihr Spiegelbild über der Frisierkommode. Sie sahen sich ähnlich, CoraZwei und sie, wie Zwillingsschwestern. Wieder glaubte Cora, ihre Comicfigur lachen zu hören.
Wir uns ähnlich?, höhnte CoraZwei. *Vielleicht äußerlich. In Wirklichkeit bin ich viel mutiger als du.*

11

Nicht, dass Ellen wusste, was in Coras Zimmer tatsächlich vor sich ging. Nicht, dass sie von CoraZweis schwerer Geburt irgendetwas ahnte. Aber sie hatte zu lange HP im Auge behalten, als dass ihr verborgen geblieben wäre, was ihre Tochter heimlich wie eine Elster aus dem Studio ihres Vaters stahl. Papier und Tusche, das also bildete den Hintergrund für Coras Unwohlsein.

Ellen mischte sich nicht in die Angelegenheiten ihrer Tochter ein, das war lange vorbei. Seit Raouls Tod behandelte sie Cora wie ein rohes Ei, sie hatte eine ungefähre Ahnung von den Untiefen ihres Schmerzes und fürchtete sich vor ihrem Hohn. Ellen wollte ihr auch nicht im Weg stehen, wenn sie sich in den Kopf gesetzt hatte, heute statt Schule mit Tusche zu zeichnen. Im Gegenteil, Tusche und Papier bedeuteten eine gute Nachricht an jenem Morgen. Eine Entdeckung, die Ellen auf eigene Gedanken brachte.

»Aber du bist keine Künstlerin«, hatte HP damals gesagt. Noch heute würgte sie an jenem Satz. Sie hatte nie daran gedacht, eine Künstlerin zu sein. Erst sein kategorisches Urteil hatte ihr ein für alle Mal diese Möglichkeit versperrt.

Es war das Einzige, was sie schon immer konnte: zeichnen. Es war die eine Sache, die ihr kein Kopfzerbrechen bescherte: die Verselbständigung ihrer Hand. Ein Stift, ein Stück weiße Fläche auf Papier – ob der Innendeckel eines

Romans, die freien Stellen im Mathematikbuch, eine Serviette, die Rückseite eines Einkaufzettels –, schon ging es los. Sie zeichnete, und hätte man sie gefragt, was, sie hätte es erst hinterher gewusst. Nein, es waren keine Männchen, keine Blumen oder Tiere, nichts von all dem, was andere Kinder oder später Jugendliche zeichneten. Es waren Räume. Volumen. Das Einzige, was dabei zählte, war das Verhältnis der Dimensionen zueinander. Und das Licht.
Räume mit Licht und Schatten.
Sie ging ins Studio, und dabei fiel ihr ein, dass dies einst auch ihr Arbeitsplatz gewesen war. Es gab sogar zwei Räume in HPs Trakt, die ursprünglich für das Architektenpaar HP & Ellen Sternberg vorgesehen waren. Doch aus irgendeinem Grund hatte sie kaum Zeit in ihrem Büro verbracht, bis es nach und nach zu HPs Lager für alte Modelle wurde, eine Art Archiv. Ellen ging an den Regalreihen entlang, betrachtete die Arbeiten. Ausnahmslos alle basierten auf einer ihrer Kritzeleien. Kein einziges dieser Modelle jedoch hatte sie selbst gebaut. Sie hatte einfach nie die Geduld dafür aufbringen können, war in Gedanken schon wieder bei einem neuen Entwurf gewesen. Von der lästigen Rechnerei, der Statik, der Kalkulationen, von dem Ärger einer Bauleitung ganz zu schweigen. Und darum hatte sie dieses Büro gemieden wie ein Kaninchen den Fuchsbau. Ihre Zeichnungen machte sie überall: auf der Terrasse, im Café, im Wohnzimmer, im Bett. Nur nicht in diesem dafür vorgesehenen Büro.
Im hinteren Bereich ihres zur Abstellkammer degradierten Arbeitsraumes befand sich in der dunkelsten Ecke ein Arbeitsplatz mit Computer, an dem hin und wieder HPs Praktikanten saßen, wenn er welche beschäftigte.
Praktikantinnen, besser gesagt. Sie waren alle jung, irgendwie ausgehungert, berstend vor Ehrgeiz. So wie sie

damals. Es tat weh, täglich daran erinnert zu werden, wie gründlich ihre Hoffnungen und Sehnsüchte gescheitert waren, wie auswechselbar sie war, wie leicht zu ersetzen. Doch seit Raouls Tod war der Arbeitsplatz verwaist.

Sie öffnete die Tür zu HPs Büro und betrachtete das Modell des Bankgebäudes, auch das aus einer ihrer Zeichnungen entstanden. Es war so lange her, dass sie sich kaum noch erinnerte, und doch wusste sie, dass HP bei der Realisierung ihres Entwurfes das Wesentliche vernachlässigt hatte. Ja, vielleicht war das der Grund, warum sie die Freude an der Umsetzung ihrer Zeichnungen verloren hatte, weil immer etwas auf der Strecke blieb, und zwar meistens das, was für sie die Essenz gewesen war. HP nannte es »die Übersetzung der Utopie in die Realität« und stellte es als einen Mangel ihrer Entwürfe dar, er nannte seine Eingriffe »Berichtigungen«. »Das hat weder Hand und Fuß«, hatte er oft über ihre Zeichnungen gesagt und dafür gesorgt, dass ihre Ideen »Hand und Fuß« erhielten. Das war seine Art, sie sich anzueignen und einzuverleiben. Und zu verwässern.

Ellen starrte auf das Modell und widerstand dem Impuls, ein Streichholz an das zerbrechliche Gebilde aus Balsaholz und Papier zu halten, es hatte genug Flammen gegeben in ihrem Leben. Dass HP allerdings zuließ, dass die Eröffnung der neuen Bank ausgerechnet auf Raouls Todestag fiel, das würde sie ihm nie verzeihen.

Sie wandte sich von dem Modell ab und ging zurück in die Abstellkammer. Sie wusste genau, was die Schränke enthielten, so wie sie alles in diesem Haus im Auge behielt, wenn sie schon die Menschen darin nicht im Griff hatte, am wenigsten sich selbst, so wachte sie doch über die Gegenstände und deren Ordnung. Sie entnahm einem bestimmten Fach ein paar Rollen Draht unterschiedlicher

Stärke, einem anderen diverse Zangen. Dann zog sie sich in ihren Trakt zurück.
Bislang hatte sie nur in zwei Dimensionen gearbeitet, hatte ihre Ideen in Skizzen hingeworfen und sie an HP weitergereicht. Bis der sie eines Tages unbeachtet liegen ließ, so wie er auch sie in der Nacht neben sich im Bett nicht mehr beachtete, so als sei sie gar nicht da.
Vielleicht war es ein Fehler gewesen, Architektur zu studieren. Wahrscheinlich hatte HP recht, wenn er ihr vorwarf, keine Architektin zu sein. Wenn sie den Bleistift über das Papier tanzen ließ, dachte sie nicht an Gebäude. Es waren die Ausdehnungen, die Volumina, die so entstanden, Dimensionen von Raum im Verhältnis zueinander. Räume mit Licht und Schatten.
Sie war es satt, auf Räume beschränkt zu sein, die der ISO-Norm des modernen Wohnens entsprachen. Sie hasste rechte Winkel, ihre Entwürfe wiesen sie selten auf, und doch hatte HP alles schön brav auf 90 Grad ausgerichtet, sich über ihren Schlendrian mokiert oder ihr eine Gardinenpredigt wegen möglicherweise sich einschleichende anthroposophische Werte gehalten. »Unsere Auftraggeber«, hatte er gesagt, »sind keine ehemaligen Waldorfschüler. Unsere Auftraggeber wollen, dass ihre Einrichtung ins neue Haus passt, verstehst du, sie wollen sich nicht eine halbrunde Schrankwand maßschreinern lassen, nur weil du findest, das sieht hübsch aus.«
Das alles hatte ihr die Freude verdorben. Von allen denkbaren Möglichkeiten stets nur die Schachtelform zu verwenden, machte einfach keinen Spaß. Sinnlos, mit HP darüber zu streiten, dass sich andere Architekten ebenfalls nicht mit rechten Winkeln und Schachtelformen begnügten. Wollte man ihn so richtig wütend machen, dann musste man dieses Thema anschneiden, aber das alles lag

schon lange zurück, sie hatte kein Bedürfnis mehr, ihn zu reizen. Das gehörte in die Zeit vor Raouls Rückkehr, als HP und Cora noch eine provozierende Phalanx bildeten, als laut HP »noch alles in Ordnung« war, als sie noch hoffte, irgendetwas ändern zu können. Doch änderte man etwas, indem man den anderen reizte?

Während Ellen ihre Gedanken auf die Reise schickte, hantierten ihre Hände mit Draht und Zange. Formten, bogen, durchtrennten, verbanden und verschlangen. Ohne darüber nachzudenken, was das werden sollte. Der Draht wurde zu einer Linie im Raum, und die gab sich ihr hin, fügte sich zu anderen Linien, so, wie sie es wollte. Ihre Finger formten verbotene Räume, organisch wie Samenkapseln, wuchernd wie Dornröschens Heckenschloss, Wolkengebilde, schwebende Sphären.

Das erste Gebilde passte auf ihre Handfläche, das dritte war so groß wie sie selbst und brauchte Platz. Sie trug alles ins Hundertquadratmeterwohnzimmer, ließ die Jalousien herunter und stellte eine Lampe auf. Formenskelette aus Linien, die Schatten warfen, neue Linien, die neue Räume simulierten. Schattenräume. Lichträume. Linienräume …

Und auf einmal klingelte es an der Tür.

Ellen wäre nicht Ellen, hätte sie einfach so getan, als sei niemand zu Hause. Hätte sie, wäre alles anders gekommen. Aber nach dem dritten Läuten kehrte ihr hausfrauliches Pflichtgefühl zurück, und schon war sie an der Tür. Vor ihr stand ein ihr völlig fremder Mann.

»Frau Sternberg?«

Sie nickte.

»Arnold Degen. Ich habe einen Termin mit Ihrem Mann.«

Sie hätte sagen können: »Der ist nicht zu Hause, kommen

Sie ein anderes Mal wieder.« Sie hatte es schon auf der Zunge, denn sie wollte zurück zu ihren Schattenräumen, und zwar so schnell wie möglich. Stattdessen bat sie Degen herein. Sie kannte den Namen. Es war der Künstler, dessen Werke bei der Eröffnung des neuen Bankgebäudes ausgestellt werden würden. HP hatte die Verabredung ganz offensichtlich vergessen.

Degen trat in den abgedunkelten Wohnraum. Sah die Schattengebilde. Blieb wie angewurzelt stehen. Ellen wäre am liebsten in den Boden versunken. Doch so sehr sie es sich auch wünschte, die Dielen des alten Tanzbodens, die HP aus einem dem Abriss geweihten Landgasthaus gerettet hatte, abziehen und neu gewachst in ihrem Wohnraum hatte verlegen lassen, wollten sich partout nicht öffnen.

»Möchten Sie einen Kaffee?«, fragte sie in der Hoffnung, den Gast von ihren ersten Ausflügen in die Dreidimensionalität abzulenken, die ihr auf einmal töricht und unbeholfen vorkamen. Doch Degen schien sie nicht zu hören. Er wanderte um die Drahtgestalten herum, als sei sie gar nicht da. Als sie schließlich aus der Küche zurückkam, zwei Espressotassen auf dem Tablett samt Zuckerdose und Sahnekännchen, starrte Degen immer noch auf ihre Drahtgebilde.

»Sind das Ihre Arbeiten?«, wollte er wissen.

»Nun … ja«, gestand sie, rang die Hände. »Ein paar erste Versuche …«

Sie räusperte sich. Wieder drohte ihre Stimme zu versagen. Doch auf einmal ärgerte sie sich darüber. Ärgerte sich über den Eindringling, der sie in ihrer spielerischen Selbstvergessenheit gestört hatte. Wie lange war es her, dass sie sich so etwas erlaubt hatte? Jahre! Und jetzt war alles kaputt. Am liebsten hätte sie diesem Menschen die Tür gewiesen.

»Ich hatte ja überhaupt keine Ahnung, Frau Sternberg …«, sagte Arnold Degen, und wandte sich ihr zu, »Ihr Mann hat nie erzählt, dass Sie Künstlerin sind!«
Ellen sah ihm scharf in die Augen. Wenn er sie jetzt auf den Arm nahm, dann würde sie es wirklich tun, sie würde ihn hochkant hinauswerfen, ob ihre Stimme nun mitmachte oder nicht. Aber sie sah keine Ironie, auch keinen Spott. Sie sah Bewunderung. Sie sah Respekt. Sie sah Interesse. Dieser Mann nahm sie ernst. Und er hatte sie »Künstlerin« genannt.

12

Das soll wohl ein Witz sein!«, rief HP Sternberg aus und blickte in die Runde. Der Bankdirektor sah ihn unschuldig aus seinen wasserblauen Augen an. Wenn der ihn bloß nicht zum Narren hielt, diesem Kerl war allerhand zuzutrauen. Sein Assistent machte sich Notizen und sah nicht einmal auf. Burn-out-Syndrom! Wenn die Sache nicht so übel gewesen wäre, hätte HP am liebsten gelacht. »Die Eröffnung ist in drei Tagen«, fuhr er fort. »Und Sie erzählen mir, dass noch nichts vorbereitet ist? Was hat diese … diese Kulturmanagerin zehn Monate lang getan, außer sich das Gehirn auszubrennen und Ihnen das Geld aus der Tasche zu ziehen?«

Auch wenn sie diesen Architekten nicht besonders leiden konnte, seine Manieren zu wünschen übrig ließen, er ihr zu oft und zu offensichtlich auf den Busen starrte, musste Agnes ihm in dieser einen Sache recht geben. Es war eine Zumutung, was diese Frau aus München hinterlassen hatte. Nämlich nichts. Rein gar nichts.

»Nun, nun«, sagte Agnes' Chef in der ihm eigenen altväterlichen Art, die er selbst als »deeskalierend« bezeichnete, »die Situation ist prekär, aber nicht hoffnungslos. Immerhin wurden die Einladungen fristgerecht verschickt, denn das hat unsere Öffentlichkeitsarbeit, sprich: Frau Sontheim, selbst erledigt. Und Frau Sontheim wird auch dafür sorgen, dass den rund zweihundert Gästen, die sich für den kommenden Sonntag angemeldet haben, die Eröffnung unseres neuen Geschäftshauses unvergesslich bleiben wird.«

Agnes stieg die Hitze ins Gesicht. Warum hatte sie sich nicht entschieden gewehrt, gestern Abend, als noch Zeit dafür war?

»Aha«, machte HP Sternberg und nahm Agnes ins Visier. »Sie dürfen also die Karre aus dem Dreck ziehen. Na dann erzählen Sie mir mal, was Sie vorhaben.«

»Nun ja«, sagte Agnes und räusperte sich. »Wir werden natürlich Sekt ausschenken …«

HP verdrehte die Augen, verschränkte die Arme vor der Brust und lehnte sich zurück, legte den Kopf in den Nacken und betrachtete seufzend die Decke.

»Sekt ausschenken. Selbstverständlich werden wir Sekt ausschenken. Frau Sontheim, wachen Sie auf! Wir brauchen ein erstklassiges kulturelles Begleitprogramm! Es geht um die Eröffnung eines der aufsehenerregendsten Bankneubauten unserer Zeit! Außerdem wird gleichzeitig eine Künstlerausstellung eröffnet. Wo ist eigentlich Herr Degen?«

»Ja das frage ich mich auch«, entgegnete Agnes' Chef kühl, »wollten nicht Sie ihn zu unserem Treffen bitten?«

Für einen Moment entstand ein peinliches Schweigen. Schließlich nahm Agnes all ihren Mut zusammen.

»Ich habe von dieser Sache erst vor wenigen Stunden erfahren«, sagte sie so würdevoll, wie sie es vermochte. »Selbstverständlich werde ich mein Bestes geben, und am Sonntag wird es ein kulturelles Begleitprogramm geben, das seinen Namen verdient. Alles, was ich brauche, ist ein bisschen Zeit.«

»Aber wir haben keine Zeit«, konterte HP.

»Wir haben wenig Zeit, da haben Sie recht«, fuhr Agnes ruhig fort. »Aber die werden wir nutzen.«

Sie fühlte, wie ihr Chef sie anstrahlte.
»Und wir werden Sie unterstützen, wo wir nur können. Nicht wahr, Herr Sternberg?«
HP Sternberg verzog das Gesicht.
»Ich brauche«, fuhr Agnes fort, »tatsächlich Unterstützung. Ich weiß nicht, wo ich Leute hernehmen soll. Unsere Mitarbeiter sind voll und ganz mit dem Umzug beschäftigt und können mir nicht zur Hand gehen. Wir müssen jemanden finden, eine Studentin vielleicht. Es gilt verschiedene Bereiche zu organisieren. Da ist zum einen das Catering. Dann muss die Ausstellung aufgebaut werden. Herr Degen macht Kunst aus Metall, nicht wahr …«
»Stahl«, korrigierte HP, als sei Stahl kein Metall, und schnaubte. Es kostete ihn eine ungeheure Anstrengung, seinen Ärger nicht laut hinauszuschreien. Hatte er es denn in seinem ganzen Leben nur mit Dilettanten zu tun? War es wirklich sein Schicksal, in diesem Provinznest zu versauern, wo man alles selbst in die Hand nehmen musste, wollte man verhindern, dass der Geruch der Mittelmäßigkeit alles verdarb?
»Skulpturen also?«
»Dreidimensionale Wandobjekte aus Stahl. Deshalb bat ich ihn, heute Morgen herzukommen. Damit wir besprechen, wann er die Stücke liefert und wie wir sie an den Wänden befestigen. Keine Ahnung, wo er bleibt.«
»Dieses kulturelle Begleitprogramm …«, meldete sich der Assistent des Bankdirektors zum ersten Mal zu Wort. »Wir könnten bei der Jugendmusikschule anfragen. Meine Tochter spielt dort in einem Ensemble …«
»Bleiben Sie mir vom Leib mit Flöte spielenden Kindern oder fiedelnden Halbwüchsigen!«, platzte HP nun doch heraus. »Begreifen Sie denn nicht? Diese Architektur ist einzigartig, ein Kunstwerk an sich. Die Eröffnung muss

etwas ganz und gar Neues bringen, etwas noch nie Dagewesenes, etwas Unerhörtes, etwas …«
»Nun, nun«, unterbrach ihn Agnes' Chef. »Lassen Sie Frau Sontheim nur machen. Ihr wird schon etwas einfallen. Nicht wahr, Frau Sontheim?«
»Ich denke«, sagte Agnes, »wir täten besser daran, unsere Zeit sinnvoll zu nutzen, statt uns in Superlativen zu ergehen. Ich werde tun, was ich kann. Wenn Sie selbst eine Idee haben oder jemanden kennen, der mir zur Hand gehen könnte, hier ist meine Karte. Und jetzt entschuldigen Sie mich bitte, meine Herren, ich habe zu tun.«
Später in ihrem Büro konnte sie selbst kaum glauben, dass sie das wirklich gesagt hatte. Dieser Architekt war die Pest. Aber dem würde sie es zeigen.

Als der Hunger Cora endlich in Richtung Küche trieb, irritiert, dass Ellen nicht ein einziges Mal nach ihr gesehen hatte, glaubte sie, ihren Augen nicht zu trauen. Mitten am helllichten Tag hatte ihre Mutter das Wohnzimmer abgedunkelt und unterhielt sich mit sich selbst.
Sie sagte: »Obwohl das Ganze im Raum stattfindet, bin ich wieder näher an der Zeichnung dran. Der Raum ist zwar Raum, aber es sind die Linien, die ihn definieren.«
Jetzt ist es geschehen, dachte Cora, jetzt hat sie den Verstand verloren. Dann bemerkte sie, dass Ellen keineswegs allein war. Ein Mann saß in einem der Sessel, unbeweglich wie ihre Mutter, und sagte: »Gesetzt den Fall, man fotografierte sie mitsamt der Schatten, dann wären die drei Dimensionen wieder auf zwei reduziert und eine weitere zeichnerische Ebene möglich.«
Obwohl Cora kein Wort verstand, erfasste sie die fast magische Atmosphäre zwischen ihrer Mutter und diesem Besucher. Dies war in vierundzwanzig Stunden schon das zweite

Mal, dass sie Ellen mit irgendwelchen Männern antraf, die sie nicht kannte. Sie erschien ihr fremd, noch nie hatte sie sie so entspannt gesehen, noch nie solche Sachen sagen hören. Dann identifizierte Cora die filigranen Gebilde im Licht der Lampen. Wer war dieser Mann? Vielleicht dieser Künstler, von dem ihr Vater so oft sprach, der seine Werke im dem Bankgebäude ausstellen würde? Aber wieso brachte er sein Zeug hierher? Was hatte ihre Mutter damit zu tun?

»Mama«, sagte sie ungeduldig und trat mit ein paar energischen Schritten zu ihrer Mutter. Der magische Raum zwischen Ellen und dem fremden Künstler zerbrach. »Ich habe Hunger.«

Einen Moment lang war es still. Ellen rührte sich nicht. Dann ertönte ein leises Männergelächter.

»Ach Gott, ja«, sagte dieser Mann, »liebe Frau Sternberg, das ist nun mal unser Schicksal. Von der Geburt eines Sterns in die Niederungen des täglichen Lebens. Ich habe Hunger! Ich muss schon sagen. Das ist gut.«

Cora ging zum Fenster und ließ die Jalousien hochfahren. Sonnenlicht fiel auf Ellen, die ihre Hand vor die Augen legte. Cora sah es mit Befriedigung. Doch dann sagte Ellen, mit deutlicher und fester Stimme, die sich keinesfalls in irgendeiner Weise verflüchtigte: »Wie kommst du dazu, hier einfach so hereinzuplatzen? Was würdest du sagen, wenn ich das bei dir täte?«

Cora sperrte den Mund auf, klappte ihn wieder zu. Sie sah von ihrer Mutter zu dem fremden, immer noch schmunzelnden Mann und wieder zurück. Ellen stand auf, ging zum Fenster und ließ die Jalousien wieder hinab.

»Wenn du Hunger hast, dann geh in die Küche. Im Kühlschrank findest du genug zu essen.«

Coras Überraschung war so groß, dass sie ohne Widerrede in die Küche marschierte, so erstaunlich war diese unbegreifliche Verwandlung ihrer Mutter. Und während sie sich wahllos irgendwelche Sachen auf den Teller lud, lauschte sie dem wundersamen Gespräch dieser beiden dort im Licht der Lampen, zwischen linienförmigen Schatten und Silber glänzenden Drähten. Bis ihr irgendwann dämmerte, dass es sich nicht um Skulpturen des fremden Gastes handelte, sondern um, ja glaubte man es denn, um Werke ihrer Mutter.

Sie stellte sich in den Schatten der Küchentür und beobachtete die Szene. Lange stand sie dort, sah zum ersten Mal seit einer Ewigkeit genauer hin. »Vorgefasste Meinungen«, das hatte Raoul einmal gesagt, als sie eine schnippische Bemerkung über ihre Mutter gemacht hatte, »sind Fallen, in die wir niemals tappen dürfen. Sie machen uns blind und taub und gefühllos. Mach dir kein Bild von einem Menschen, auch nicht, wenn er dir immer wieder ein bestimmtes Gesicht zeigt. Hinter jedem Gesicht steckt ein weiteres, und darunter wieder ein anderes und immer so weiter. Wenn du dir aber ein Bild von jemandem machst und sagst: So und so ist er, dann beraubst du ihn all der Möglichkeiten, die in ihm stecken.«

Genau das hatte sie getan. Sie hatte ihre Mutter in eine graue Maus verwandelt, und jetzt hatte die sich durch einen geheimnisvollen Zauberspruch selbst davon befreit.

Cora konnte nicht anders, wie gebannt betrachtete sie das größere der Gebilde. Irgendwie hatte Ellen es hingekriegt, dass es aussah, als schwebte eine aus vielen Maschen geformte kugelige Tropfenform über einem Knäuel aus Draht. Als wüchse die Träne aus dem Chaos an der Basis hinauf in den Himmel.

Auf Zehenspitzen floh Cora zurück in ihr Reich. Sie wusste, sie hätte sich für Ellen freuen sollen, aber sie konnte es nicht. Sie hasste Veränderungen, noch nie hatten sie ihr etwas Gutes beschert. War es nicht einfacher, zu wissen, wen man verabscheute, wen man verachtete, wer die Schuld trug? Wo kam sie hin, wenn die Figuren ihre Rollen wechselten und sich aus der Verantwortung stahlen? Raoul war tot, und keiner hatte die Verantwortung dafür übernommen, und jetzt taten alle, als ginge das Leben einfach weiter. Ihr Vater eröffnete sein bescheuertes Bankgebäude ausgerechnet an jenem Tag, ein Jahr nachdem Raoul verbrannt war. Und Ellen? Die hatte nicht das Recht, ein neues Leben zu beginnen.

Aber zum Glück gab es sie, Cora. Sie würde zur Stelle sein, um ihre Mutter daran zu erinnern, welche Katastrophe sich vor einem Jahr hier zugetragen, und welche Rolle sie dabei gespielt hatte.

Der Appetit war ihr vergangen. In ihrem Zimmer starrte CoraZwei sie vorwurfsvoll von der schwarzen Wand her an.

…ein Feuer …, las Cora in der Sprechblase der dritten, sechsten und achten Skizze.

Sie wusste, sie hatte eine Aufgabe. Ihr Vater hatte die Eröffnung nicht umsonst auf den Jahrestag des Unfalls gelegt. Ob er sich darüber im Klaren war oder nicht, es hatte etwas zu bedeuten. Sie würde diesen Tag mit Bedeutung füllen und Raouls Tod rächen.

»Aber wie?«, fragte sie.

Cora stellte den Teller zur Seite. Sie ergriff die Tuschfeder, tauchte sie in die schwarze Flüssigkeit. Ein leeres Blatt lag vor ihr. Und dann begann sie zu zeichnen, mit lockerem Handgelenk, so wie Adrian es ihr gezeigt hatte. Diesmal war es nicht CoraZwei, die sie angrinste oder ihre Brauen runzelte. Nein. Auf dem Blatt entstand eine große runde Blase, die nach unten tropfenförmig zulief, ganz ähnlich wie Ellens Drahtgebilde. Darunter zeichnete

Cora eine Art Korb, der durch Seile mit der Blase verbunden war. Diese Blase schwebte, und in dem Korb standen Menschen, die nach unten sahen, nach unten auf die Dächer einer Stadt. Ihrer Stadt. Ein Heißluftballon. Das war die Lösung.
Cora saß da und starrte auf die Zeichnung. Sie bemerkte nicht, wie ein Tropfen schwarzer Tusche ihr Handgelenk entlanglief und von dort auf ihre Hose tropfte. Sie starrte auf die Szene auf dem Blatt, die lebendig wurde. Sie sah alles ganz deutlich vor sich. Die Eröffnung. Die Reden. Die Überraschung. Ihr Vater sprach seit Wochen von nichts anderem. Eine Überraschung für die Gäste. Nun, die sollte er bekommen.

»Kann das nicht warten bis nächste Woche?«, fragte Agnes. Sie hatte genug um die Ohren. Was machte es schon aus, wenn die Asche ein paar Tage in der Urne irgendwo zwischengelagert würde?
»Nein«, sagte ihre Schwester Esther. »Schließlich geht es nicht um irgendeine Asche, sondern um die Überreste deiner Mutter.« Agnes seufzte. Paula wäre es egal gewesen. Sie konnte sich das klingende Lachen der alten Dame nur zu gut vorstellen. »Macht halblang, Mädels«, hätte sie gesagt. »Lass doch die arme Agnes erst einmal dieses Bankgebäude einweihen. Vor mir liegt die Ewigkeit, da machen ein paar Tage nicht viel aus.«
Aber Esther sah das anders.
Also unterbrach sie um drei Uhr nachmittags ihren Arbeitstag, um auf den Friedhof zu hasten, wo eine halbe Stunde später Paulas Asche in dem für sie vorgesehenen Urnengrab beigesetzt werden sollte.
Agnes hatte den Vormittag damit verbracht, Event-Agenturen abzutelefonieren, die sie im Internet gefunden hatte.

Schilderte wieder und wieder die Situation, nannte den Anlass, den finanziellen Rahmen, und soweit hatte sie die volle Aufmerksamkeit der Agenten. Erwähnte sie allerdings den Termin, wurde es still am anderen Ende der Leitung. Die meisten sagten ihr auf der Stelle, dass ihre Planungen wesentlich längerfristig angelegt und ihre Künstler auf Monate, wenn nicht Jahre, hinaus ausgebucht seien. Zwei versprachen, alle Möglichkeiten zu prüfen und sich gegebenenfalls wieder zu melden. Nicht dass sich Agnes große Hoffnungen machte, aber sie tat, was sie konnte. Es muss doch irgendetwas geben, dachte sie, während sie über den Friedhof schritt und ihr eine Windböe unter den Rock fuhr, etwas, woran keiner von uns denkt. Etwas Geniales, etwas Einzigartiges …, ach was, unterbrach sie ihre Gedanken, bist du jetzt auch schon von den Superlativen dieses Architekten infiziert?

Es war einer jener Spätsommertage, die nicht so recht zu wissen scheinen, ob sie noch Sommer sein wollen oder bereits den Herbst einläuten. Der Morgen hatte strahlend begonnen, bis Mittag war das Thermometer auf sechsundzwanzig Grad geklettert. Als Agnes nun in ihrem leichten Leinenkostüm den Friedhof betrat, hatte ein plötzlicher Westwind ein paar Wolken eingekreist und über der Stadt zusammengedrängt. Und während der kurzen Zeremonie, mit der der Geistliche die Urne segnete und in die dafür vorgesehene Stelle in der Mauer einpasste, färbte sich der Himmel senfgelb und saphirgrün. Ein Donner grollte. Agnes fühlte die Elektrizität in der Luft, jeden Augenblick konnte das Gewitter losbrechen.

Sie waren allein, sie und ihre Schwester. Esther hatte einen verbitterten Zug um den Mund, den Agnes auf die Abwesenheit von Paul zurückführte. »Willst du, dass ich ganz allein dort stehe«, hatte sie am Telefon gefragt, in diesem Ton, den Agnes seit ihrer Kindheit fürchtete. Sie waren also allein, bis auf einen älteren Herrn, der etwas abseits stand, und von dem Agnes anfangs dachte, er gehöre zu einer anderen Gesellschaft. Dann, nach einem zweiten Blick, glaubte sie sich zu erinnern, ihn am Tag der Einäscherung kurz in der Aussegnungshalle gesehen zu haben, er war zu spät gekommen und früh gegangen, und auch damals hatte Agnes angenommen, er habe sich im Termin geirrt. Doch als das Urnengrab verschlossen war und der Priester ihnen die Hände geschüttelt hatte, stand er immer noch unter einer Eiche, als warte er auf jemanden.

»Kommst du noch mit auf eine Tasse Kaffee?«, fragte Esther. Sie hatte Tränen in den Augen, und Agnes fühlte sich augenblicklich schuldig. Sie hatte während der ganzen Zeremonie nicht ein einziges Mal an Paula gedacht. Verspürte, wenn sie ehrlich zu sich war, nicht das kleinste bisschen Trauer. Und das war doch das mindeste, was man von einer Tochter während der Urnenbestattung der eigenen Mutter erwarten konnte.

»Ich muss zurück ins Büro«, sagte Agnes. »Du hast keine Ahnung, was da los ist.«

Ihre Schwester nickte, als habe sie es nicht anders erwartet.

Küsste sie auf die Wangen und ging davon, der schwesterliche Vorwurf in Person. ›Aber vielleicht sind wir ja gar nicht richtigen Schwestern‹, dachte Agnes, während sie, noch immer schuldbewusst, ihre Aufmerksamkeit auf das frisch verschlossene Fach in der Mauer richtete. *Paula Sontheim, geborene Geiger*, stand da, *6. Mai 1937 – 14. August 2014.* Sie hatte in der Nacht, als sie nicht schlafen konnte, ein Bündel von Paulas Liebesbriefen geöffnet, das mit dem grünen Geschenkband, und wenn sie auch enttäuscht über den Inhalt gewesen war, der bei weitem nicht an jenen Brief herankam, den Paula bei ihrem Tod in Händen gehalten hatte, so eröffnete ihr dieses Päckchen doch völlig neue Perspektiven auf ihren Familienstammbaum. Denn soweit sie das bislang einschätzen konnte, war auch sie nicht das Kind ihres bis dahin so sicher geglaubten Vaters.

›Einmal so weit gekommen‹, dachte sie, ›kann man dann noch damit rechnen, dass es überhaupt irgendwelche Sicherheiten gibt?‹

Ein heftiger Wind fuhr durch die Kronen der Friedhofseichen, und einen Moment später prasselte ein Regen nieder, der Agnes innerhalb von wenigen Sekunden bis auf die Haut durchnässt hätte, schwebte da nicht auf einmal ein Regenschirm über ihr. Sie sah sich um.

»Sie gestatten?«, fragte Valentin.

13

Adrian hätte genauso gut bei Cora bleiben können, denn in jener Nacht tat er kein Auge zu. Das Glück füllte ihn so vollkommen aus, von seinen Haarspitzen bis zum großen Zeh, durchpulste ihn mit Finnegal-Energie wie ein Cocktail aus Nikotin, Koffein und dem komischen Zeug, das er einmal in einer Diskothek probiert hatte und das ihn zwei Tage durchzeichnen und die Nächte -tanzen ließ, nur hundertmal besser. Der Schlaf fand nicht den kleinsten Quadratzentimeter Platz in Adrian, und am anderen Morgen erschien ihm die Schule und alles, was damit zusammenhing, weit entrückt, so als wäre es ein Film, der ihn nichts anging, ein schlechter Comic, den er ohne Interesse durchblätterte. Zweimal schaute er den Lehrer mit offenen Augen an und überhörte doch seine Frage, denn in Wirklichkeit sah er durch ihn hindurch in sein Wunderland, in dem Cora sein Herz regierte.

Cora.

Seit er sie vor zwei Tagen entdeckt hatte, war sie seine Quelle des Glücks und der tiefsten Verzweiflung. Dieses Mädchen war ihm ein Rätsel in seiner Wechselhaftigkeit, wie das Wetter an einer irischen Küste – jedenfalls stellte er es sich so vor, nicht, dass er jemals in Irland gewesen wäre, zumindest nicht in diesem Leben. Dennoch wusste er alles über die Kelten, alles über Druiden, alles über die dort ansässigen Monster, war Spezialist für geheime Zaubertränke, und keiner kannte sich so gut mit den keltischen Runen aus wie er. Aber er wusste nichts über die Psyche dieses Mädchens, das ihm einmal freundlich wie die wärmende Sonne und dann wieder abweisend wie ein plötzlicher Hagelschlag entgegentrat. Aber es spielte keine Rolle, er würde lernen, alle seine Wesenszüge mit Gelassenheit zu nehmen, denn er liebte Cora wie sein eigenes Leben, und der Liebe ist nichts unmöglich, das hatte sogar seine Oma gesagt.

»Der Liebe, Adrian«, und dabei hatte sie ihn an den Igelhaaren gezupft, »ist einfach alles möglich. Du musst nur richtig lieben, dann ergibt sich alles andere von selbst.«

An solche Dinge dachte er und daran, wie Cora wohl unter ihrem Königinnenkleid aussähe, als ihn der Lehrer ansprach, der nicht fassen konnte, dass er nicht gehört wurde. Und als Kevin, sein Banknachbar, ihn in der großen Pause fragte: »He Mann, welche Drogen nimmst du eigentlich? Glotzt durch die Gegend und bist taub und stumm«, da ging Adrian davon und ließ ihn einfach stehen.

Ja, er wäre besser bei Cora geblieben, und je länger er darüber nachdachte, desto idiotischer kam ihm sein Verhalten vor, hey, er hatte die Gelegenheit, die Nacht mit ihr zu verbringen, wer weiß, was daraus geworden wäre. Aber nein, er, Adrian, der kleine Scheißer, der er trotz seines Finnegal-Herzens doch immer noch war, ging brav nach Hause, obwohl sie ihn nicht hatte gehen lassen wollen.

Egal, er würde heute zu ihr zurückkehren, er hatte es ihr ja versprochen. Er würde ihr beibringen, wie man Comics zeichnete, sein ganzes Wissen ihr zu Füßen legen, und alles andere auch. Und ... tja, dann würde man schon sehen.

Zuvor allerdings musste er noch das Wochenblatt austragen, und obwohl er das im Laufschritt erledigte, dauerte es ganze zwei Stunden, zwei Stunden, die ihm wie eine Ewigkeit erschienen, der Zeitungsstapel in seiner Umhängetasche schwer wie Blei, wollte und wollte nicht leichter werden, aber irgendwann war auch das vorbei; schnell noch unter die Dusche, die Haare in Form gebracht, und dann, als er endlich mit klopfendem Herzen an Sternbergs Haustür klingelte, war es schon zwanzig nach vier.

»Kennst du jemanden«, überfiel ihn Cora statt einer Begrüßung, »der Heißluftballons vermietet?«

Adrian verzog das Gesicht.

»Klar«, sagte er widerstrebend, »mein Vater hat so ein Ding. Wozu brauchst du denn einen ...?«

Da sah er sie, dort, an der schwarzen Wand. Cora und doch nicht Cora, die ihm als Rachegöttin entgegenblickte. Etwas lief ihm kalt den Rücken hinunter.

»Das ist CoraZwei«, erklärte ihm Cora. »Ich hab die ganze Nacht gebraucht, bis sie endlich da war. Und hier, sieh mal ...«

Adrian setzte sich zu Cora auf den Boden. Feierlich legte sie ein paar Blätter vor ihn hin. Das erste war ein Deckblatt. In gotischen Buchstaben stand dort:

Das Lied von der unsterblichen Liebe

Ein Geflecht aus keltischen Knoten zog sich um das gesamte Blatt und bildete einen breiten, wuchernden und doch streng geordneten Rahmen. In den Ecken verdichteten sich die Linien zu der Rune der Unsterblichkeit, aber das sah nur der, der sie kannte. Hinter den Wörtern loderten Flammen hervor, es sah so aus, als bestünden die dreidimensionalen Buchstaben aus Metall, die im Feuer zwar glühten, doch nicht vergingen.

Adrian blätterte weiter. Er sah zwei Menschen in einem Auto, einer davon war Cora, der andere musste dieser Bruder sein, Raoul. Adrian warf einen Blick auf Cora, die die Arme vor der Brust verschränkt hatte und ihn mit zusammengezogenen Brauen beobachtete. Dann tauchte er ein in die Geschichte, die Cora gezeichnet hatte:
Das Auto rast durch eine sturmgepeitschte Landschaft. Es ist Nacht. Cora sagt zu Raoul: »Lass uns fortgehen. Für immer.« In einer Großaufnahme sitzt Raoul am Lenkrad. Er sieht wütend aus und sorgenvoll. »Du weißt nicht, was das heißt«, sagt er, »für immer fortgehen. Du würdest es bereuen.«
»Nein!«, schreit Cora entschlossen, und die langen Strähnen ihres Haares winden sich wie Schlangen. »Solange ich bei dir bin, bereue ich nichts. Er will uns trennen. Aber das darf er nicht.«
»Niemand kann uns trennen«, sagt Raoul, »über den Tod hinaus nicht.«
Da fängt der Wagen an zu schlingern. Ein Blitz schlägt irgendwo ein. Zwei riesige Scheinwerfer kommen in der Dunkelheit auf sie zugerast. Cora schreit. Raoul reißt das Lenkrad herum. Der Wagen stürzt eine Böschung hinunter, überschlägt sich, einmal, zweimal, dreimal. Dann bleibt er zwischen zwei Bäumen hängen. »Raoul?«, ruft Cora, die in ihrem Sicherheitsgurt hängt. »Ich bin hier«, sagt eine Sprechblase, aber Raoul ist nicht zu sehen. Cora öffnet den Sicherheitsgurt, ihre Hand ertastet den Türgriff, da macht es »Puff«, eine Explosion, und das Auto geht in Flammen auf. Wie durch ein Wunder öffnet sich die Beifahrertür, Cora tritt aus den Flammen, macht ein paar Schritte, fällt dann auf die Knie. Sie ist unversehrt. »Raoul!«, schreit sie, »*Raoul!*« Sie sieht sich um, und da ist Raoul, Raoul hinter den Flammen, nein: Raoul in den

Flammen, Raoul, der Cora zuwinkt, mit brennenden Armen, brennendem Haar, brennendem Gesicht, Raoul, der ihr etwas sagen will, seine Lippen bewegen sich, seine Arme sind zu ihr ausgestreckt, doch dann stürzt er, sein Körper fällt, wird eins mit den Flammen, wird er sich auflösende Materie, ein Stück Kohle, mehr nicht.

Adrian blättert weiter. Das nächste Blatt ist leer.

»So«, sagt Cora, und ihre Stimme klingt rauh. »Jetzt weißt du es.«

Adrian schluckt.

»Du meinst«, sagt er, »wie … wie dein Bruder starb?«

Cora sieht ihn an aus Augen, so dunkelblau, fast violett sind sie, so leuchtend wie der Abendhimmel, nachdem der letzte Rest eines Sonnenuntergangs verglüht ist, so tief und unergründlich wie das Universum.

»Dass ich unsterblich bin.«

Es sollte Agnes teuer zu stehen bekommen, denn der Zufall wollte es, dass Esthers beste Freundin im Café Stadler saß, als Valentin sie dorthin vor der Sintflut in Sicherheit brachte. Dass es tatsächlich regnete, als ginge die Welt unter, wurde ihr später nicht als mildernder Umstand angerechnet, schließlich war auch Esther nass bis auf die Haut zu Hause angekommen und hatte sich keineswegs von irgendeinem Fremden unter den Schirm oder gar in ein Café mitnehmen lassen.

So viel zu ihrer Schwester.

Jetzt aber, im Café Stadler angekommen, wo ihnen wohlige Wärme entgegenschlug und vor allem Trockenheit, lachten sie beide wie Kinder, die einem Strafgericht entkommen waren und sich unversehens vor einer Tasse Kakao und einem Stück Streuselkuchen wiederfanden. Beziehungsweise einer Tasse Ovomaltine, denn Valentin liebte dieses Getränk über alles. Und Agnes, die ihm, überrascht von diesem Zufall, erklärte, dass dies auch das Lieblingsgetränk ihrer verstorbenen Mutter gewesen war, beschloss, an diesem besonderen Tag mit der alten Kaffeesucht zu brechen und es ihm gleichzutun. Während draußen die Welt unterzugehen schien, fühlte sich Agnes seltsam geborgen, fühlte die ungewohnte Wärme eines Mannes so nah neben sich, denn sie mussten sich zu zweit mit der schmalen Bank unter dem Spiegel begnügen, das Stadler war voll bis auf den letzten Platz, überfüllt von Gewitterflüchtigen und Stammgästen.

Inmitten des Stimmengewirrs und der von trocknender Kleidung tropischen Luft, inmitten des Dufts nach Kaffee, Vanille und Kindheit, wollte sie ihn fragen, warum er zu Paulas Beerdigung gekommen war, doch stattdessen erzählte sie ihm ihr Leben. Sie wusste nicht, wie es dazu kam, doch einmal in Fahrt, gab es kein Halten mehr. Er hörte ihr zu, wie es noch nie jemand getan hatte, unbedingt, ausschließlich. Sie saßen nebeneinander auf der gepolsterten Bank, und so sprach Agnes zu seinen Händen, die lang waren und schön, von einer alterslosen Würde. ›Mein Gott‹, dachte Agnes, als sie einmal aufblickte und direkt in sein Gesicht sah, das so merkwürdig nah neben dem ihren war, ›er könnte dein Vater sein.‹ Aber das Gefühl, das in ihren seidenbestrumpften Zehen begann, die sich allmählich erwärmten, dieses Gefühl, das sich nach und nach über ihre Waden zu den Oberschenkeln hin ausbreitete, eine ganze Weile in ihrem Schoß verweilte, um dann über den Bauch hinaufzukriechen bis in ihre Brust, sagte etwas anderes.

»Darf ich Sie wiedersehen?«, fragte dieser Mann, nachdem er darauf bestanden hatte, sie zu Ovomaltine und Kuchen einzuladen, ohnehin schien er hier im Haus eine

bekannte Größe zu sein. »Ich würde sie gerne wiedersehen.«
»Aber ja«, sagte Agnes, und das Gefühl, das sich in ihrer Brust festgesetzt hatte, geriet in Vibration. »Sie müssen mir doch noch erzählen, woher Sie meine Mutter kannten. Ich habe nur von mir geredet, bitte verzeihen Sie mir.«
Statt zu sagen: »Ach, das macht doch gar nichts …«, lächelte er. Da fiel ihr ein, dass sie nicht einmal seinen Namen kannte.
»Valentin«, sagte er.
Agnes sah ihn an, stutzte.
»Valentin mit V?«, fragte sie.
Da stutzte auch er. Sah sie durchdringend an, als sei sie ein Buch und er könnte in ihr lesen. Dann lächelte er wieder, diesmal mehr nach innen, fand Agnes. Er holte tief Luft und sagte:
»Valentin mit V.«

14

An jenem Spätnachmittag war HP Sternberg niedergeschlagener denn je zuvor. Er fühlte sich wie in einem seiner Alpträume, in denen er durch eine Sumpfwüste watete, mit schweren, vor Feuchtigkeit aufgequollenen Lederstiefeln, jeder Schritt eine übermenschliche Anstrengung. In diesen Träumen roch es stets nach Moder und Verwesung, und es war klar, dass er, so sehr er sich auch bemühte, niemals aus dieser Einöde herauskommen würde, denn mit jedem Schritt, den er tat, klumpte sich mehr Morast unter seine Sohlen. Die einzige Möglichkeit, es irgendwie zu schaffen, war, aus diesen viel zu großen Stiefeln zu schlüpfen, sie einfach im Morast stecken zu lassen und barfuß weiterzugehen. Doch aus irgendeinem Grund, den er niemals herausfand, war es ihm unmöglich, das zu tun. Vielleicht waren die Stiefel das Einzige, was er besaß, und er konnte sie deshalb nicht hinter sich lassen. Und so nahm seine Qual erst ein Ende, wenn am Morgen der Wecker klingelte. Unter der Dusche sah er hinab auf seine schmerzenden Füße, als hätten sie sich tatsächlich die ganze Nacht in jenen Stiefeln gequält.

Genauso fühlte er sich am Nachmittag, als er sein Büro betrat, wo niemand auf ihn wartete, nur das Modell aus Balsaholz und Pappe, das er am liebsten mit einer einzigen Handbewegung vom Tisch gefegt hätte.

Er war umgeben von lauter Idioten. Von Mittelmäßigkeit. Von Ignoranz. Er versuchte, das morgendliche Gespräch in der Bank zu vergessen, aber es gelang ihm nicht. Und wo war dieser Degen, dieses lokale Möchtegerngenie, dem er die Möglichkeit, seine lächerlichen Stahlgerippe einer Öffentlichkeit vorzuführen, auf dem Serviertablett präsentiert hatte, eine Gelegenheit, die dieser Mensch im Leben nie wieder bekommen würde? Der ließ ihn im Regen stehen. Kam einfach nicht.
Sternberg versetzte seinem teuren Schreibtischstuhl einen Tritt. Tigerte um den Tisch herum wie ein hungriger Wolf. Stieß irgendwann die Tür zum anderen Büro auf. Blieb auf der Schwelle stehen, sah sich alles an.
›Ein Mausoleum‹, dachte er. ›Das Mausoleum meiner Träume.‹ Er lachte bitter auf, fuhr sich mit der Hand über sein glattrasiertes Kinn, fühlte seine Haut, das Leben darunter, seinen Zorn. Aber er war noch nicht tot. Auch wenn in diesem Haus ein Toter umherging und alle verrückt machte. Ellen. Cora. Und ihn. Oder es jedenfalls versuchte. War es denn seine Schuld? War er denn wirklich Schuld an allem? War er wirklich dieser Schuft, als den ihn seine Tochter behandelte? Hatte er nicht immer versucht, seine Familie zu schützen? Hatte er nicht versucht, Ellen zu retten? Aber er hatte in die Augen des Jungen gesehen, damals, und erkannt, dass er sie nur retten konnte, wenn diese Augen weit weg waren.
Weit weg.
Ach was. Er durfte sich nicht anstecken lassen von der Hysterie seiner Frauen. Raoul war ein Mensch aus Fleisch und Blut gewesen, und mit diesem Fleisch und diesem Blut war er Cora zu nahe gekommen, immerhin waren sie Bruder und Schwester. Bruder! Und Schwester! Was wusste er, was sich abgespielt hatte, wenn Cora bis weit in die Nacht

hinein bei ihm im Zimmer gesessen hatte? Was die beiden getan hatten, wenn er sie mitgenommen hatte, zu Konzerten Hunderte von Kilometern entfernt, oder in Diskotheken, die man erst ab achtzehn betreten durfte? Dieser Raoul war ein Fremder gewesen, wie hatte Ellen ihm derart blind vertrauen können? Cora war damals dreizehn, und wenn sich auch seine Frau taub und blind gestellt, seine Sorgen nicht geteilt und seltsame Dinge gesagt hatte wie: Nun könnten doch auch sie beide noch einmal von vorn anfangen, so hatte er, Hans Peter Sternberg, die gottverdammte Pflicht gehabt, auf seine kleine Tochter aufzupassen. Diesem Kerl die Leviten zu lesen. Es ihr *verdammt nochmal* zu verbieten. Denn was, wenn dem Kind etwas zugestoßen wäre? Wenn er ihr etwas angetan hätte? Wusste er denn überhaupt, ob das nicht längst geschehen war? Wie sonst wäre ihr Verhalten zu erklären, ihre Verwandlung, ihre Veränderung? Und eines stand so fest wie das Amen in der Kirche: Wäre dieser Kerl nicht vorzeitig in einer derart dramatischen Inszenierung von selbst aus dieser Welt gegangen, er hätte ihn sich zur Brust genommen und es aus ihm herausgeprügelt, hätte ihn so weit gebracht, zu erzählen, was da gewesen war zwischen ihm und seinem kleinen Mädchen.

Denn wenn auch keiner davon etwas wissen wollte und er sich hütete, es auszusprechen, wo es doch so offensichtlich auf der Hand lag, so hatte dieser gestörte junge Mann nach diesem letzten finalen Krach Cora mit in den Tod nehmen wollen, und dass es ihm nicht gelungen war, das war weder Raoul zu verdanken noch sonst jemandem, sondern einzig und allein das Werk eines extrem aufmerksamen Schutzengels. Ein Wunder? Glück? Die Vorsehung? Mochte man es nennen, wie man wollte, aber letztendlich hatte dieser Kindesverführer doch einsehen müs-

sen, dass es ihm nicht gelungen war, ihm seine Tochter wegzunehmen. Raoul war verbrannt, und Cora lebte. Unversehrt. Wäre HP gläubig, er würde jeden Tag eine dicke Kerze in der Michaelskirche anzünden lassen, aber er glaubte nicht an Gott. Er glaubte nur an das, was Menschen einander antun konnten, an Gutem wie an Bösem.
Sie waren noch mal davongekommen, so sah er die Sache, sie konnten von Glück sprechen und aufatmen und von ihm aus, wenn es unbedingt sein musste, auch von vorn anfangen. Das Gespenst, das sie nach all den Jahren der Abwesenheit auf- und heimgesucht hatte, war dahin. Im Reich der Toten. Und dort sollte man ihn auch lassen. Ihm seine Ruhe gönnen. Statt ihn mit Hilfe von schwarzgefärbtem Haar und bleich geschminktem Gesicht, durch Schweigen und vorwurfsvolle Blicke täglich aufs Neue mit an ihren Tisch zu holen.
Das war es, was ihn langsam aber unaufhaltsam zermürbte. Was ihm die Freude an allem, selbst an seinen kleinen Liebesabenteuern, genommen hatte. Ja, wie es aussah, auch die Freude an seiner Arbeit. Die Freude am Leben. Denn für wen hatte er sich denn abgerackert all die Jahre? Für wen hatte er das alles aufgebaut? Für wen gab er sich überhaupt mit diesen Spießbürgern ab? Mit dieser Mittelmäßigkeit, diesen Maulwürfen, die nichts sahen, als ihren eigenen mickrigen Gemüsegarten, die alles vermasselten, alles kleinredeten, die örtliche Jugendmusikschule mit einem Top-Event verwechselten und Sektgläser zählten, statt endlich über ihren Tellerrand hinaus zu denken …
Ach was. Es hatte alles keinen Sinn. Cora würde irgendwann erwachsen werden und sich besinnen. Aber eines hatte sie ihm in diesem schweigsamen Trauerjahr gezeigt: dass er auf sich allein gestellt war. Und von nun an auch so handeln würde. Für sich handeln. Sollte sie und ihre

Mutter doch sehen, wo sie hinkämen, wenn nicht er tagtäglich den Laden zusammenhielt. Denn irgendwann war auch er am Ende. Irgendwann müsste er die Stiefel hinter sich lassen, ehe der Sumpf ihn vollständig verschlang. Irgendwann würde er diesem ganzen Morast hier entkommen und irgendwo anders ein neues Leben beginnen, und zwar allein, ohne diese beiden Jammergestalten, die offenbar entschlossen waren, dieses Haus in eine Gruft zu verwandeln …

In diesem Augenblick klopfte es. Cora trat herein. Sie sah ihn an, zum ersten Mal seit fast einem Jahr sah sie ihn an, nicht durch ihn hindurch, nein, direkt in die Augen.

»Ich habe eine Idee«, sagte sie fröhlich, so als hätte nie etwas zwischen ihnen gestanden, »für die Eröffnung am Sonntag.«

Ihm war, als löste sich eine Zentnerlast von seiner Brust. Ein Gefühl von Wärme durchflutete ihn. Er sah in diese veilchenblauen Augen und wusste nur zu gut, dass er es niemals schaffen würde, sie im Stich zu lassen. Weil er sie nämlich liebte, ja, wenn er irgendetwas und irgendjemanden auf dieser Welt überhaupt liebte, dann seine Tochter. Die auf einmal wieder mit ihm sprach. Und in einer Welle von Verwirrung begriff er, dass er kurz davor stand, in Tränen auszubrechen.

Cora sah ihn forschend an. Studierte die kleinste Regung in seinem Gesicht. Er fühlte sich nackt vor ihr, durchschaut. War sich sicher, dass sie bis in den letzten Winkel seines Herzens blicken konnte. Cora, mein Herz, wollte er sagen, und noch viel mehr, vieles, was er noch nie ausgesprochen hatte und für das er noch keine Worte kannte. Doch sie kam ihm zuvor.

»Willst du sie hören, meine Idee?«

Agnes fragte sich, warum ihr das nicht selbst eingefallen war. Schließlich war Paul ihr Bruder.

»Herr Sontheim sagt«, erläuterte Cora, »wir brauchen eine Sondergenehmigung vom Regierungspräsidium. Damit die Ballons auf dem Platz vor der Bank starten dürfen.«

Agnes betrachtete nachdenklich dieses Mädchen. Streng gescheiteltes Haar, zu einem Zopf geflochten. Weiß geschminkt das Gesicht, die Haut wie aus Porzellan, so durchscheinend. Schwarz umrahmte Augen, die von einem unglaublichen Blau waren. Das Mädchen war schön, trotz der Verkleidung, trotz der Blässe und des dunkelvioletten Lippenstifts, der die Herzform seines Mundes betonte. Sie trug Springerstiefel, eine knallenge Hose aus weichem schwarzem Leder, die ein Vermögen gekostet haben musste, ein schulterloses Bustier aus demselben Material, der ihre Brust wie ein Panzer umschloss, – eine Kriegerin, eine Amazone, eine Figur wie aus einem der Comics, die Adrian zeichnete. Eine solche Tochter hätte Agnes dem Architekten niemals zugetraut.

»Was halten Sie davon?«, fragte der, und Agnes sah Stolz in seinen Augen.

»Das wäre tatsächlich etwas Besonderes«, sagte sie. »Aber ist das nicht gefährlich? Ich meine all diese Ballons mitten in der Stadt?«

»Genau deshalb«, sagte das Mädchen, »brauchen wir die Sondergenehmigung. Mein Vater besorgt sie uns, nicht wahr, Papa?«

HP Sternberg nickte strahlend, hatte nur Augen für seine Tochter.

»Was machen wir«, wandte Agnes ein, »wenn das Wetter nicht mitspielt?«

»Oh«, sagte Cora, als hätte sie einen direkten Draht zu Petrus, »es wird mitspielen. Die Vorhersagen sind gut.«

Von da an kam sich Agnes vor wie in einem Traum. Ihr Chef wurde informiert und war begeistert. Noch am selben Abend kam Paul in ihr Büro, und auf einmal sah sie ihn mit völlig neuen Augen. Sie hatte seine Luftschifferei nie besonders ernstgenommen, eine Fortsetzung seiner Jungenspiele, als er Drachen baute und später Gleitschirme, chinesische Laternen, die er nachts aufsteigen ließ, Miniaturzeppeline und seine ersten Modellballons. Und statt eines Tages vernünftig zu werden wie sie alle, hatte er einfach weitergemacht. Paul, über den man den Kopf schüttelte. Paul, der sich mit Vater Sontheim nicht verstand und die meisten Prügel einstecken musste von ihnen allen. Paul, der Paula um Startkapital anbettelte und sogar erhielt, was Esther ihm nie verziehen hatte. Paul, der einfach nicht erwachsen werden wollte. Der irgendwann seinen eigenen Heißluftballon baute und, statt wie andere Menschen seiner Leidenschaft am Wochenende zu frönen, das Ganze zu seinem Beruf machte. Und jetzt saß er in ihrem Büro, und sie erkannte mit zwanzig Jahren Verspätung, dass ihr kleiner Bruder trotz aller Befürchtungen tatsächlich erwachsen geworden war.

»Von den zweihundert Gästen«, sagte er gerade, »wird höchstens die Hälfte mitfahren wollen. Und die können wir locker auf fünf bis sechs Ballons verteilen.«

»Schaffen Sie es, so viele aufzutreiben?«, fragte Cora, und Agnes dachte: ›Wie kann ich mich auf so eine Verrücktheit einlassen, das Ganze ist doch Wahnsinn.‹

»Wie wäre es«, wandte sie ein, »wenn wir nur die Ehrengäste im Ballon fliegen ließen? Dann würde doch deiner genügen, Paul …«

»Auf gar keinen Fall«, sagte Cora entschlossen. »Mein Vater wäre damit niemals einverstanden. Alle Gäste müssen auf und davon fliegen können, wenn sie es wollen. Alle, nicht nur die wichtigen Nasen. Eine Bank ist schließlich für alle da, oder soll es so aussehen, als ob sich die großen Herren mal wieder auf Kosten der Sparer etwas Besonderes gönnen und die Normalsterblichen winken ihnen hinterher?!«

»Aber …«

»Morgen früh wissen wir alle mehr«, sagte Paul und erhob sich. »Ich mache einen Rundruf bei meinen Kollegen vom Ballonclub. Ich kann mir gut vorstellen, dass da ein paar dabei sind, die Lust haben, mitzumachen.«

Nachdem er gegangen war, herrschte eine Weile Stille in Agnes' Büro, nur das Kratzen von Coras Bleistift auf ihrem Notizblock war zu hören. Cora hatte die Stirn gekraust und addierte irgendwelche Zahlen. Dann blickte sie auf.

»Machen Sie sich keine Sorgen«, sagte sie, »ich kümmere mich um die Ballons.«

Agnes sah dem Mädchen in die Augen. Es hielt ihrem Blick stand, ohne ein einziges Mal zu blinzeln. Da war noch etwas anderes hinter diesen blauen Augen, etwas, das Cora verbergen wollte. Cora half ihr nicht, um ihrem Vater einen Gefallen zu tun. Aber warum dann?

»Es wird ganz sicher klappen«, sagte Cora, »Ihr Bruder kriegt das schon hin.«

VIERTER TAG

15

In jener Nacht fühlte sich Valentin so rastlos wie schon lange nicht mehr, immer wieder kehrten seine Gedanken zu Agnes zurück – Agnes mit der Pfirsichhaut, Agnes mit dem betörenden Duft nach Äpfeln und Zimt –, und so verließ er weit nach Mitternacht sein Zimmer im Café Stadler und machte sich auf einen seiner Rundgänge durch die Stadt. Rein routinemäßig prüfte er das Brückengeländer, den Fernsehturm und das Hochhausdach. Kein Selbstmörder unterwegs in dieser Nacht. Schließlich fand er sich vor der eisenbeschlagenen Tür zum Turm der Michaelskirche wieder. Es war lange her, dass er seinem alten Freund, dem steinernen Erzengel dort oben auf dem Kirchendach einen Besuch abgestattet hatte.
Er mochte diesen Turm. Von seiner Aussichtsgalerie rund um die Spitze konnte man auf den steilen First des Kirchendachs steigen. Wenn ihm der feste Boden unter den Füßen zu unsicher erschien, begab er sich gern in die Lüfte. Vorsichtig drückte er die Klinke nieder. Sie war verschlossen, wie immer. Noch nie hatte jemand versucht, sich vom Turm der Michaelskirche zu stürzen, denn der Küster war zuverlässig. Für ihn allerdings stellte eine abgeschlossene Turmtür kein Hindernis dar, und es war nicht das erste Mal, dass Valentin mit einem selbst gebastelten Dietrich das alte Schloss öffnete. Er stieg die vierhundertachtzig Stufen hinauf, zunächst die aus ausgetretenem Sandstein, zog den Kopf ein, denn

die Menschen damals waren ein gutes Stück kleiner gewesen als er. Dann endeten die Steinstufen und wurden abgelöst von einer holzgezimmerten Treppenkonstruktion, die in den nackten Turm gefügt war, und Valentin atmete auf, denn nun konnte er sich zu seiner vollen Größe aufrichten. Vorbei ging es an den Glocken, Valentin hoffte inständig, dass sie nicht ausgerechnet jetzt zu schlagen begännen. Er hatte Glück, sie blieben stumm, und außerdem hatte der Küster es nicht für nötig befunden, die Tür zur Aussichtsgalerie zu verschließen.

Valentin trat hinaus. Das Gewitter war weitergezogen, die Nacht erschien ihm lau, wenn auch nicht so warm wie die vergangene. Er überzeugte sich davon, dass Stein und Ziegel trocken waren, dann schwang er sich über die Brüstung, ließ sich aufs Dach hinunter und war mit ein paar Schritten oben auf dem First.

Es war lange her, dass er sein Seil gespannt hatte, ihm genügten Geländer und Brückenverstrebungen. Aber am liebsten war ihm der Dachfirst der Michaelskirche. Auf der einen Seite war er begrenzt durch den Turm, auf der anderen wartete die riesige Figur des Erzengels auf ihn. Er schloss die Augen, atmete tief ein und aus. Suchte und fand sein Zentrum. Verbannte Gedanken an Agnes, Ellen oder Paula. Frauen waren noch nie gut gewesen für seine Balance. Er machte den ersten Schritt und ließ alles hinter sich. Lange war er nicht mehr einfach so für sich selbst auf einem schmalen Grat gegangen, immer hatte er einem Menschen geholfen. Er fühlte, dass sich diese Ära dem Ende zuneigte, er hatte Ellen gefunden und gerettet, seine Mission war erfüllt. Er machte den zweiten Schritt, dann den dritten, die restliche Strecke legte er rasch hinter sich. Der Erzengel empfing ihn mit Strenge, wie jedes Mal. Schließlich erhielt er nicht oft Besuch. Valentin berührte

das Schwert, das senkrecht auf den Lindwurm zu Michaels Füßen gerichtet war. Auch der Engel kannte das Geheimnis der Balance: Die Spitze des Schwertes war der Schwerpunkt der Statue.
Valentin sah hinüber zum neuen Bankgebäude. Zuerst hatte es ihn gestört, in unmittelbarer Nachbarschaft der Kirche ein fast genauso hohes Gebäude entstehen zu sehen. Er fragte sich, was der Engel wohl dachte, während dieser schneckenförmige Turm Stockwerk für Stockwerk gewachsen war. Dann hatte sich die Idee in ihm breitgemacht. Das runde Flachdach, so groß, dass dort ein Helikopter landen könnte, lag fast auf gleicher Höhe wie der First, auf dem er stand. Was, wenn er endlich einmal wieder ein Seil spannte? Zwischen der Michaelskirche und dem benachbarten Dach? Die alte Freude am Überbrücken von Abgründen, am Verbinden von Unvereinbarem war über ihn gekommen. Wie viele Meter trennten die Gebäude? Fünfzig? Oder eher sechzig?
Valentin wollte sich eben umwenden und den Rückweg antreten, als er etwas bemerkte. Dort drüben auf dem Dach des neuen Bankgebäudes nahm er eine Bewegung wahr. Er verengte seine Augen zu einem Schlitz, da war es wieder. Ein Mensch umrundete die Kuppel.
Wie konnte das sein? Warum war das Dach noch immer nicht gesichert, hatten die Leute dort denn gar nichts gelernt? Hatte da womöglich ein anderer dieselbe Idee wie er?
Rasch legte Valentin den Weg hinüber zum Turm zurück, stieg die Brüstung hinauf zur Aussichtsgalerie, hetzte die vielen Stufen hinunter. Lief hinüber zum Neubau, probierte alle Türen. Sie waren verschlossen. Zur Sicherheit ging er noch einmal um das Gebäude herum. Wie war dieser Mensch dort hinaufgekommen?

Noch während er überlegte, ob er seinen Dietrich benutzen sollte, öffnete sich die Seitentür direkt vor seiner Nase, und heraus schlüpfte ein Mädchen. Es hatte ihn nicht bemerkt und prallte in der Dunkelheit gegen ihn. Schrie vor Schreck leise auf. Valentin bekam sein Handgelenk zu fassen und hielt es fest. Drehte das Mädchen ins Licht einer Straßenlampe. Es war Ellens Tochter.

»Was tust du auf dem Dach?«, fragte er strenger als gewollt.

»Das geht Sie gar nichts an«, entgegnete Cora patzig und versuchte sich loszureißen.

»Hast du keine Angst«, wollte Valentin wissen, »dass du hinunterfällst?«

Cora schnaubte.

»Ich fall schon nicht. Und wenn. Mir würde nichts passieren.«

Valentin betrachtete das trotzige Gesicht im Schein der Laterne.

»Wie kannst du dir da so sicher sein?«, fragte er.

Sie wand sich in seinem Griff wie ein Aal, versuchte gar, ihn in die Hand zu beißen.

»Wenn du so mutig bist«, fuhr Valentin fort, »dann komm hinauf aufs Dach der Michaelskirche. Wetten, dass du dich nicht traust, den Dachfirst entlangzubalancieren?«

Cora versuchte, ihm ins Gesicht zu sehen, aber es lag im Schatten. Dann schaute sie hinauf zum dunklen Umriss der Kirche. Mächtig erhob sich das steile Dach, ganz oben zeichnete sich die Linie des Firsts vor dem nächtlichen Himmel ab.

»Ob ich mich traue? Natürlich trau ich mich. Aber weißt du was, Opa, ich hab keine Zeit für so einen Quatsch.«

Valentin lachte leise in sich hinein.

»Na ja«, sagte er, »das sagen alle, die keinen Mumm haben. Keine Zeit. Die übliche Ausrede. Du bist halt wie die anderen. Große Klappe und nichts dahinter.«
Er ließ sie los.
»Na dann geh eben nach Hause zu deiner Mama.«
Cora starrte ihn an. Erst jetzt erkannte sie ihn.
»Du willst doch nicht behaupten«, sagte sie, »dass du dort oben auf dem Kirchendach spazieren gehst?«
»Komm mit, und ich zeig es dir.«
Valentin wandte sich zum Gehen. Er war ganz sicher, dass sie den Köder gefressen hatte. Was immer mit diesem Mädchen los war, in dieser Nacht würde er es herausbekommen. Und tatsächlich, als er die Tür zum Turm öffnete, war sie da.
Während sie schweigend den Turm bestiegen, sah er Paula vor sich. »Bist du von Sinnen«, sagte sie, »bislang hast du sie alle von den Türmen runtergeholt. Und dieses Mädchen schleppst du hinauf?«
Doch Paula war tot, und wenn er es sich recht überlegte, hatte sie nicht immer recht behalten. Wenn er es genau bedachte, hatte sie sich sogar oft geirrt.
Sie betraten die Aussichtsgalerie. Valentin sah zum Erzengel hinüber. Der erschien ihm noch strenger als sonst.
»Pass auf«, sagte er zu Cora, »ich mach es dir vor.«
Er zog den Mantel aus, legte ihn sorgfältig neben dem Mädchen über die Brüstung. Dann schwang er sich darüber, sprang mit ein paar Schritten zum First und stellte sich in Position.
Schloss die Augen. Atmete tief ein und wieder aus. Suchte sein Zentrum. Verlagerte das Gewicht. Tat den ersten Schritt, den zweiten. Dann lief er in einer raschen Folge von Sprüngen hinüber zu Michael. Berührte das Schwert, drehte sich um. Er sah sie stehen, dort auf der Brüstung.

Trotz der Entfernung konnte er fühlen, wie sie die Luft anhielt. Er wandte den Blick ab, versuchte, an nichts zu denken. An nichts als an sich selbst, so wie immer, an den Himmel und die Erde und die Linie vor seinen Füßen. Schloss die Augen, atmete ein und aus. Doch das Bild des Mädchens ließ sich nicht so einfach verbannen. Da war etwas zwischen ihr und ihm, was sie beide verband, und er verstand nicht, was es war.

»Sie ist wie du«, glaubte er da den Engel hinter sich sagen zu hören. »Sie hat dasselbe Geheimnis.«

Im ersten Moment schwindelte es ihn beinahe. Dann entsann er sich, was sie gesagt hatte, zornig, in der Küche ihrer Mutter. Von den Flammen, die ihr nichts hatten anhaben können.

Es dauerte eine Weile, ehe er seine Mitte wiederfand. Dann lief er hinüber, erklomm den Turm. Da stand sie, mit aufgerissenen Augen, in denen Begeisterung glühte.

»Das will ich lernen«, sagte sie.

Er nickte. Fasste ihre beiden Hände, sie zuckten, widerstrebten, doch dann ließ sie es geschehen.

»Sag mal«, begann er, »kennst du das auch, dieses Gefühl, ich meine … dass du …«

Er wusste nicht, wie er es sagen sollte. Noch nie hatte er darüber gesprochen. Wie sollte sie verstehen, was er meinte? Er holte tief Luft, versuchte es noch einmal. »Dass dir nichts passieren kann?«

»Du meinst«, sagte sie, »dass du nicht sterben wirst?«

Er nickte.

»Ja«, sagte sie. »Du also auch?«

16

Sie hatte es gewusst. Sie war nicht die Einzige, es gab noch andere. Als der alte Mann, der Valentin hieß, über das Dach gelaufen war, als wolle er die Naturgesetze aufheben, hatte sie es begriffen. Er war unsterblich, so wie sie.

Dennoch. Sie musste vorsichtig sein. Wer war dieser Mann? Wieso sah er ihrem Bruder so ähnlich? Konnte sie ihm trauen?

Nein. Besser sie vertraute niemandem. Sie konnte nicht riskieren, dass ihr Plan verraten würde. Jeder vernünftige Mensch würde alles dafür tun, ihn zu vereiteln. Und doch. Sie brauchte Verbündete, wenigstens einen. Denn ganz allein konnte sie es nicht schaffen. Sie musste jemanden finden, der seinen Kopf verloren hatte. Ihretwegen. Und das war Adrian. Aber auch ihn würde sie erst im allerletzten Moment einweihen.

Cora warf sich im Bett von einer Seite auf die andere. Obwohl sie todmüde war, immerhin hatte sie die Nacht zuvor nicht geschlafen, fand sie keine Ruhe. In dem diffusen Licht der Straßenlaternen, das die Rollläden ins Zimmer ließen, war es ihr, als blickte Raoul sie von der Fotowand eindringlich an. »Wer ist dieser Mann?«, fragte sie ihn. Und erhielt keine Antwort.

Irgendwann schlief sie doch ein. Und träumte. Sie stand auf dem Kirchendach unter dem Turm, und Raoul auf der

anderen Seite, unter der Statue. Aber nein, es war keine Statue, es war ein lebendiges Wesen, riesig, leuchtend, ein Engel. Cora wollte hinüber zu Raoul, vorsichtig setzte sie einen Fuß vor den anderen und begann, den First zu überqueren, Schritt um Schritt, doch immer, wenn sie zu Raoul hinüberblickte, wurde die Entfernung nicht kleiner, sondern im Gegenteil, ihr Bruder entfernte sich mit jedem Meter, den sie zurücklegte, mehr von ihr. Sie rief seinen Namen, doch aus ihrer Kehle drang nichts weiter als ein Krächzen, wie der einer Krähe. Und dann sah sie, wie das Engelwesen ihren Bruder mit seinen Flügeln umfing, sich mit ihm in die Lüfte erhob, und auf einmal hatte es Valentins Gesicht. Der rief ihr zu: »Gib acht, wo du hintrittst!« Und im selben Moment verlor sie das Gleichgewicht und stürzte, stürzte, stürzte, begleitet von einem schrillen Geräusch, das lauter wurde und lauter, bis sie sich in ihrem Bett wiederfand, nassgeschwitzt und wie gelähmt vor Entsetzen, es war halb sieben, und das Geräusch stammte von ihrem Wecker, der bereits seit fünf Minuten läutete.
Er hatte nicht zugelassen, dass sie in der Nacht noch aufs Dach ging. Sie saßen auf der steinernen Brüstung, wie zwei Vögel, ließen die Beine baumeln, und da erzählte er es ihr. Wie die Kugel ihn getroffen, aber nicht getötet hatte. Wie er mit ihr lebte, so viele Jahre schon. Dass er es noch bei anderen Gelegenheiten bestätigt bekommen hatte, dass der Tod ihn nicht holte. Dass es einen echten Beweis nicht geben kann, riskiert man nicht die Zerstörung seines Körpers.
»Doch«, hatte sie gesagt und ihm von den Flammen erzählt. Darauf hatte er lange geschwiegen und zu dem steinernen Engel hinübergesehen. Fragte schließlich nach Raoul, doch da waren sie wieder versiegt, die Worte.
Ungreifbar.

Denkbar, doch nicht sagbar.
Dort, auf dem Kirchendach, dachte Cora an das, was vor einem Jahr geschehen war. Seit einer Woche war es ihr, als liefe ein innerer Countdown. Noch fünf Tage, noch vier, jetzt noch drei. Heute vor einem Jahr – was hatten sie gemacht an jenem Abend? Gerade war noch alles möglich. Und dann, mit einem Mal, alles vorbei.
»Hast du auch jemanden verloren?«, hörte sie sich endlich fragen, mit einer Stimme, die ihr selbst fremd vorkam.
»Natürlich«, sagte er, »unsereins verliert immer jemanden. Weil sie gehen, wir aber bleiben.«
Da war sie aufgestanden und die vielen Treppenstufen hinuntergegangen. Sie hörte ihn hinter sich, drehte sich nicht um.
»Cora«, sagte er, »wenn du mich jemals suchst, du findest mich im Café Stadler.«
Als sie sich wenig später umdrehte, war er verschwunden.
Cora stand auf, duschte eiskalt. Wählte ein T-Shirt mit spinnennetzartigen Ärmeln und Ausschnitt zur Jeans. Schwarz. Natürlich. Und während sie ihr Make-up auftrug, ihr Haar zu einer wilden Hochsteckfrisur aufbäumte, dachte sie: ›Wenn es einen gibt, der so ist wie ich, dann gibt es auch noch mehr.‹ Und nach einer Weile: ›Wenn wir wirklich die Ewigkeit miteinander haben, dann kann das mit dem Suchen ja noch eine Weile warten.‹
Sie sah in den Spiegel und versuchte sich vorzustellen, wie sie mit neunzig aussehen würde, mit hundert, hundertzwanzig. Schnitt eine Grimasse. Dann fiel ihr Blick auf CoraZwei. Das erinnerte sie daran, dass Arbeit auf sie wartete, und zwar eine ganze Menge. Paul Sontheim mit seinem Heißluftballon würde ihr erklären, wie sie ihren Plan in die Tat umsetzen könnte. Natürlich ohne etwas davon zu ahnen.

Er hatte gesagt, sie solle kommen. Und zwar bald, solange sich seine Arbeiten noch im Atelier befänden. »Ich habe dort sonst nicht gerne Besucher«, hatte er gesagt, »doch mit dir ist es etwas anderes.« Ellen hatte sich nicht getraut zu fragen, was genau anders mit ihr war.
Sie hatte sich vorgenommen, einen Tag verstreichen zu lassen, einfach so, aus Gewohnheit, aus Höflichkeit, aus Rücksichtnahme. Doch dann erschien es ihr töricht, sie hatte lange genug gewartet, ohne zu wissen, worauf, sie würde nicht mehr warten. Weder aus Gewohnheit, noch aus Höflichkeit und schon gar nicht aus falsch verstandener Rücksichtnahme.
Also wartete sie zumindest so lange, bis sie sich sicher war, dass auch ein noch so morgenmuffeliger Künstler wach und ausgeschlafen war, womöglich auch rasiert, doch das war ihr im Grunde egal. Sie wollte nicht ungelegen kommen, das war es, was ihr Kopfzerbrechen bereitete, sie wollte nie wieder jenen Gesichtsausdruck sehen müssen, bei niemandem, vor allem bei keinem Mann, der ihr unmissverständlich, wenn auch nur für den Bruchteil einer Sekunde zeigte, dass sie störte. Dann zog sie eines ihrer beigefarbenen Kleider an, sah sich im Spiegel, zog es wieder aus, wählte ein anderes, war auch damit nicht zufrieden, bis sie ganz hinten im Schrank etwas fand, das sie mindestens zehn Jahre nicht mehr anprobiert hatte, doch das zu ihrer Verwunderung immer noch passte: ein verwegen gemustertes, buntes Kleid, das sie ein einziges Mal getragen hatte und dann nie wieder, weil HP in einen Lachanfall ausgebrochen war, den sie in ihrem Leben nicht vergessen würde.
Das Muster war rot und lachsfarben und gelb und erinnerte vage an Flammen. Oder an Flügel.
Ellen gefiel sich, was schon lange nicht mehr vorgekommen war, und ehe sie es sich anders überlegen konnte, nahm sie

den Aufzug in die Garage, setzte sich in ihren Golf und fuhr los.
Sie versuchte, an nichts zu denken, während sie den Fluss überquerte und in die Uferstraße zum Gelände der ehemaligen Papierfabrik einbog. Sie versuchte, nichts zu erwarten, als ein paar metallene Kunstobjekte, die sie schlimmstenfalls hässlich finden würde. Sie versuchte zu vergessen, dass sie nicht mehr zwanzig war und frei, sondern die Frau des stadtbekannten Architekten, Ehefrau und Mutter. Sie versuchte, so zu tun, als ob dieses Gefühl, das seit gestern in ihrer Magengrube tanzte, etwas ganz Alltägliches sei, das zu ihr gehörte wie ihre Sommersprossen und das Sodbrennen am Morgen.
Doch als endlich, nachdem sie eine Weile durch den Fabrikhof geirrt und die richtige Nummer zum richtigen Atelier gesucht und schließlich gefunden hatte, Arnold Degen die Tür öffnete, mit einem Blick ihre Gestalt erfasste und sagte: »Wow, das nenn ich mal ein Kleid!«, da klopfte ihr das Herz bis hinauf in den Hals, sorgte für einen spontanen Anstieg ihrer Körpertemperatur und, das wusste sie aus leidvoller Erfahrung, einer intensiven Rotfärbung ihres Gesichts einschließlich Hals und Dekolleté.
Er führte sie über das Gelände der stillgelegten Papierfabrik, auf dem sich, wie er sich ausdrückte, »allerhand buntes Volk« niedergelassen hatte, und Ellen wünschte, sie hätte Schuhe mit weniger hohen Absätzen gewählt. Alte Pflastersteine hatten sich abgesenkt, schief und krumm gelegt oder waren ganz herausgerissen, der Regen vom Vortag hatte tiefere Mulden in Pfützen verwandelt, doch der Anblick der verschieden gestalteten Ateliereingänge machte sie neugierig. Hier öffnete sich ihr in einem Mikrokosmos, mitten in der Stadt, in der sie seit so vielen Jahren lebte, eine ihr bislang unbekannte Welt.

»Da drüben lebt ein Clown«, sagte Arnold und wies auf eine buntbemalte Tür, »und dort ein Puppenspieler. Dahinten, da wohnen lauter Maler. Siehst du die Oberlichter? Das sind erstklassige Ateliers, es gibt alles, nur keine Heizung. Strom und Wasser haben wir uns alle selbst verlegt.«

Sie kamen an einem langgestreckten Gebäude vorbei, davor lagerte ein halbfertiges Gebilde aus Holz, das aussah wie das Skelett eines gestrandeten Wales. Ellen blieb stehen, beschloss, mit ihrer Kamera wiederzukommen. Überall sah sie Motive, doch dieses Gerippe gefiel ihr besonders gut.

»Was ist das?«, fragte sie.

»Das ist der Hangar unseres Luftschiffers«, sagte Arnold und grinste. »Ich weiß nicht, wie lange er schon an dem Zeppelin herumbastelt. Aber eines Tages, das kannst du mir glauben, da kriegt er das Ding in die Luft.«

Zurück in seinen zweihundert Quadratmeter, in denen er arbeitete und wohnte, kochte er erst einmal Kaffee. Ellen erfasste mit einem Blick, dass dies ein Männerhaushalt war. Nicht, dass es an Ordnung gefehlt hätte oder sein Espresso etwas zu wünschen übrig ließ, im Gegenteil, liebevoll würzte er ihn sogar mit Vanille und Kardamom, ehe er ihr die Tasse reichte. Es war alles da, was Arnold für notwendig hielt, auch solche Dinge wie Ingwerkekse und ein Glas Volvic hinterher, um die Säure des Kaffees zu neutralisieren, wie er sagte. Alles Überflüssige hingegen fehlte so konsequent, wie nur Männer es schaffen, wenn ihnen keine Frau dazwischenfunkt.

Dann zeigte ihr Arnold seine Arbeiten. In sauberen Reihen lagerten sie auf dem Fußboden des Ateliers, bereit für den Transport zur Ausstellung: Gestänge, in sich verknotet, verschlungen, schroff aus einem Gebilde herausragend. Es roch bitter nach erhitztem und wieder abgekühltem Metall, nach Schweißgerät. Ellen musste an Strandgut denken, an neuartige Formen von Schiffsankern, überdimensionale Angelköder, an Flugzeugwracks, herausgebogene Schienen nach einem Bombenangriff, als habe ein Gigant sie auseinandergerissen und neu zusammengefügt, liebevoll geglättet, bearbeitet, bis sie glänzten und schimmerten. Ellen betrachtete auch kleinere Arbeiten, Gussteile, die sie in die Hand nehmen konnte und die sie mit ihrem Gewicht überraschten, wie Werkzeuge, von denen man nicht wusste, wozu man sie gebrauchen konnte, Spielzeuge für Riesenbabys, Utensilien von Außerirdischen.

Arnold beobachtete sie eine Weile, schweigend. Dann wandte er sich ab, sah aus dem Fenster und begann zu ihr zu sprechen.

Er sagte ihr, dass er im Grunde nichts anderes wolle, als arbeiten. Zeichnen, schweißen, feilen, löten, gießen, polieren. Der Kampf mit dem Material, zu dem er eine Liebesbeziehung unterhielt. Ja. So sagte er es. Liebesbeziehung. Der Mann liebte Stahl.

»Warum Stahl?«, fragte sie.

»Weil man bei Stahl nicht tricksen kann«, sagte er. »Entweder man kann mit ihm umgehen, oder man kann es nicht.«

Er sagte, er habe zwei Ateliers. Eines, in dem er potenzielle Käufer empfing, die gar nicht merkten, dass dort nicht gearbeitet würde. Und sein eigentliches. Dieses hier. Wo er normalerweise keinen hereinließe. Tabuzone. Schlachtfeld. Mutterschoß. Ja, genau so druckte er es aus: Mutterschoß.

Aber das Verkaufen, das sei leider Gottes nötig. Und schwierig, wer hängt sich schon fünfzig Kilo Stahl an die Wand, einfach so? Dafür hatte er seinen Galeristen, doch auch der bestand darauf, dass er sich zeigte, denn, so pflegte er zu sagen, »die Leute wollen nicht nur ein Kunstwerk für ihr Geld, sie wollen auch ein Stück vom Künstler selbst«. Ein Stück von ihm. Oder von dem, was sie in ihm sahen.

Also, so erklärte er Ellen, habe er über die Jahre eine Art Popanz von sich geschaffen, er wolle die Leute nicht enttäuschen. Er selbst habe nichts Schillerndes an sich. Er wolle arbeiten. Mit Metall. Weiter nichts.

Und dann schwieg er eine Weile, als sei er auf einmal erschöpft, und sie sah sich weiter seine Sachen an, manches gefiel ihr, anderes nicht, und sie stellte ihm Fragen und dachte: ›Sobald man seine Träume verkaufen muss, fängt das Elend an.‹ Genau aus diesem Grund hatte HP ihre schiefen Winkel gerade gerückt, ihre kühnen Konstruktionen mit den Gesetzen der Statik vereinbar gemacht, und auch er hatte sich einen Popanz geschaffen, der sie über die Jahre derart eingeschüchtert und ausgeschlossen hatte, dass ihre Ehe nicht mehr zu retten war.

Nicht mehr zu retten …

Ellen erschrak. Noch nie hatte sie diesen Gedanken bis zu Ende gedacht. Hatte sich immer vor den Konsequenzen gefürchtet. Ja, das Sichfürchten war so sehr zu ihrer zweiten Natur geworden, dass sie sich jetzt, wo sie begann, es abzulegen wie eine zu eng gewordene und abgeplatzte Haut, nackt fühlte und bloß. Was kam nach dem Fürchten?

Da erzählte er ihr auf einmal von seiner gescheiterten Ehe, seinen beiden Töchtern, die er selten sah, wobei die eine, die ältere, seit kurzem begann, ihn hier in seinem Atelier zu besuchen. Und wie sehr ihn das freute. Dass die meisten Frauen in ihm nicht den Menschen sehen wollten, der er sei, sondern den Künstler, auf den sie ihre ungelebten

Sehnsüchte projizierten, und am Ende, wenn sie bemerkten, dass auch er einfach nur ein Mann war wie jeder andere auch, dann machten sie ihm das zum Vorwurf. So sei es mit seiner Frau gewesen. Und nicht nur mit ihr.
Ellen sah ihn an. Sah seine Gestalt wie einen Scherenschnitt vor dem großen Nordfenster aus vielen kleinen Sprossen und begriff auf einmal, dass sie nicht die Einzige war, die das Fürchten kannte. Nicht die Einzige, die sich nackt und bloß vorkam. Nur, dass sie niemals gelernt hatte, sich einen Popanz zuzulegen, hinter dem sie sich verbergen konnte, der andere beeindruckte, überzeugte und wenn nötig auf Distanz hielt. Sie war immer sie selbst, ausgesetzt, ausgeliefert, und entweder war man gut zu ihr oder nicht. Doch auch dies musste ein Ende haben. Sie, Ellen Sternberg, musste lernen, endlich selbst für sich zu sorgen. Nur dann würde sie nicht mehr von anderen erwarten, dass sie sie erlösten von all dem Übel ihres bisherigen Daseins.

»Wie wäre es«, sagte Paul, »mit einer kleinen Ausfahrt?«
Genau das hatte Adrian befürchtet. Er wusste nur zu gut, dass sein Vater keine Spritztour mit dem Auto meinte.
»In einer Stunde geht die Sonne unter«, fuhr Paul fort, »und die Thermik ist gut.«
»O ja«, rief Cora, »eine Fahrt im Ballon, das wäre toll!«
Ihr zuliebe war Adrian mitgekommen, und es war das erste Mal, dass er seinen Vater hier draußen besuchte. Wie eine Erwachsene hatte Cora mit ihm »das Geschäftliche« besprochen, und obwohl sie erst vierzehn war wie er, nahmen alle sie ernst. Dieses tolle Mädchen war seine Freundin, das, und auch die Tatsache, dass sein Vater bei dieser Bankeinweihung ganz offensichtlich eine große Nummer spielen würde, erfüllte ihn mit Stolz. Wer hat schon gerne

einen Versager zum Vater? Cora fand ihn super, also sollte auch er sein Bild von Paul Sontheim überdenken.
Aber in den Ballonkorb zu steigen – das ging nun doch zu weit. Cora war bereits aus dem Atelier gelaufen, und er musste sich beeilen, wollte er nicht allein zurückbleiben.
Vor der Tür prallte er allerdings beinahe gegen ihren Rücken. Wie angewurzelt stand sie da und starrte über den Hof zu einer Frau, die eben eines der benachbarten Ateliers verließ und zu ihrem Wagen ging.
»Ich möchte wissen«, sagte Cora leise und böse, »was meine Mutter hier zu suchen hat!«
Tatsächlich! Adrian hatte sie nicht wiedererkannt.
»Die sieht aber heute toll aus«, meinte Adrian, »krasses Kleid!«
Cora schnaubte, und Adrian war sich nicht sicher, ob er vielleicht etwas Falsches gesagt hatte.
»Ja«, sagte Cora gehässig, »krass ist das richtige Wort. Ein Kleid aus Flammen. Na, die wird sich noch wundern!«
Und dann stürmte sie davon, Paul hinterher. Der war bereits dabei, gemeinsam mit dem alten Mann, der im Studio nebenan wohnte, und angeblich ein berühmter Clown im Ruhestand war, den riesigen Korb aus Weidenruten, luxuriös mit Leder verblendet und mit vier Propangasflaschen bestückt, auf die Wiese zu schleppen. Danach kam das Riesenpaket mit der Ballonhülle, groß wie ein Fußballfeld und aus feinem Nylon, das sein Vater und Cora nun in Windrichtung auslegten. Fieberhaft überlegte Adrian, wie er es ihm gelingen könnte, sich aus dem Staub zu machen, ohne sich bis auf die Knochen zu blamieren. Doch schon hatte er den Nylonstoff in der Hand und hielt mit Cora die Öffnung des Ballons auseinander, damit sein Vater mit Hilfe des Ventilators Luft hineinblasen konnte. Am anderen Ende der Hülle hielt der Clown mit einer

Schnur, die am obersten Scheitelpunkt befestigt war, den sich langsam aufrichtenden Ballon in Position. Der wollte sich im Wind hierhin und dorthin wenden, und für einen Moment sah Adrian ein gewaltiges Ungeheuer vor sich, das im Begriff war, sich zu erheben. Cora hielt den Ballonmund auf der einen und er auf der anderen Seite auch dann noch, als sein Vater die Luft im Ballon mit einem regelrechten Flammenwerfer erwärmte, bis er fast aufrecht stand und der Korb sanft zu tanzen begann. Adrian wurde schlecht, wenn er daran dachte, dass ihm nichts anderes übrigbleiben würde, als mit einzusteigen in diesen schrecklichen Korb, wollte er nicht ein für alle Mal als Feigling dastehen. Und während er noch überlegte, was in Coras Augen schwerer wiegen würde, ein Adrian, der kniff oder ein Adrian, der über den Korbrand reiherte, packte ihn seine Gebieterin am Arm, zerrte ihn in den Korb, und dann ging es auch schon los, aufwärts, rasant wie in einem Aufzug. Adrian sah gerade noch, wie der Clown unten auf der Wiese das Seil losließ und sein Vater es hochzog und am Korb befestigte, sah den alten Mann kleiner und kleiner werden, dann presste er fest die Augen zu und hörte Cora juchzen und fragen:

»Wo fahren wir denn eigentlich hin?«

»Keine Ahnung«, lautete die Antwort seines Vaters, »mal sehen, wohin uns der Wind heute Abend trägt.«

Adrian öffnete vorsichtig die Augen. Vermied es, nach unten zu sehen. Blickte stattdessen seinem Vater ins Gesicht. Dem trieb der Wind die Haare aus der Stirn. Seine Augen strahlten. Adrian erkannte ihn kaum wieder. Auf der Erde hatte sein Vater immer Sorgenfalten, noch nie hatte er ihn ohne gesehen, als seien sie in seine Züge eingemeißelt. Jetzt waren sie verschwunden. Paul sah jung aus. Und glücklich.

»Du musst dich nicht so festklammern«, sagte Cora und lachte. Löste fürsorglich seine Finger, die schon ganz steif und gefühllos waren, vom Rand des Korbes. Nahm sie und rieb sie zwischen ihren Handflächen.

»Entspann dich«, befahl sie ihm, »tief durchatmen! Sonst wird es dir womöglich noch schlecht.«

Adrian folgte ihrem Rat. Atmete tief ein und aus. Nein, zu seinem Erstaunen wurde ihm nicht schlecht. Seine Hand fühlte sich gut an in der ihren. Und dann riskierte er, ganz vorsichtig, einen klitzekleinen Blick. Sah zunächst in die Ferne, dann weiter nach unten. Und hielt den Atem an. Sie schwebten über der Stadt, direkt unter ihnen war der Fluss wie ein silbernes, in der Abendsonne glitzerndes Band. Dort hinten sah er das Schulgebäude und hier drüben das Haus, in dem er mit seiner Mutter lebte.

Paul machte sich an der Flamme zu schaffen, und das Feuer brauste auf, mit einem kleinen Hüpfer nahm der Ballon an Fahrt auf.

»Hey«, lachte Cora, »du zerdrückst mir ja die Finger«, doch da hatte Adrian auch diesen Schreck überwunden. Schaffte es, einen Schritt hin zu seinem Vater zu machen, ließ sich von ihm zeigen, wie er den Ballon navigierte, erkundigte sich nach Winden und Strömungen der Luft, stellte eine Menge Fragen, und dann war er ganz still, und auch Paul und Cora sagten kein Wort, sie glitten über Wiesen und Wäldern hinweg, und am Horizont schickte sich die Sonne an, in einem blutroten Bett zur Ruhe zu gehen.

Noch immer hielt Cora Adrians Hand. Und ihm war, als besiegelten sie angesichts der untergehenden Sonne stillschweigend ein Band, das sie für immer verbinden würde. Ihm war so feierlich zumute, dass er gar nicht mitbekam, wie Paul sich unten im Korb an einer Tasche zu schaffen machte. Erst als der sprudelnde Sekt sie beide fast gänzlich durchnässt hatte, kam er wieder zurück in die Realität.

»Ich taufe euch anlässlich eurer Jungfernfahrt. Von jetzt an seid auch ihr Ballonfahrer. Tut mir leid, das ist ein alter Brauch, um die Luftgeister nicht zu beleidigen.«

Paul grinste. Adrian schüttelte sich wie ein nasser Hund. Sekt sprühte von seinen Igelhaaren in alle Richtungen. Cora lächelte hoheitsvoll, auch ihr rann der Schampus aus den Haaren und über das T-Shirt. Verstohlen bemerkte Adrian, wie sich ihre kleinen festen Brüste unter dem klatschnassen T-Shirt abbildeten.

Cora sah ihn an. Verlegen blickte er weg. Und fühlte, wie sie sich näher an ihn heranschob, seine Hand immer noch fest in der ihren. Ihm wurde schwindelig und das nicht von der Höhe.

»Adrian«, sagte sie leise, und ihr Atem kitzelte ihn am Ohr, »wenn ich dich um etwas bitten werde, wirst du es dann tun?«

Adrian wurde es heiß. Er holte tief Atem, dann sagte er:

»Ja natürlich!«

»Alles? Egal was es ist?«

»Alles.«

»Und du würdest es niemandem verraten?«

»Keinem Menschen!«

»Kannst du das schwören?«

Sie stand ganz nahe bei ihm, so nah, dass sich ihre linke Brust an seinen Arm schmiegte. Von ihrem feuchten Haar stieg ein Duft nach Moos und Kräutern auf.

»Ich schwöre es. Ich werde alles für dich tun. Was immer du von mir verlangst.«

Cora lächelte. Er konnte es kaum erkennen, so nah war ihr Gesicht dem seinen. Sie war ein bisschen größer als er, und jetzt beugte sie sich zu ihm und gab ihm einen langen, zarten Kuss auf die Wange. Und Adrian dachte: ›Wenn ich jetzt sterben muss, dann hat mein Leben einen Sinn gehabt.‹

Valentin hatte sein Seil gespannt. Er wusste nicht warum, aber er hatte das Gefühl, er sollte wieder trainieren. Nicht, dass er aus der Übung war, er verbrachte genügend Zeit auf schmalen Kanten. Aber das Seil war etwas anderes.

Er dachte an Cora. Sie war noch so jung, und doch trug sie schon die Bürde. Es zu wissen. Unsterblich zu sein ist das eine, darum zu wissen etwas anderes. Er war erwachsen gewesen, als er es begriffen hatte. Sie aber war noch fast ein Kind.

Und dann die Sache mit ihrem Bruder. Sie hatte ihn geliebt, das stand für Valentin außer Frage. Sein Verlust und die Erkenntnis, unsterblich zu sein – es brauchte weniger, um einen gefestigten Menschen aus der Bahn zu werfen. Auch wenn ein Jahr vergangen war, Valentin war sich sicher, dass Cora noch immer unter dem Eindruck des Unfalls stand. Etwas in ihr war noch immer dort und starrte in die Flammen.

Vielleicht brauchte sie seine Hilfe? Nicht dass er sich darum riss. Aber an jenem Abend, als er die Kraft und Elastizität des Seils endlich wieder unter den Füßen spürte, als er seine Spannung prüfte, es in Schwingung brachte und schließlich endlich wieder mit ihm tanzte, da erschien ihm sein bisheriges Leben wie ein solches Stück Hochseil: eine klare, stringente Linie von einem Punkt A, der seine Geburt war, zu einem Punkt B, dort vorn in der Unendlichkeit. Und auf dieser Linie waren seine Begegnungen aufgereiht: mit Paula und Elvira, Jahre später mit Ellen und

Agnes, und schließlich mit Cora. Sie alle waren wie Perlen auf dem Seil seines Schicksals, um die er nicht herumkam, weder um Paula noch um Elvira, auch wenn er sich letzteres noch so sehr gewünscht hätte. Fragte sich nur, welche Rolle er für Cora spielen sollte.

Es hatte Valentin den ganzen Tag gekostet, seine Ausrüstung aus dem Keller zu hieven und hier herauszuschaffen, sorgfältig zu prüfen und schließlich aufzubauen. Am liebsten hätte er das Seil über den Fluss gespannt, doch er sah ein, dass dies zu aufwendig gewesen wäre. Und so hatte er zusammen mit seinem alten Bekannten, dem Clown, eine verschwiegene Stelle zwischen Weiden und Pappeln in den Flussauen gefunden, wo ein übender Seiltänzer nicht sofort von Neugierigen umringt sein würde. Hier trainierte er seit den späten Nachmittagsstunden. Und je länger er sich auf dem Seil befand, desto leichter wurde sein Herz.

Er sah die Kraniche fliegen und Scharen von winzigen Mücken im Abendlicht tanzen. Er sah einen Heißluftballon dicht über ihn hinweg aufsteigen und in der Ferne verschwinden. Er sah die Sonne sinken und den Himmel sich blutrot färben. Dann kam der Clown zurück und wollte wissen, ob der Herr mit ihm zu Abend äße. Es gäbe frische Regenwürmer mit Angelschnur. Er habe den ganzen Nachmittag versucht, einen Fisch zu fangen. Jetzt müssten sie eben essen, was der Fisch verschmäht hatte.

Valentin sprang vom Seil und spannte es straffer.

»Wie machst du das bloß«, sagte der Clown, »fünfundachtzig Jahre und immer noch geschmeidig wie eine Katze!«

»Tja«, sagte Valentin und schwang sich wieder hinauf, »und darum wären mir eigentlich Mäuse zum Abendbrot lieber als Regenwürmer. Aber ich will mal nicht so wählerisch sein.«

Wippte und prüfte die Festigkeit. Sprang auf dem Seil, ließ sich tragen und federn und wechselte im Sprung die Position der Füße. Das war es, warum man sie früher Seiltänzer genannt hatte. Weil man auf solchem Grund nicht anders konnte als tanzen.

17

Am Nachmittag hatte Agnes, einer seltsamen Anwandlung folgend, alles hingeworfen und war ins Café Stadler gegangen. Doch Valentin war nicht dort, und als sie sich auf die gepolsterte Bank unter dem Spiegel setzen wollte, ließ es die Bedienung nicht zu: »Der ist leider besetzt«, sagte sie. Agnes konnte ja nicht ahnen, dass dies seit gut fünf Jahrzehnten der Fall war und dass auf diesem Platz seither niemand anderes saß als Valentin. Valentin mit V.

Sie hatte sich woanders hingesetzt und Ovomaltine bestellt, die ihr heute aber gar nicht schmecken wollte, auch der Duft nach Zimt und Vanille fehlte heute, und statt an unbeschwerte Kindheitstage zu denken, suchten sie die Gespenster ihres vertanen Lebens und ihres enttäuschten Liebens heim. Demütigungen, die sie längst vergessen hatte, standen auf einmal wieder in all ihrer Bitterkeit vor ihr. Sie wusste, dass es Wahnsinn war, ihre Arbeitszeit im Café Stadler zu verwarten, dass es ihr nicht guttat, sich in dieser Stimmung aus Bereuen und Selbstmitleid zu ergehen, und doch konnte sie nicht anders, als noch ein Stück Torte zu bestellen, von der sie wusste, dass sie sie nicht vertrug. So verging die Zeit.

Schließlich rief sie sich zur Ordnung. Kehrte zurück in ihr Büro, suchte und fand keine Cora, suchte und fand keinen Haustechniker, rief Arnold Degen an und erfuhr, dass al-

les bereits geregelt sei, am nächsten Morgen in aller Frühe würden seine Werke geliefert und an Ort und Stelle den Wandelgang hinauf an den Wänden befestigt. Sie rief die Versicherung an und hörte, dass Cora bereits den Wert der Werke durchgegeben hatte, morgen würde sie die nötigen Unterlagen per Mail erhalten und bitte postwendend unterschrieben zurücksenden. Sie telefonierte mit der Cateringfirma, erfuhr, dass Cora für den Sonntagmorgen Fingerfood der ersten Kategorie für zweihundert Gäste geordert hatte, dass Geschirr und Gläser bereits am Freitag angeliefert würden. Und als sie die Sektkellerei, der die Bank seit Jahrzehnten verpflichtet war, anrief, wunderte sie sich nicht, dass die Hausmarke in ausreichender Menge vorgemerkt war, bereit zur Abholung am Freitagmorgen.
Agnes starrte auf ihre Liste. Dieses Mädchen war ihr unheimlich. Hatten sie vielleicht doch irgendetwas vergessen? »Blumenschmuck« hatte Cora handschriftlich hinzugefügt: »200 weiße Orchideen. Geordert.« Weiße Orchideen? Agnes lief eine Gänsehaut über den Rücken. Bereitete sie denn schon wieder eine Beerdigung vor?
»Und, wie läuft's? Ich hab Sie schon gesucht.«
Ihr Chef stand in der Tür. Agnes verzog den Mund zu einem schwachen Lächeln. Nicht auch noch der, dachte sie, nicht heute Abend.
»Alles unter Kontrolle?«
Sie nickte.
»Ja«, sagte sie, »wie es aussieht, läuft alles wie am Schnürchen.«
Der Mann lehnte in der Tür, grinsend wie ein Honigkuchenpferd.
»Haben Sie eigentlich schon Ihr neues Büro gesehen?«
»Nein«, sagte Agnes, »dafür war noch keine Zeit.«

»Kommen Sie!«
Agnes war klar, dies war kein Vorschlag, sondern ein Befehl. Heimlich seufzend holte sie die Kostümjacke aus dem Schrank, hängte sich die Handtasche über die Schulter. »Bitte, bitte, lieber Gott«, betete sie, während sie mit ihrem Vorgesetzten im Aufzug stand und sich sein, wie sie fand, unverdientes Lob anhörte, »lass mich heute eine wirklich überzeugende Ausrede finden.«

Als HP Sternberg an diesem Abend nach Hause kam, beschwingt und gut gelaunt wie schon lange nicht mehr, bereit für ein Abendessen, an dem endlich wieder mit ihm gesprochen werden würde, fand er das Haus verwaist. Nicht nur, dass der Esszimmertisch aus Treibholz blank und bloß, wie er einst ans Ufer geschwemmt worden war, dastand, keine Teller, kein Besteck, auch keine Kerzen, von einem Abendessen ganz zu schweigen, – weder Ellen noch Cora waren irgendwo zu finden. Er konnte sich nicht erinnern, wann das jemals vorgekommen war. Sicherlich, er hatte mitunter an den Abenden gefehlt. Hin und wieder auch Cora, wenn sie bei einer Freundin geblieben war. Aber niemals Ellen. Ellen gehörte so sehr in das Haus, wie die Einrichtung, die er mit viel Liebe und Sorgfalt zusammengetragen hatte. Doch an diesem Abend war sie nicht da.
Na wunderbar. Da hätte er ja auch der Einladung des Landrats Folge leisten können. Hungrig genug war er. Und wem bitte schön konnte er jetzt erzählen, dass er alle Sondergenehmigungen bis hinauf zum Regierungspräsidium für die Ballonfahrt am Sonntag in der Tasche hatte? »Kurze Amtswege«, hatte der Landrat gesagt, breit gelächelt und von einem Anwesen am Gardasee erzählt, einer mitgenommenen Villa aus dem 16. Jahrhundert, die sich

die italienischen Vorbesitzer so teuer hatten bezahlen lassen, dass für ein Architektenhonorar für den nötigen Umbau nichts mehr übrig geblieben war. HP hatte innerlich die Augen verdreht, sich nichts anmerken lassen und selbstverständlich angeboten, sich den Trümmerhaufen einmal anzusehen. Man musste Opfer bringen für eine große Vision. Cora hatte sich Heißluftballons vorgestellt, und er würde sie fliegen lassen. Aber jetzt war niemand da, der ihn dafür lobte.

Sein Magen knurrte. HP ging in die Küche, um nachzusehen, ob ihm seine Frau wenigstens ein vorbereitetes Abendessen im Kühlschrank hinterlassen hatte. Was er fand, war zusammengesunkener Rote-Bete-Schaum und Filets von Regenbogenforellen, die bereits streng rochen.

Seine Freude sackte in sich zusammen. Er starrte auf die sparsam gefüllten Fächer, fühlte die Kälte im Gesicht, atmete den schalen Geruch nach Verdorbenem und fragte sich, was er falsch gemacht haben mochte in seinem Leben. Er war sechsundfünfzig Jahre alt, hatte eine Frau, derer er sich schämte, eine Tochter, der er dankbar war, dass sie nach einem Jahr des Schweigens endlich wieder mit ihm sprach, blickte auf ein Leben voller Arbeit zurück, Häuser, unter denen, wenn er einmal ehrlich zu sich war, sich nicht ein einziges Meisterwerk befand, er hatte noch rund zehn Jahre, um dies zu ändern, jedoch nicht mehr die Kraft, wirklich daran zu glauben. Aber was hieß das schon, Meisterwerk? Was hieß das schon, ein erfülltes Leben? Wem musste er beweisen, dass er erfolgreich war? Und hatte er es nicht allen bewiesen, den Zweiflern, den Spöttern, der Konkurrenz? Dass er, HP Sternberg, es zu etwas bringen würde? Aber wozu, zum Teufel, hatte er es gebracht? Zu einem halbleeren Kühlschrank, aus dem ihn die Maden aus einem verrotteten Stück Fischfilet entge-

gengrinsten? Aus dem es nach Salmonellen stank und nach vergorenem Gemüse?
HP Sternberg schloss die Kühlschranktür. Sah sich in der Küche um. Wo zum Teufel steckte Ellen? Warum war sie niemals da, wenn er sie brauchte? Und stets zugegen, wenn er auf sie verzichten konnte? Wenn sie ihm im Wege war? Wenn sie ihn störte? Wenn sie ihm auf die Nerven ging und daran erinnerte, mit ihrer bloßen Gegenwart daran erinnerte, dass seine Pläne einst größer, vollkommener, verwegener gewesen waren, seine Träume uferlos und seine Visionen so greifbar nahe schienen, dass es nur ein Fingerschnipsen brauchte, um sie wahr werden zu lassen? Ellen, die wie ein Blitzableiter seine Wut zu erden verstand, zur Entladung brachte, weil sie Zeugin war, Zeugin seines Scheiterns.
Scheiterns? Wer war hier gescheitert!?
HP verließ die Küche. Er riss die Tür zu Ellens Zimmer auf, stürmte hinein. Er kannte sich aus in seinem Haus, wusste, wo Ellen, die Deckenbeleuchtungen hasste, die Stehlampe installiert hatte, doch ehe er sie erreichte, fand er sich von kühlen, zarten Fingern berührt und umfangen, gehalten, ja, gefesselt, und je mehr er versuchte sich zu befreien, desto fester wurde ihr Griff.
Draht. Schlingen aus Draht. Er fiel. Fiel weich, sein Sturz gefedert, abgefedert, und als er endlich den Lichtschalter fand, erkannte er, dass er in eine Falle gegangen war, die feiner geschlungen nicht hätte sein können.

»Da sind wir nun«, sagte Agnes' Chef, »im Schneckenhaus ganz oben.«
Er lachte. Agnes blickte aus dem Fenster. Es ging nach innen, wie alle Fenster im neuen Bankgebäude. Nach außen zeigte nur der Wandelgang, der sich spiralförmig um

den Turm nach oben wand, auf einer Seite blickten dort Fenster der Stadt entgegen, während die gegenüberliegende Wand wechselnder Kunst vorbehalten sein würde. Sie aber, egal wie weit oben ihr Büro auch lag und wie groß es war, sie war zur Innenschau auf den schachtartigen Patio verdammt, auf dem oben wie eine Krone die Glaskuppel saß. Agnes sah hinüber in die noch unbewohnten Büros ihrer Kollegen, und sie begriff, dass sie allesamt Bienen waren, eingesperrt in ihren Bienenstock, dass sie das immer schon gewesen waren und dass erst diese neue Architektur ihr das schonungslos offenbarte.
»Und? Wie gefällt es dir?«
›Ich muss gehen‹, dachte Agnes, ›ich muss so schnell wie möglich eine Ausrede finden.‹ Doch ihr Kopf war wie leergefegt. Sie betrachtete den nagelneuen Schreibtisch, den noch in Plastikfolie gehüllten Schreibtischstuhl, die leeren Regale, und auf einmal wusste sie mit einer Gewissheit, die sie benommen machte, dass sie hier niemals arbeiten würde. Ihr Chef war hinter sie getreten. Schon fühlte sie seinen Atem an ihrem Hals.
»Ich würde gerne«, sagte sie hastig, »die Dachterrasse sehen. Ich hab mir nämlich überlegt …, glauben Sie nicht, dass wir da noch ein Geländer installieren sollten?«
Und machte, wie unabsichtlich, zwei kleine Schritte nach vorne, eine halbe Drehung nach rechts, der Tür entgegen, schenkte ihrem Chef über die Schulter ein strahlendes Lächeln, das ihr Ausweichmanöver Lügen strafte, und war auch schon hinaus. Der Augenblick war vorüber. Der Mann hatte verstanden. Es spielte keine Rolle mehr. Sie dachte an Valentin. Auf einmal erschien ihr alles leicht.

FÜNFTER TAG

18

Cora zeichnete. Und doch war es CoraZwei, die ihr die Hand führte. Irgendwann wirst du sein wie ich, sagte CoraZwei. Dann muss ich dir nicht mehr die Hand führen, als wärst du ein kleines Mädchen.

Draußen dämmerte der Morgen herauf. Cora schrieb eine physikalische Formel neben eine Zeichnung. Wie lange brauchte das Gas, um bis ins Erdgeschoss hinunterzufließen? Hätte irgendjemand, HP vielleicht oder auch Ellen, Cora beobachtet, sie hätte ausgesehen, wie eine besonders eifrige Schülerin, die vor der Schule noch ihre Aufgaben macht. Doch Cora hatte nicht vor, zur Schule zu gehen. Sie machte ihre ganz persönlichen Hausaufgaben. Angewandte Physik, nannte es CoraZwei und lächelte ihr böses Lächeln.

Es war spät gewesen gestern Abend, als Adrian sie mit seinem Mofa nach Hause brachte. Der Wind hatte sie sacht aber stetig davongetragen, und schließlich waren sie fast fünfzig Kilometer entfernt auf einer Waldwiese gelandet. Dort legten sie den Ballon wieder zusammen und warteten, bis Bernd sie mit Pauls Pick-up und dem Anhänger endlich abholen kam.

Auf Zehenspitzen hatte sie sich in ihr Zimmer geschlichen. Die Fahrt im Ballon hatte sie für eine kurze Weile ihren Plan vergessen lassen. Ja, CoraZwei hatte recht, für zwei Stunden war sie wieder ein kleines Mädchen gewe sen. Sie hatte gejuchzt, als der Ballon Fahrt aufgenommen hatte und messerscharf über die Baumwipfel eines kleinen Waldes dahinfegte. Sie hatte eine zweite Sektflasche aus Pauls Tasche geklaut, sie ordentlich geschüttelt, und dann ihren Ballonfahrer von oben bis unten nass gespritzt. Sie hatte sich an Adrian gelehnt und es sogar geduldet, dass er einen Arm um ihre Schulter legte. Es hatte sich gar nicht so schlecht angefühlt. *Du lässt dich gehen,* tadelte CoraZwei. *Adrian hat seine ihm zugedachte Rolle in unserem Plan. Vergiss das nicht.*

Cora vergaß es nicht. Und dennoch. Es hatte sich gut angefühlt, neben ihm im Korb zu stehen, seine klamme Hand zu reiben, sich an ihn zu lehnen. Adrian war seit einem Jahr der einzige Mensch, dem sie es erlaubte, sie zu berühren. *Und er wird alles tun, was wir von ihm verlangen,* sagte CoraZwei zufrieden.

Cora löste ihre Rechenaufgabe und unterstrich das Ergebnis dreimal mit energischen Tuschestrichen. Dann schlug sie das Physikbuch zu und verstaute es in ihrer Tasche.

Sie lauschte. Im Haus rührte sich nichts. Es fehlte das übliche Tassengeklapper aus der Küche. Kein Duft nach frischem Kaffee und getoastetem Brot lag in der Luft. Sie ging hinunter und sah selbst nach. Von Ellen keine Spur. Cora öffnete den Kühlschrank. Derselbe traurige Anblick wie seit Tagen schon. Sie schlug die Tür wieder zu, holte sich ein paar Müsliriegel aus dem Schrank. Schenkte sich eine Tasse Milch ein. Ein Geräusch ließ sie herumfahren. Es war ihr Vater. HP trug einen Stoppelbart und hatte Ränder unter den Augen.

»Wo ist deine Mutter?«

Cora musterte ihn. Fast hätte sie vergessen, dass sie wieder mit ihm sprach. Sie zuckte die Schultern. Woher sollte sie das wissen? War sie Ellens Gouvernante?

»Wo bist du gestern Abend gewesen?«
Cora warf ihm einen eisigen Blick aus schmalen Augen zu. Sie beschloss, dass HP heute Morgen keine Antworten verdiente. Sie rührte sich Kakaopulver in die Milch und stellte das Ganze in die Mikrowelle. Mit einem Pling begann sich darin die Tasse zu drehen.
»Was ist hier eigentlich los?«
HP wurde laut. Allmählich verlor er die Geduld. Geduld war ohnehin nie seine Stärke gewesen. Cora wusste das, keiner wusste das besser als sie. Und darum schwieg sie. Sie schwieg immer, wenn er laut wurde. Und fragte sich, warum er das nicht schon längst bemerkt hatte. Warum er und Ellen seit Jahren dieselben Spiele miteinander trieben, ohne ihrer jemals überdrüssig zu werden? Wenn Ellen eines Tages nicht mehr da sein würde, wen würde das schon wundern? Ganz offensichtlich ihren Vater. Cora dagegen wartete schon eine ganze Weile auf ihr Verschwinden.
»Ich komme gestern nach Hause und keiner ist da.«
Mit einem neuerlichen Pling kam die Tasse im Innern der Mikrowelle zum Stehen. Cora nahm sie heraus und rührte mit einem Löffel den Kakao unter.
»Deine Mutter ist die ganze Nacht nicht nach Hause gekommen!«
Cora dachte an das flammende Kleid, das Ellen gestern getragen hatte. Sie dachte an den Künstler, aus dessen Ateliertür sie gekommen war. Sie dachte an die Drahtgebilde. Und Cora dachte an die Nächte, in denen es HP gewesen war, der nicht nach Hause gekommen war. Ellen hatte nicht in der Küche herumgeschrien so wie er jetzt. An jenen Morgen nach diesen Nächten war sie noch blasser als sonst gewesen, ihre Augen gerötet.
Sie nahm einen großen Schluck von ihrem Kakao. Betrachtete HP, als sei er ein Studienobjekt und nicht ihr

Vater. Sah, wie sich die Röte in seinem Gesicht vertiefte, wie die Ader an seiner Schläfe anschwoll. Und dann auf einmal bemerkte sie die Angst in seinen Augen. Den Schmerz. Und die Einsamkeit.

Cora wandte sich ab. Gerade noch rechtzeitig, ehe Mitleid in ihr hochkriechen konnte und der Impuls übermächtig wurde, ihn in den Arm zu nehmen. Sie wandte sich ab und blickte zum Fenster hinaus. Ihre Augen suchten und fanden den Neubau, noch immer markierte ein Kran unübersehbar seine Lage.

»Wann werden die endlich diesen blöden Kran abbauen?«

»Was?!«

Cora drehte sich nicht um. Sie wies hinunter auf das Panorama der Stadt.

»Der Kran! Sag bloß, der steht am Sonntag noch dort!«

Cora wartete keine Antwort ab. Sie trank ihren Kakao aus, stellte die Tasse auf die Spülmaschine und verließ die Küche, sicherheitshalber vermied sie es, ihrem Vater nochmals in die Augen zu sehen. In einer Stunde würde sie in der Bank die von Paul bestellten Gaskartuschen in Empfang nehmen, und die drei Extra-Flaschen ebenfalls, die sie heimlich nachgeordert hatte. Denn die brauchte sie. Sie hatte einen Auftrag. Auf diese Gelegenheit hatte sie ein ganzes Jahr gewartet. Das fehlte gerade noch, dass ausgerechnet jetzt ihr Panzer brach.

Zuerst wusste Ellen nicht, wo sie war. Die Sonne schien durch gelbe Vorhänge und zauberte goldene Flecken auf ihr Kopfkissen. Ihr erster Impuls war es, aufzuspringen, Kaffee zu kochen, das Frühstück zuzubereiten. Dann fiel ihr ein, was geschehen war.

Ellen konnte sich nicht erinnern, wann sie das letzte Mal allein in einem fremden Bett aufgewacht war. Sie schloss die Augen wieder und glaubte alles vor sich sehen zu können: HP in der Küche, seinen Kaffee suchend, Cora mit Schmollmund, weil es keinen Toast gab. Ellen streckte sich. Wunderte sich über ihre Gelassenheit. Genoss die Vorstellung, dass kein Mensch auf der ganzen Welt wusste, wo sie jetzt war.

Sie dachte an Arnold. Wie zerbrechlich er im Gegenlicht seiner Fensterfront gewirkt hatte. An das, was er ihr gesagt hatte, an das Gefühl, dass plötzlich zwischen ihnen gewesen war. Sie hatte sich weiter seine Arbeiten angeschaut, dann saßen sie eine Weile da, einfach so, ohne zu sprechen. Wie lange sie das getan hatten, wusste Ellen nicht mehr zu sagen. Sie konnte sich nicht erinnern, mit jemandem einfach so zusammengesessen zu haben, ohne das Bedürfnis zu sprechen. Als dann doch die Spannung zwischen ihnen wuchs und es unausweichlich war, dass Arnold das Schweigen brechen würde, früher oder später, war sie aufgestanden. »Ich werde wiederkommen«, hatte sie gesagt. Er hatte sie zur Tür begleitet, ihr nachgesehen. Sie hatte den Wagen gestartet, war langsamen zum Fabrikgelände hinausgerollt, ohne den Schlaglöchern auszuweichen. Die Schlaglöcher sagten ihr, dass sie nicht träumte. Dass sie wach war, dass sie das wirklich erlebte. An der Kreuzung, an der sie eigentlich links zur Stadt abbiegen sollte, fuhr sie nach rechts.

Sie fuhr, ohne darüber nachzudenken wohin, wählte bei Kreuzungen immer die kleineren Straßen, bog irgendwann in einen Feldweg ein, an dem ein Schild stand mit der Aufschrift »Waldgasthaus Tannenhof«. Folgte diesem Weg durch grüne Wiesenmatten, die aufwärts zu einem Waldrand führten, hielt dort an und setzte sich in die Abendsonne. Dort saß sie, beobachtete einen Käfer, der einen Grashalm emporkletterte, Schmetterlinge, die ihr

Kleid mit einer Blüte verwechselten, beschirmte ihre Augen mit der Hand und sah am Horizont einen Heißluftballon. Und dann ging die Sonne unter, verwandelte den Himmel in einem Feuerbrand, und als die Schatten der Bäume sie erreichten, beschloss sie, nicht nach Hause zu fahren. Heute Abend nicht, dachte sie. Heute Abend möchte ich alleine sein.

Als es sie fröstelte, ging sie zurück zum Wagen, steuerte ihn bis ans Ende des Weges, wo sie der Tannenhof bereits zu erwarten schien.

Sie fragte nach einem Zimmer, bestellte ein Abendessen, sah zu, wie sich der Gastraum allmählich füllte und Ellen mit Erstaunen erkannte, dass der Tannenhof offenbar ein Geheimtipp unter den Gourmet-Restaurants der Gegend war. Sie saß in ihrer Ecke, betrachtete die Menschen, dachte an nichts, genoss das Alleinsein, und ihr war, als schwinge das Schweigen zwischen ihr und Arnold nach all den Stunden noch nach. Nachdem sich die anderen Gäste verabschiedet hatten, brachte der Gastwirt eine Flasche Cognac, und Ellen lauschte den Erzählungen des Alten, Geschichten über den Wald und seine Ahnen, die vor mehr als einhundert Jahren die Bäume gerodet, den Hof erbaut, eine Einkehrwirtschaft gegründet hatten. Ellen hörte zu, stellte keine Fragen, sog alles in sich auf, sah die Leben kommen und gehen, durch Friedens- und Kriegszeiten, durch Krankheit und Glück. Von einem Sohn sprach der Alte, der bei einem Feuer umgekommen war, von einem anderen, der in die Welt gezogen war und nicht mehr wiederkam. Dass nach ihm die Linie erlöschen würde und er nachts nicht schliefe, weil er nicht wüsste, in welche Hände er das Schicksal des Tannenhofs legen könne. Fremden Leuten wollte er das Restaurant nicht übergeben.

»Aber ich bin längst zu alt für all das«, sagte er.

Und seufzte. Erhob das Glas, prostete Ellen zu, fragte sie nach ihren Vorlieben für das Frühstück und wünschte ihr eine angenehme Nacht.
Und während Ellen ihr Glas leerte, schien es ihr, als könne sie jegliches Schicksal auf der ganzen Welt umfangen, erspüren, ob es nun schwer oder leicht war. Bis sie meinte, Raouls lächelndes Gesicht vor sich zu sehen, der ihr zunickte, wie er es manchmal getan hatte, kurz vor seinem Tod. Da fühlte sie auf einmal Tränen hinter ihren Augen, Tränen, die mit einem Jahr Verspätung endlich flossen, sacht tropften sie auf die Tischplatte aus Kirschbaumholz wie Sommerregen, wie Morgentau. Nein. Sie trug keine Schuld. Und wenn, dann nicht mehr oder weniger als jeder andere Mensch auf dieser Welt auch. Sie hatte geirrt, sie hatte falsche Entscheidungen getroffen. Aber ihr Leben war noch nicht zu Ende. Es kam darauf an, welche Entscheidungen sie heute traf. Und mit dieser Gewissheit hatte sie sich schließlich erhoben und war in ihr Zimmer gegangen, wo sie sogleich einschlief und traumlos ruhte, wie schon lange nicht mehr.
Am Morgen schlug Ellen die Decke zurück und stand auf. An diesem Tag war sie es, die sich an einen gedeckten Frühstückstisch setzte. Danach würde sie weitersehen.

Es war lange her, dass Valentin die Nacht in einem Zirkuswagen verbracht hatte. Der stand im Atelier seines Freundes, ein Gehäuse im Gehäuse, eine Reminiszenz an das frühere Leben des Clowns, in das er sich verkroch, wenn ihn das Fernweh plagte.
Valentin rieb sich die Schläfen. Sie hatten die »Regenwürmer mit Angelschnur«, die sich als Fadennudeln mit An

chovis entpuppt hatten, mit einer ganzen Menge Rotwein hinuntergespült, so dass Valentin der Weg zum Stadler zu weit erschienen war. Heute Morgen bereute er es, der Rotwein hatte seinem Schädel und die harte Pritsche seinem Rücken zugesetzt. Er fand eine Dose mit Kaffeepulver, kochte eine pechschwarze Brühe und spülte seinen Kater damit hinunter, während er dem gleichmäßigen Schnarchen des Clowns lauschte. Dann schlich er sich hinaus zu seinem Seil in den Uferauen.

Es war mit Tausenden von glänzenden Tautropfen übersät, die im ersten Morgenlicht wie Juwelen schimmerten. Sie sprangen in alle Richtungen davon, als Valentin seine Hand auf das Seil legte und es mit einem Tuch sorgfältig trockenrieb. Über Nacht hatten Spinnen feine Netze zwischen den Abspannungen gewebt. Aus dem Gebüsch flogen Vögel auf, es waren Silberreiher, die elegant auf dem Wasser landeten. Valentin legte seinen Mantel ab, zog seine Schuhe aus und schwang sich auf das Seil.

Im selben Augenblick nahm sein Körper die Haltung eines Luftgängers an, es war seine zweite Natur. Valentin nahm sein Halstuch ab und band es sich vor die Augen, breitete die Arme aus und ging blind über das Seil, vertraute dem Tastsinn seiner Füße, fühlte die Wärme der aufsteigenden Morgensonne auf seinem Gesicht. So konnte es bleiben.

Ellen wusste, wovor sie am meisten Angst hatte. Sie erinnerte sich gut daran, weshalb sie damals zu HP zurückgekehrt war. Sicher, sie hatte geglaubt, ihn zu lieben. Sie hätte ihn tatsächlich lieben können, wäre da nicht diese Angst gewesen. Die Angst, ins Bodenlose zu stürzen, wenn ihr nicht ein anderer ein sicheres Fundament bot. HP schien dazu prädestiniert, ihr dieses Fundament zu bauen, schließlich war er Architekt. Er war Architekt und ließ von Anfang an keinen Zweifel daran, dass er so viel darüber wusste, wie die Welt funktionierte, dass es für sie beide reichte. Während Ellen an diesem Morgen in das Brötchen biss, auf das sie hausgemachte Mirabellenmarmelade gestrichen hatte, sah sie die Dinge völlig klar. Ihre Liebe hatte von Anfang an keine Chance gehabt. Arnold hatte es gestern gesagt: Wie kann Nähe entstehen, wenn zwischen zwei Menschen ein Popanz steht? Wie kann Achtung wachsen, wenn der eine das Heft fest in der Hand hält und der andere sich nur zu gerne führen lässt? Wie kann man liebevoll zusammenleben, wenn es ständig darum geht, seinen Status zu verteidigen? Es war nicht so, dass ihr über Nacht die Augen aufgegangen wären. Im Grunde wusste sie das alles schon lange, auch wenn sie bislang nicht gewagt hatte, die Dinge beim Namen zu nennen. Darum war ihre Stimme immer leiser geworden. Darum war sie nach und nach in sich zusammengeschrumpft, weil sie nur zu gut wusste, was nicht stimmte mit ihrem Leben. Und weil sie sich davor fürchtete, was sein würde, wenn sie eines Tages der Wahrheit ins Auge sah.

Denn Ellen wusste genau, was passierte, wenn man kein Fundament hatte, auf das man gründen konnte. Sie hatte auf der Straße gelebt, sie kannte die Armut. Und sie kannte sich selbst, sie kannte ihre Schwäche, in Abhängigkeiten jeglicher Art abzugleiten. Darum hatte sie sich lieber in die Abhängigkeit von HP geflüchtet. Sie hatte es anders genannt: Liebe. Ehe. Mutterschaft. Ihr Leben war ein Lügengebilde. An jenem Morgen, mit dem Geschmack von Mirabellenmarmelade auf der Zunge, stürzte es endgültig ein.

Ellen schenkte sich Kaffee ein und dachte über ihre Angst nach. Wovon würde sie leben, wollte sie sich von HP trennen? Sie hatte nichts gelernt, außer wirre Linien auf Papier zu zeichnen und einen Haushalt zu führen. Sie probierte von der Geflügelterrine, stellte fest, dass ihre eigene besser schmeckte. Ja, auch Kochen war etwas, was sie gut konnte. Sie hatte es in den langen Stunden gelernt, während sie auf HP wartete. Mit jeder Geliebten, die HP hatte, perfektionierte sie ihren Kochstil. Sie wusste nicht, ob er dies je bemerkt hatte. HP schlang stets in sich hinein, was man ihm auf den Teller lud, er war nicht der Mann, der Essen kommentierte. Für Ellen aber war es eine Manie geworden, eine Ersatzsucht, und je unglücklicher sie war, desto raffinierter wurde ihr Speiseplan. Nicht, dass sie selbst viel von ihren Kreationen versucht hätte. Das Kochen genügte ihr, bei Tisch aß sie nur ein paar Bissen. Aber sie beobachtete die anderen beim Essen. Versuchte in ihnen zu lesen, herauszufinden, was ihnen schmeckte, was ihnen auf der Seele lag, wo ihre Gedanken weilten. Als sei ein Kochrezept der Schlüssel zu den Herzen der Menschen, die ihr am nächsten standen und doch so weit entfernt waren. Lichtjahre weit entfernt. Der Einzige, der je bemerkt hatte, was sie alles in ihre Kochkunst legte, war Raoul gewesen. Er hatte ihr eines Tages ein Buch geschenkt, kein Kochbuch, nein, sondern einen Band über den Einfluss der Nahrung auf die Gesundheit der Menschen nach den ayurvedischen Lehren. Tags darauf war er verbrannt. Sie hatte dieses Buch niemals geöffnet.

Der Gastwirt kam an ihren Tisch und erkundigte sich, wie sie geschlafen habe. Ob er ihr ein paar Eier in die Pfanne schlagen solle? Oder ob sie das Ei lieber verloren im Glas wünsche? Leider müsse sie heute Morgen mit ihm als

Koch vorliebnehmen. Es war nicht zu übersehen, dass er zu einem Gespräch aufgelegt war, womöglich sogar etwas auf dem Herzen hatte, und obwohl Ellen lieber noch eine Weile über ihre Angst nachgedacht hätte, lud sie ihn ein, sich zu ihr zu setzen.
Sein Koch sei im Krankenhaus, berichtete der Wirt. In der Nacht hätten sich die Gallensteine gemeldet. Der Alte verzog das Gesicht. Ausgerechnet jetzt, wo sie zum Wochenende ausgebucht seien. Heute war Freitag. Er habe keine Ahnung, wo er auf die Schnelle einen neuen Koch herbekommen sollte.
Ellen betrachtete fasziniert die tiefen Furchen im Gesicht ihres Gegenübers, als sei es eine Landschaft, in der sich ungeahnte Möglichkeiten verbargen. Und während der Wirt ihr von einem Ballonfahrertreffen erzählte, dachte sie schon über die passende Menüfolge nach.

Sandra kannte jeden Quadratzentimeter im Würfelhaus. In keinem anderen Haushalt gab es so viele verschiedene Reinigungsmittel für die unterschiedlichen Bodenflächen, ein Spezialprodukt von einem Ökohersteller mit Bienenwachs für den alten Tanzboden im Wohnzimmer, ein anderes für die Terrakottafliesen in der Küche, ein weiteres für die Travertintreppe und den Granitboden im Eingangsbereich und ein viertes für die kanadische Eiche, die im gesamten Studiotrakt ausgelegt war. Es gab einen Spezialschaum für den kardinalroten Teppichboden im Zimmer der Tochter und einen Flüssigreiniger für ihr Badezimmer aus schwarzem Schiefer. Für den hellbeigen Flor im Trakt von Frau Sternberg, aus dem Sandra mit einer Geduld, bei der sie sich jedes Mal fragte, wo sie sie hernahm, jede Woche neue Flecken entfernte, gab es natürlich ein weiteres Mittel. Sandra dachte, dass sich

Wohlstand in der Anzahl an Spezialreinigungsmitteln ablesen ließ, sie selbst benutzte zu Hause Essigreiniger und Neutralseife, sie wusste also, wo sie stand.
Sie brauchte fünf Stunden für das ganze Haus. Sie begann in der Küche und arbeitete sich dann Raum um Raum weiter, Esszimmer, Wohnzimmer, dann den Bereich der Dame des Hauses, von hier hinüber zum Gästetrakt, den seit einem Jahr nur mehr sie betrat. Sandra dachte an den seltsamen jungen Mann, der hier gewohnt hatte und dann so tragisch verunglückt war, er war ihr nicht ganz geheuer gewesen in seinem bodenlangen Ledermantel, wie ein älterer Bruder ihres Adrians war er ihr die wenigen Male, die sie ihm begegnete, erschienen. Vom Gästetrakt ging es weiter in das Zimmer der Tochter, wo sich Sandra immer besonders beeilte, seit Cora einmal nach Hause gekommen war und sie dabei ertappt hatte, wie sie Raouls Bild anstarrte. Als Letztes nahm sich Sandra den Studiowürfel vor, halb hoffend, halb bangend, der Architekt sei vielleicht doch zu Hause, halte sich wider allen Anschein hier irgendwo hinter einem Regal verborgen auf, versunken in irgendeine Arbeit, aber jederzeit bereit, wieder nach ihrem Haar zu fassen und nach allem anderen auch. Von den beiden Arbeitsräumen führte ein Flur in das, was Sandra das Herz des Hauses nannte, das Schlafzimmer des Ehepaars Sternberg, wo sie normalerweise in blitzschnellen Bewegungen die Bettwäsche abstreifte, ehe sie der Versuchung erliegen könnte, herauszufinden, auf welcher Seite er wohl lag.
Doch heute ließ sie sich Zeit. Sie lauschte. Sie war ganz allein in dem riesigen Haus. Und dann tat sie etwas, wovon sie schon oft geträumt, es aber noch nie gewagt hatte zu tun. Rasch zog sie all ihre Kleider aus, auch Slip und

BH und glitt zwischen die Laken, vergrub ihr Gesicht in einem der Kissen. Es roch nach ihm. Die seidene Bettwäsche schmeichelte ihrem Körper. Sandra schob das andere Kopfkissen zwischen ihre Schenkel. Es kam ja sowieso alles in die Wäsche. Da konnte so ein kleines, prickelndes Wohlgefühl und ein paar Tropfen Sandra keinen Schaden anrichten.

19

Im neuen Bankgebäude am Michaelsplatz, schräg gegenüber der Kirche, ging es an diesem Morgen tatsächlich zu wie in einem Bienenstock. Während die Handwerker im oberen Teil noch die letzten Holzplanken verlegten, wurden unten bereits Arnold Degens Kunstwerke an die Wände geschraubt. Auf der Dachterrasse befehligte HP wütend ein paar Metallbauer, die im letzten Moment noch ein Geländer auf der umlaufenden Mauer anbrachten. »Es fehlte noch«, hatte Agnes Chef gesagt, »dass uns ein paar Ehrengäste vom Gebäude purzeln.«

In der Eingangshalle stand Agnes und dirigierte ein unübersehbares Kommen und Gehen: Fünfhundert Stühle wurden geliefert, ein Stehpult für die Reden, Caterer wollten wissen, wo sie ihre Tische aufbauen sollten, wo sie die Kühlschränke anschließen könnten, wo sie einen Wasseranschluss fänden. Eine Sanitätsfirma brachte Handtuchrollen und Seifenspender für die Toiletten. Eine andere Firma rüstete die Garderobe mit Ständern aus. Als HP sie sah, schrie er Agnes an, dass es die falschen seien. Die Empfangstheke wurde montiert, abmontiert und unter HPs Leitung an neuer Stelle wieder aufgebaut. Ein Mann wollte wissen, wo er die Gasflaschen deponieren sollte. »Was denn für Gasflaschen?«, fragte Agnes und schickte den Mann hinaus zu Paul in die Papierfabrik. Schließlich erfuhr sie, dass sie für die Ballons bestimmt waren. Zu allem Überfluss erschien auch noch der so lange schon erwartete Fernmeldetechniker und wollte wissen, wo er welche Anschlüsse freischalten sollte. Sie wollte ihn bitten, am Montag wiederzukommen, doch als der Mann ihr mit einem Blick in seinen Kalender eröffnete, der nächste freie Termin sei erst in sechs Wochen, fügte sich Agnes ins Unvermeidliche und zeigte ihm die Büros.

›In sechs Wochen‹, dachte Agnes, ›bis dahin bin ich längst nicht mehr hier.‹ Doch wo sie dann sein würde, davon hatte sie nicht die geringste Ahnung.

Sie hatte die halbe Nacht daran denken müssen. Wie kategorisch sie es immer von sich gewiesen hatte, aus ihrem Heimatstädtchen wegzuziehen. »Wer soll nach Mutter sehen«, hatte sie gesagt und den Hinweis auf die Existenz ihrer Schwester, die sich schließlich auch kümmern konnte, ignoriert. Selbst Paula hatte sie einmal an einem ihrer wenigen schlechten Tage angebrüllt, sie solle sich nicht so anstellen, sie käme ganz wunderbar allein zurecht. Dann zöge sie eben ins Altenheim, vielleicht ginge es da lustiger zu als bei ihr. Doch Agnes hatte sie nicht ernst genommen. Sie hatte es als Vorwurf verstanden, als trotzige Provokation. Kein vernünftiger Mensch wollte ins Altenheim. Dafür waren Töchter da. Doch nun war ihre Mutter tot und taugte nicht mehr zur Ausrede. Sie konnte also hingehen, wohin immer sie wollte.

Doch wohin wollte sie?

Was wollte sie anfangen mit ihrem Leben? Mein Gott, hatte sie gedacht und sich im Bett herumgewälzt, sie war jetzt über fünfzig, und doch hatte sie nicht das Gefühl, als habe ihr Leben bereits wirklich begonnen. Vielmehr kam es ihr so vor, als sei alles noch so etwas wie eine Generalprobe, bei der nichts wirklich so lief, wie es sollte. Sie war in einer Endlosschleife aus Generalproben hängengeblieben und hatte dabei übersehen, dass die Vorstellung nicht nur längst begonnen hatte, sondern auch schon halb vorüber war. Weil sie immer abgewartet hatte, auf den großen Vorhang, der sich endlich öffnen würde. Auf das richtige Stichwort. Auf die Rolle, die sie wirklich spielen wollte.

Welche Rolle wollte sie denn? Gewiss nicht die der grauen Büromaus, auch wenn sie sich großspurig Marketing-Leiterin nennen durfte. Auch nicht die der treusorgenden Tochter. Schon gar nicht die der betrogenen Ehefrau, die ihr so viele Jahre lang aufgezwängt worden war. Oder war das gar nicht so? Suchte man sich seine Rollen? Auch wenn man nur Statistin war, hatte man dann einfach nur versäumt zuzugreifen, als die Hauptrolle zur Disposition stand?

Agnes hatte es satt, im zweiten Glied zu dienen. Sie hatte es satt, hinter den Kulissen dafür zu sorgen, dass andere im Rampenlicht standen und Ovationen entgegennahmen. Aber aus jahrelanger Erfahrung im Hintergrund wusste sie nur zu gut, dass es nicht immer Ovationen waren, die einen vorn an der Rampe erwarteten. Und vielleicht war es die Furcht vor den Buhrufen, vor den faulen Eiern, vor der vernichtenden Kritik gewesen, die sie bislang hatte zurücktreten lassen. Denn eine Hauptrolle, die muss man auch ausfüllen können. Da muss man durchhalten bis zum bitteren Ende, auch wenn man bereits in der Mitte des zweiten Aktes bemerkt, dass man sich übernommen hat. Aber, auch das wusste Agnes, so denken nur die, die niemals wagen, ihren Part anzunehmen. Vielleicht hat man in der Mitte des zweiten Aktes einen schwachen Moment, und doch ist da noch die gesamte zweite Hälfte des Stücks, in der man zeigen kann, was in einem steckt.

Und so ging es ihr, Agnes. Auch vor ihr lag nun die zweite Hälfte ihres persönlichen Lebensdramas. Es kam auf sie, ganz allein auf sie an, was sie daraus machte. So wie es am Ende, wenn der Vorhang fiele, ebenfalls nur sie etwas angehen würde, ob die Vorstellung gelungen war oder nicht.
So wie ihre Mutter. Paula hatte nur für sich gelebt. Sie war Akteurin, Publikum und Kritikerin in einem gewesen. Und so, wie sie im Sessel saß, als sie sie fand, war Agnes klar, dass sie im Frieden mit sich und ihrer Vorstellung von der Bühne des Lebens abgetreten war. Und das war es, was Agnes ebenfalls einmal wollte.
Der Fernmeldetechniker machte sich an die Arbeit und erhielt Verstärkung. Der Künstler beschwerte sich, dass die Leute vom Catering auf den Kunstwerken herumtrampelten. Der Architekt blockierte einen der Aufzüge für die Metallarbeiten auf dem Dach. Ihr Chef kam, um nach ihr zu sehen, wie er behauptete, und ganz nebenbei zu fragen, ob er sich für diesen Tumult am Abend mit einem Essen im Tannenhof revanchieren dürfe.
»Heute Abend«, sagte sie zu ihm in nie gekannter Offenheit, »werde ich glücklich darüber sein, keinen einzigen Menschen auf dieser Welt um mich zu haben, meine Beine hochzulegen und wenn möglich ein gutes Buch zu lesen.«
Damit wandte sie sich zu Cora, die wissen wollte, wo zum Teufel ihre Gasflaschen waren.
Auf einmal verstand Agnes. Sie begriff, dass sie längst eine Hauptrolle hatte. Es war eine Frage der Entscheidung. Sie war nicht nur Akteurin in diesem Spiel, sie selbst entschied über die Handlung. Und nur sie selbst bestimmte über ihr Leben.

Agnes drehte sich zu ihrem Chef um, der noch immer dastand. »Wenn Ihre Einladung für diesen Abend noch gilt«, teilte sie ihm mit, »dann nehme ich sie gerne an. Ich habe Ihnen nämlich etwas Wichtiges mitzuteilen.«

Der Clown hatte beschlossen, dass Valentin sein zweites Seil mitten im Hof aufbauen sollte, damit er und alle anderen auch etwas davon hätten. Valentin wollte davon zunächst nichts hören, doch sein Freund kletterte kurzerhand hinter ihm aufs Seil und begann, Valentin in allem, was er tat, zu imitieren. Da gab er schließlich nach.

Valentin wusste, was das bedeutete, er hatte es oft genug erlebt. Er würde nicht länger alleine tanzen, würde umringt sein von einer Traube von Menschen, die sein Training kommentieren würden, im schlimmsten Fall selbst auf das Seil steigen wollten.

»Ja, aber was sind wir denn ohne unser Publikum?«, rief der Clown aus. »Du wirst wunderlich auf dein Alter, Valentin, du musst mehr unter die Leute!«

So kam es, dass Ellen, als sie ihren Golf in den Hof der Papierfabrik steuerte, ihn an diesem Vormittag voller Menschen fand. Sie stieg aus und entdeckte das Hochseil, erkannte Valentin, der mit verbundenen Augen auf dem Seil wippte. Ellen hielt den Atem an. Valentin wippte, und als der Schwung ausreichte, sprang er federnd ein Stück hoch, das rechte Bein vor dem linken, die Arme weit vom Leib gespreizt, und landete mit unglaublicher Sicherheit wieder auf dem Seil. Die Menschen jubelten bereits, doch Valentin sprang noch höher, und es war Ellen ein Rätsel, wie seine Fußsohlen diese schmale Linie wiederfinden konnten. Dann ließ Valentin sachte das Seil ausfedern, brachte es beinahe zum Stillstand. Und in diesem letzten Vibrieren beugte er ganz langsam die

Knie, bis er sich in der Hocke befand, dann löste er mit einem Schwung die Fußsohlen vom Seil und kam seitlich darauf zum Sitzen. Ein Aufstöhnen ging durch die Runde. Die Zuschauer applaudierten. Noch immer hatte Valentin die Augen verbunden. Dennoch bog er den Kopf zur Seite, als lausche er einem feinen Geräusch, und es war Ellen, als sehe er sie an, durch den Stoff hindurch.

Vielleicht sieht er mich ja tatsächlich, dachte Ellen, vielleicht ist es ein transparentes Tricktuch?

Sie wollte sich losreißen, wollte zu Arnolds Atelier gehen, dort klopfen, doch eine unsichtbare Kraft hielt sie fest. Sie konnte sich diesem Anblick nicht entziehen, sie musste zuschauen, wie Valentin nun sitzend auf dem Seil weiter wippte und nach und nach so viel Schwung holte, bis er wieder mit den Fußsohlen auf dem Seil landete, den Körper noch angewinkelt wie ein Z, um sich dann langsam, vorsichtig zu seiner vollen Größe aufzurichten.

Die Menschen im Hof klatschten. Auch Ellen konnte nicht anders, es war, als würde die Menge gemeinsam ein- und ausatmen, als würde sie gleichzeitig angstvoll aufstöhnen und erleichtert auflachen, es war, als dirigierte Valentin die Gefühle seines Publikums, ja, auch ihre eigenen. Und wie sie Valentin zusah, da erschien ihr sein Tanz auf dem Seil wie ein Abbild dessen, was sie seit gestern selbst erlebte – auf, ab, auf, ab –, doch ihre eigenen Bewegungen waren nicht annähernd so organisch, längst nicht so fließend, denn Valentin kannte keine Angst, nein, das sah Ellen ganz deutlich. Angst hätte ihn im Bruchteil einer Sekunde vom Seil gefegt.

Doch Valentin stürzte nicht. Er wippte und tanzte und wippte und sprang höher, drehte sich in der Luft, wechselte das Bein, er ging in die Grätsche, immer ein wenig tiefer, kein Mensch dachte mehr, er sei ein alter Mann, es war, als habe er das Alter abgelegt, die Zeit aufgehoben, die Schwerkraft überwunden.

Und dann auf einmal war seine Vorstellung vorbei. Er sprang auf die Erde, verneigte sich, riss das Tuch von seinen Augen, blinzelte gegen das Licht, verbeugte sich ein zweites Mal, beschattete seine Augen mit einer Hand, blickte suchend in die Runde und steuerte dann direkt auf Ellen zu.

Als er vor ihr stand, verschlug es ihr fast den Atem, so alterslos und strotzend vor Leben blickte er sie an. So erstaunlich ähnlich sah er Raoul. Und obwohl ihr tausend völlig andere Dinge gleichzeitig durch den Kopf wirbelten, sah sie auf einmal wieder das Foto vor sich, eine schwarze Silhouette gegen weißem Himmel, das Foto neben dem Zeitungsartikel aus Elviras Kiste, und obwohl sie diesen Gedanken noch überhaupt nie gedacht hatte, jedenfalls nicht als ausgewachsenen Gedanken, allenfalls als Gedankenkeim, hörte sie sich plötzlich sagen:

»Valentin, kann es sein, dass du mein Vater bist?«

Sie konnte sehen, wie er die Luft anhielt. Wie das Strahlen aus seinem Gesicht verschwand und sich etwas in seine Züge nistete, das Ellen sehr vertraut war. Angst. Sie bereute bereits ihre Worte, hätte sie gerne wieder eingefangen und zurückgeholt, ihren Atem wieder eingesogen, die Buchstaben ausradiert, hätte gerne sein Lächeln wieder auf sein Gesicht gezaubert – da sah er sie an, lächelte tatsächlich wieder, ein ganz anderes Lächeln als zuvor, legte eine Hand auf ihre Schulter und sagte:

»Was meinst du, möchtest du es auf dem Seil probieren?«

Und sie, die eine Menge darauf erwidern wollte, zuallererst natürlich, dass sie das unmöglich könne, dass sie noch nie auf einem schmalen Grat habe balancieren können, schon gar nicht vor all diesen Menschen, die sie nicht einmal kannte, dieselbe Ellen ließ sich willig zum Seil führen, zog ihre Schuhe aus, tat, was er sagte, erklomm mit seiner Hilfe das Podest an dem einen Ende des Seils, dann trat sie hinter ihn, legte ihre Arme um seine Taille, lauscht auf seine Stimme, die sagte: »Jetzt machst du alles genau so, wie ich es tue, am besten schließt du dabei die Augen. Und wenn du kannst, dann atme gemeinsam mit mir.«

Ellen gehorchte, schloss die Augen, fühlte seinen Atem, nahm auch die kleinste seiner Bewegungen wahr, die Spannung in seinem Körper, mit der er sich langsam voranbewegte, und so betrat auch sie das Seil, als wäre sie ein Teil von ihm, eine Art Verlängerung seines Körpers, als habe er sich in ein vierbeiniges Wesen verwandelt, und es sei nur natürlich, dass auch die hintere Hälfte seinem Willen gehorchte. So gingen sie Schritt um Schritt, und Ellen erfasste ein Hochgefühl, eine grenzenlose Erleichterung, sich ganz Valentins Willen zu unterwerfen, und doch war dies eine ganz andere Unterwerfung, als die, die sie bislang kannte. Denn sie und Valentin waren eins, so wie sie auf ihn, reagierte er auf sie, wenn er spürte, dass es ihr zu schnell ging, dann verlangsamte er augenblicklich seine Bewegungen. Ellen erlebte ein Gefühl der absoluten Leichtigkeit, das Gefühl, alles sei möglich, und wunderte sich nicht einmal, warum sie ausblieb, die Angst, ihre sonst allgegenwärtige Begleiterin.

Sie schritten über die gesamte Länge des Seiles. Und als sie auf der anderen Plattform angekommen waren, als Ellen wieder festen Grund unter ihren Füßen spürte, da erst begannen ihre Knie zu zittern. Sie zitterten so sehr, dass sie Valentin lachend in die Arme fiel, ja, in ihr war ein derart großes Lachen, als habe es all die Jahre nur darauf gewartet, dass es endlich ausbrechen dürfe.

»Nun weißt du es«, sagte Valentin, sein Mund dicht an ihrem Ohr, und sie erkannte, dass sie es von Anfang an gewusst hatte, schon in jener Nacht auf dem Turm, als er auf dem Vorsprung hockte wie ein Nachtvogel – war das tatsächlich erst so wenige Tage her?

20

Cora war wütend. Sie war wütend auf sich selbst und die ganze Welt. Auf Agnes, die den Fahrer wieder weggeschickt hatte. Auf den Fahrer, der sich hatte wegschicken lassen. Auf Adrian, der seine Zeit in der Schule verplemperte, statt ihr zur Seite zu stehen. Auf ihren Vater, dessen Stimme im ganzen Neubau zu hören war, der seinen Frust an anderen ausließ, so wie Cora den ihren auch gerne losgeworden wäre.

Aber sie riss sich zusammen.

Es kam nicht in Frage, dass sie sich gehen ließ wie HP. Also setzte sie sich in Bewegung, nahm den Bus hinaus zur Papierfabrik, hoffte, den Fahrer vielleicht noch in der Einfahrt abpassen zu können, hoffte, dass Paul die unbestellte Ladung wieder zurücksenden würde. Stattdessen musste sie mit ansehen, wie die Gasflaschen hinter Pauls Atelier in seinem Depot verschwanden, Paul einen Lieferschein unterschrieb und der Fahrer zufrieden vom Gelände brauste. Sie biss sich auf die Lippen, bis sie bluteten, schlenderte in den Hof, um Zeit zu gewinnen, um einen Plan zu schmieden, und sie sah es: ihre Mutter auf dem Hochseil. In vollkommener Harmonie mit Valentin. Mit geschlossenen Augen. Einen derart glücklichen Ausdruck im Gesicht, dass Cora schlecht wurde.

Sie fand einen verrosteten Gartenstuhl, setzte sich. Die Welt war aus den Fugen. Eine Stimme in ihr sagte, dass sie sich freuen sollte für ihre Mutter, dass sie Ellen in ihrem Leben noch nie so schön gesehen hatte, dass Raoul das gefallen würde, ja, Cora war sich sicher, es hätte ihn glücklich gemacht, denn er hatte Ellen geliebt, auf seine stille und rätselhafte Weise, die Cora mit Eifersucht erfüllt hatte. Doch in diesem Moment flammte diese alte Eifersucht wieder in ihr auf, obwohl Raoul nicht mehr bei ihnen war. Ja, Eifersucht. Und blanker, giftiger Neid.

Sie wusste, sie sollte bleiben. Sie sollte sich unter die Künstler mischen, die alles stehen und liegen gelassen hatten, um Valentin und Ellen zuzusehen, sie sollte Valentin begrüßen, ihrer Mutter etwas Nettes sagen, sie sollte den Anschein erwecken, dass sie dazu gehörte, doch stattdessen lief sie davon. Sie lief in die Flussauen, ohne zu wissen, wohin sie ging. Sie hörte den Jubel, den Applaus und lief noch schneller. Sie schreckte Vögel auf, feine Zweige schlugen ihr ins Gesicht. Sie trat in eine Mulde und knickte mit dem Fuß um. Mit der linken Hand griff sie in mannshohe Brennnesseln. Stolperte weiter. Dann blieb sie abrupt stehen. Vor ihr lag der Fluss. Sie setzte sich ins Ufergras. Ihr Kopf dröhnte. In ihrer Brust tobte ein unerträglicher Schmerz. Hinter ihren Augen pochte es. Sie wollte weinen. Sie konnte es nicht.

Adrian konnte sein Glück kaum fassen. Der Zufall wollte es, dass nicht nur Kevin und die übrigen Verdächtigen, sondern auch Luise samt ihrer arroganten Freundinnenschar mit ihm das Schulhaus verließen. Denn dort stand Cora, strahlend und königlich, trat auf ihn zu, sagte auf unnachahmliche Cora-Art: »Hey, Adrian«, und gab ihm vor allen anderen einen zärtlichen Kuss. Nicht auf die Lippen, aber auf den Mundwinkel, und dieser Kuss elek-

trisierte Adrian von Kopf bis Fuß. Dennoch nahm er genau wahr, wie die anderen erstarrten, Cora mit Blicken verschlangen, die Jungs mit äußerst interessierten, Luise und Co. dagegen sahen aus, als habe sie der Donner gerührt.
Adrian wusste später nicht mehr, ob er es gewesen war, der einen Arm lässig um Coras Taille legte oder ob sie sich an ihn schmiegte, jedenfalls war er sich ziemlich sicher, dass sie ihm ein »Ich hab dich vermisst« ins Ohr geflüstert hatte.
Oh, auch er hatte sie vermisst, er hatte es nicht geschafft, an etwas anderes zu denken als an sie. Er bemerkte den frischen Riss in ihrer Unterlippe, den angespannten Zug um ihre Augen, und als sie Kevin endlich losgeworden waren, der sich an sie geheftet hatte wie eine Klette, fragte er sie: »Ist alles in Ordnung?«
»Nein«, sagt Cora. »Nichts ist in Ordnung. Ich brauche ganz dringend deine Hilfe. Du musst mir heute Abend helfen, in das Depot deines Vaters einzubrechen.«
»Was?!«
»Du hast gesagt, dass du alles für mich tust.«
Adrian fuhr sich mit der Hand durchs Haar, brachte seine Igelordnung in Aufruhr.
»Ja, schon. Aber wieso müssen wir bei meinem Vater einbrechen?«
Cora schnaubte, wandte sich ab. Ging ein paar Schritte. Adrian folgte ihr. Er griff zärtlich ihren Arm. Sie riss sich los. Fuhr herum.
»Ich hab es ja gewusst. Wenn es ernst wird, dann kneifst du.«
»Nein, warte doch mal.«
Adrian musste schnell gehen, um Cora einzuholen. Sie war heute in einem kritischen Zustand. Nur jetzt nichts falsch machen, dachte er. Was würde Finnegal tun?

Cora blieb stehen. Verschränkte die Arme vor der Brust. Wandte ihm ihr Profil zu. Sie sah trotzig aus. Adrian atmete tief ein und aus.

»Natürlich werde ich dir helfen. Aber du musst mir schon erklären, was ich tun soll. Und warum. Ich kann nicht meinen eigenen Vater bestehlen, ohne zu wissen, weshalb.«

Cora sah weiter stur an ihm vorbei. Er wusste nicht, ob seine Worte sie erreichten. Er fühlte ihre Hilflosigkeit hinter dem Zorn und wurde sich einmal mehr darüber bewusst, wie sehr er sie liebte. Er schöpfte tief Atem. Und dann sprach er es aus. Finnegal hätte es längst getan. Also heraus damit:

»Ich liebe dich«, sagte Adrian mit klarer, fester Stimme. »Ich liebe dich mehr als mein eigenes Leben.«

So. Jetzt war es heraus. Nachträglich schoss Adrian die Hitze ins Gesicht. Zunächst sah es so aus, als verhallten seine Worte ungehört. Als prallten sie an den Festungsmauern, die seine Königin um sich errichtet hatte, ab. Doch dann wandte ihm Cora ihr Gesicht zu. Sah ihm in die Augen. Ungläubig. Unsicher, wie er das wohl meinte. Adrian wurde es heiß und kalt. Aber war es nicht die Wahrheit? Er liebte sie. Und Cora? Liebte sie ihn nicht auch? Hätte sie ihn sonst geküsst, vor aller Augen?

»Gut«, sagte Cora. »Ich werde es dir erklären. Aber vergiss nicht, was du versprochen hast: dass du tust, worum immer ich dich bitte.«

Adrian schluckte. Sie hatte nicht gesagt, dass sie ihn auch liebte. Aber er hatte Geduld. Er konnte warten. Für Cora konnte er alles.

Es war früher Nachmittag, als HP nach Hause kam. Er war erschöpft, Hemd samt Sakko hatte er durchgeschwitzt, seine Kehle heiser gebrüllt, doch es war geschafft, das Geländer auf der Dachterrasse montiert, ehe jene Helden der Handwerkerschaft auch an diesem Freitag bereits um drei Uhr nachmittags in ihr Wochenende aufbrachen. Sie hatten darauf bestanden. Freitagmittag um drei! Für jeden ehrlichen Freiberufler, für den es weder Feierabend noch Wochenende gab, geschweige denn Arbeitsschluss am Freitagnachmittag um drei, war das ein Schlag ins Gesicht.

In der Garage sah er Ellens Golf stehen, so als wäre er niemals fortgewesen, schon gar nicht über Nacht. Zu seinem eigenen Erstaunen fühlte er, wie sein Herz einen kleinen Stolperer machte und dann heftiger weiterschlug als zuvor, das musste die Hitze sein, der Ärger, der Stress.

Im Haus sah er vorsichtig in der Küche nach, der Kühlschrank war leergeräumt, ein gelber Zettel für Sandra, die Putzfrau, klebte an seiner Tür, darauf stand in Ellens schwungvoller Schrift: »Bitte gründlich sauber machen!« Auf der Anrichte entdeckte er eine Einkaufstasche mit der Aufschrift des örtlichen Feinkostgeschäfts, ein Baguette ragte daraus hervor, also hatte seine Frau ihn nicht ganz vergessen. Daneben fand HP ein paar Kochbücher, die sonst im Regal standen, fein säuberlich auf einen Stapel gelegt. Darunter zwei frisch gebügelte, akkurat zusammengelegte Küchenschürzen. Ellens Lieblingsmesser, ein japanisches, sündteures Modell. Was hatte das zu bedeuten?

»Was hat das zu bedeuten?«, fragte HP, als Ellen in die Küche trat. Erschrak sie, oder bildete er sich das nur ein?

»Ach, du bist es«, sagte seine Frau, als hätte sie erwartet, einen anderen Mann in ihrer Küche anzutreffen. Arnold Degen vielleicht?

Ja, man hatte es ihm erzählt. Einer der Handwerker, der draußen in der alten Papierfabrik wohnte und sich selbst wohl eher als Metallkünstler sah denn als Handwerker, hatte es ihm natürlich sofort unter die Nase reiben müssen. Und ihn dabei forschend von der Seite angesehen, um herauszufinden, ob der Architekt das bereits wusste oder ob es eine Überraschung für ihn war. Dass nämlich seine Frau gestern einen ausgedehnten Atelierbesuch gemacht und sich von Degen das Areal hatte zeigen lassen. Um dann für Stunden in seinem Atelier zu verschwinden.

Stunden! HP hoffte, dass er die Fassung bewahrt hatte. Er besaß keine Übung in diesen Dingen. Ellen hatte ihm noch nie Anlass zu Eifersucht gegeben. Ausgerechnet jetzt fing sie damit an.

Er beobachtete, wie Ellen die Kochbücher und die Küchenschürzen in einen Korb legte, das Messer vorsichtig in seiner Hülle obenauf. Was sollte das werden?

HP musterte Ellen genau, so als könnte er Spuren der vergangenen Nacht an ihrer Erscheinung ablesen, wie eine Geheimschrift, ein Code, der ihm alles verraten würde. Alles. Aber was war »alles«?

Ellen sah gut aus, bemerkte er, so gut wie schon seit Jahren nicht mehr. Offenbar kam sie direkt aus der Dusche, ihre Haare waren noch feucht, ihr Gesicht sorgfältig geschminkt. Ihre Augen leuchteten, ein leichter Pfirsichton lag auf ihrem Gesicht. Keine Spur von der aschfarbenen Blässe. Kein Hauch von der Angespanntheit, die im Genick begann, sich über die Schultern fortsetzte und sogar ihre Schritte so unsicher machte. Nein, sie bewegte sich locker und in fließenden Bewegungen, und da war noch etwas, was anders war. Was war es bloß?

Und dann erkannte er, dass sie wieder Farben trug, sie hatte die beigefarbenen Kleider abgelegt. Es war seine Idee gewesen. »Ellen, in Beige siehst du einfach am besten

aus«, hatte er einmal vor vielen Jahren gesagt. Von da an hatte er nichts anderes mehr an ihr gesehen. Beige. So groß war seine Macht über sie gewesen. Doch nun trug sie einen rostfarbenen Rock, dazu eine grün gemusterte Bluse. Beides schien neu, er hatte es nie zuvor an ihr gesehen. Und er musste zugeben, es stand ihr ausgezeichnet.
Es war also wahr. In seinen Eingeweiden begann ein Höllenfeuer zu brennen. Er glaubte nur zu gut zu wissen, was es zu bedeuten hatte, wenn eine Frau mit ihren eingefleischten Gewohnheiten brach. Seine Frau hatte einen Geliebten.
»Hör mal«, sagte Ellen, während sie ein paar Gewürzdöschen aus einem Schrank nahm und sie ebenfalls in den Korb legte. »Ich werde übers Wochenende nicht hier sein. Ich denke, Cora und du, ihr werdet alleine zurechtkommen. Wenn nicht, dann kommt einfach in den Tannenhof.«
HP öffnete den Mund, um etwas zu sagen. Doch was immer er auch sagen wollte, es blieb ihm im Halse stecken. Es war also tatsächlich wahr. Ellen besaß die Unverfrorenheit, ihn ausgerechnet jetzt im Stich zu lassen. Ihn vor aller Welt zu blamieren. Endlich fand er die Sprache wieder.
»Bist du wahnsinnig geworden?«
Ellen sah ihn an, als habe sie nichts anderes erwartet und kalkuliere, wie heftig sein Ausbruch ausfallen würde, der zweifellos bald folgen würde. Aber den Gefallen würde er ihr nicht tun. So kalt er nur konnte, sagte er:
»Du bist meine Frau! Hast Du das vergessen? Du gehst nirgendwohin.«
Er sah, wie sie zusammenzuckte. Es begann im Genick, breitete sich über die Schultern aus, den Rücken hinunter. Sie legte die Arme ineinander, rieb sich sacht die Ellbogen,

als sei ihr auf einmal kühl. Er atmete auf. Sie kam also wieder zur Vernunft.
Da streckte sie den Rücken durch. Sah ihn an mit einem Ausdruck in den Augen, wie sie es früher getan hatte, damals, als sie noch Studentin war und von ihren Plänen erzählte. Als er noch die Welt für sie bedeutete, oder doch fast. Als er ihr den Himmel versprochen hatte, den er selbst nicht besaß.
»Ich werde an diesem Wochenende etwas ausprobieren«, sagte sie, »und danach sehen wir weiter.«
»Ausprobieren?!«
HP hörte sehr wohl, dass seine Stimme viel zu laut war und jeden Moment zu kippen drohte. Er hörte es, auch dass der Ton, den er anschlug, viel zu aggressiv war, doch er konnte daran nichts ändern. Er hatte es nicht in seiner Gewalt, es riss ihn mit sich fort, und so schrie er: »Ausprobieren nennst du das und rennst zu diesem … diesem Künstler?«
Sie erstarrte. So war es immer gewesen und so würde es bleiben. Er schrie sie an, und all ihre Energie strömte aus ihr hinaus, unaufhaltsam. Also hatte sich ihr Besuch bei Arnold gestern bereits herumgesprochen. Und HP glaubte, ja, er dachte tatsächlich, sie habe die Nacht bei Degen verbracht?
Sie holte Luft, wollte ihm alles erklären, von der Nacht im Tannenhof erzählen, doch dann ließ sie es sein. Er würde ihr nicht glauben. Er konnte sich so etwas nicht vorstellen. Derartiges kam bei ihm nicht vor. Die Dinge waren entweder so oder so. HP saß nicht an Waldrändern und betrachtete Käfer und Ameisen im Gras. Er kam nicht zufällig irgendwo an, beschloss nicht spontan, etwas zu tun, was von außen betrachtet nicht den geringsten Sinn ergab. Es war zwecklos.

Plötzlich fühlte sie so etwas wie Trotz in sich. Sollte er es doch glauben! Schließlich hatte er sie oft genug betrogen. Sie sah ihn an, bemerkte seine Angst hinter der Wut, ja, auch er hatte Angst! Und sie begriff, dass sie es war, die am längeren Hebel saß. Würde sie gehen oder bleiben? Das war es, was für HP zählte. Zum ersten Mal in ihrem Leben machte Ellen die Erfahrung, wie es war, ihren Mann zappeln zu lassen. Es fühlte sich gut an. Das dumpfe Gefühl in der Magengrube ließ nach.

»Hör zu«, sagte sie so ruhig, wie sie nur konnte, und stellte dennoch fest, dass ihre Stimme zitterte, »ich habe dich nie gefragt, wo du warst, wenn du die Nacht woanders verbracht hast. Ich habe dir nie Vorhaltungen gemacht. Und jetzt, wo ich nichts anderes tue, als ein paar Gewürze einzupacken und mein Küchenmesser, erwarte ich …«

»Du hast mich nie gefragt, das stimmt«, unterbrach sie HP heftig. »Weil es dich nämlich nicht interessiert hat! Wenn dir auch nur ein kleines bisschen an mir gelegen hätte, dann hättest du wissen wollen, wo ich gewesen war. Aber offenbar war dir das völlig egal.«

Ellen blieb die Luft weg. Als sie die Sprache wiedergefunden hatte, war HP bereits aus der Küche gestürmt.

Ellen starrte auf den Korb. So sah er das also? Sie war an allem schuld? Eine wohlvertraute Stimme gab HP in allem recht. Hatte sie nicht immer alles falsch gemacht? Versagt auf allen Ebenen? Als Partnerin, als Mutter, als Architektin, einfach komplett auf ganzer Linie? War es nicht das Beste, den Korb wieder auszupacken? Dem Tannenhofwirt abzusagen? War es nicht eine Schnapsidee, geboren aus der Stimmung eines besonderen Tages heraus, bei Licht betrachtet aber das Dummste, was eine Frau wie sie machen konnte?

Ellen setzte sich auf einen Küchenstuhl. Sie betrachtete den Kombi-Herd mit Heißluftofen und Dampfgarer, die Küchenschränke mit der integrierten Mikrowelle, dachte an die vielen Stunden, die sie hier verbracht hatte, ihre Verzweiflung in edle Kochrezepte verwandelnd, Saucen rührend, in die ihre Tränen tropften. Hätte sie HP stattdessen Szenen machen sollen? War es das, was er wollte? Oder drehte er alles nur so hin, um sie einmal mehr ins Unrecht zu setzen, selbst wenn er es gewesen war, der fremdgegangen war?

Sie schüttelte den Kopf. Warum, fragte sie sich, muss das alles so kompliziert sein? Sie dachte an das Hochseil. Das Gefühl der Schwerelosigkeit. Wie einfach das gewesen war. Sie hatte einmal in ihrem Leben nicht nachgedacht, und alles war leicht geworden.

Ellen stand auf. Etwas war mit ihr geschehen in dieser Nacht. Die Uhr ließ sich nicht mehr zurückdrehen. Auch wenn sie HP nicht betrogen hatte, so war sie nicht mehr dieselbe.

Entschlossen stand sie auf. Sie riss einen Zettel von ihrem Einkaufsblock und schrieb: »Heute ist Selbstbedienung. Wenn ihr mich sucht, ich bin im Tannenhof. Ellen«

21

Agnes machte sich schön und fand es gar nicht seltsam, dass sie ausgerechnet an diesem Abend mehr Sorgfalt auf ihr Äußeres verwendete, an dem sie ihrem vorgesetzten Verehrer den ultimativen Korb und gleichzeitig die geschäftliche Kündigung aussprechen wollte, als bei jedem Rendezvous, in das sie je irgendwelche Hoffnungen gesetzt hatte.

Doch wenn sie ehrlich war: Solche hatte es nicht viele gegeben.

Sie hatte mit vierundzwanzig geheiratet und war mit sechsundvierzig geschieden worden. Vor ihrer Ehe hatte sie gerade mal zwei Beziehungen gehabt, und nach ihrer Scheidung keine einzige, wenn sie diese unglückselige Geschichte mit ihrem Chef nicht mitzählte. Und um diese ein- für allemal zu beenden, ja, dafür machte sie sich heute schön.

Sie hatte sich alles genau zurechtgelegt. Sie hatte so viel nicht in Anspruch genommenen Urlaub und Überstunden angesammelt, dass sie ab Montag nicht mehr zur Arbeit kommen musste. Die Eröffnung am Sonntag würde ihr Abschied sein. Agnes fühlte sich stark und voller Energie, obwohl dieser Tag die Hölle gewesen war. Sie sang, während sie in ihren leichten Sommermantel schlüpfte und sich ein passendes Seidentuch um den Hals schlang.

Punkt acht stand wie verabredet ein Wagen vor ihrer Tür, doch Agnes traute ihren Augen nicht, als sie ihn sah. Es war eine riesige Limousine, wie sie sie nur aus amerikanischen Filmen kannte, und als sich die Tür öffnete, bemerkte sie zu ihrem Entsetzen, dass es nicht allein ihr Chef war, der sie abholte. Ein Paar saß mit ihm im Wagen, ein distinguierter Herr mit silbernen Strähnen im Haar, der ihr als Präsident des deutschen Bankenverbundes vorgestellt wurde, und eine hübsche, jüngere Frau. Auch sie war ganz offenkundig nicht die Ehefrau des Präsidenten, genauso wenig wie Agnes die Gattin des Bankdirektors war, die es aber allerdings gab. Und während dieser sie den anderen vorstellte und wie immer in peinlich hohen Tönen pries, begriff Agnes, dass der Regisseur dieses Abends, wer immer das auch war, ihr eine völlig andere Rolle zudachte, als sie geglaubt hatte. Spätestens als sie im Tannenhof eintrafen, wo für sie der einzige Tisch im Nebenraum gedeckt war und der Wirt ihnen freudig eröffnete, dass seine beiden besten Doppelzimmer für sie bereitstünden, da wusste sie, dass sie einmal mehr in eine Falle gegangen war.

Cora kniete im Gras. Sie betrachtete den Grabstein. Obwohl von Raoul kaum mehr übrig geblieben war, als etwas, das einem verkohlten Baumstumpf glich, hatten ihre Eltern ihn in einen Sarg gelegt und unter der Erde verscharrt. Cora selbst befand sich zu jenem Zeitpunkt im Krankenhaus, jedenfalls ihr Körper, der vollkommen unversehrt war, während sich ihre Seele in einem Zwischenreich befand, für das sie bis heute keine Worte fand. Heute wusste sie, damals musste ihre Seele erst die Unsterblichkeit erlernen. Sie lag also in einem Bett und starrte an die Decke, während sie Raoul hier ins Grab legten,

obwohl er dies zu seinen Lebzeiten immer abgelehnt hatte. Cora wusste, er hätte sich gewünscht, dass seine Asche in den Wind gestreut würde. Aber niemand hatte sie gefragt.
Cora kniete im Gras und betrachtete den Grabstein, auf den in schlichten Buchstaben eingemeißelt stand:

Raoul West

Cora hatte es immer merkwürdig gefunden, dass ihr Bruder einen anderen Namen trug als sie. Andererseits hatte es sie vergessen lassen, dass sie blutsverwandt waren. Dass ihre Mutter einst West geheißen hatte, daran dachte sie nie. Cora wusste wenig über ihre Mutter, Ellen interessierte sie nicht.
Cora saß im Gras und starrte auf den Grabstein, bis die Buchstaben vor ihren Augen verschwammen. Wenn sie lange genug starrte, das wusste sie, würde auch der Friedhof um sie herum verschwimmen, sich auflösen, und er war bei ihr. Doch heute wollte es ihr nicht gelingen.
Cora kam selten zu diesem Grab. Es gab nicht viele Tage, an denen sie den Anblick des Steins ertragen konnte. Sie hielt es für eine grausame Sitte, den Toten einen Stein auf den Kopf zu stellen. Viel schöner fand sie die Einäscherungen, den Weg durch das Feuer, die Urnengräber in der Mauer. Sie erinnerten Cora an Schließfächer am Bahnhof, und sie stellte sich gerne vor, dass sie für die Toten nur eine Art Transit waren, eine Zwischenstation auf einer geheimnisvollen Reise.
Über all diese Dinge hatte sie früher nie nachgedacht. Erst seit sie wusste, dass sie ihn nie erleben würde, hatte der Tod für sie an Bedeutung gewonnen. Und seitdem er ihr Raoul genommen hatte.

Aber es war nicht der anonyme Tod, der ihn ihr genommen hatte, nein, HP war derjenige gewesen, der ihn auf dem Gewissen hatte. Und HP würde dafür büßen. Cora würde seinen Stolz ein für alle Mal brechen, ja, dafür würde sie sorgen.

Ein Geräusch hinter ihr ließ sie aufschrecken. Sie hatte Adrian nicht kommen hören. Es wurde bereits Abend, so hatte sie es gewollt, denn nach der Dämmerung hatten auch die letzten Besucher den Friedhof verlassen.

Adrian setzte sich neben sie. Kein »Hallo«, kein »Hier bin ich«, und Cora schätzte das. Adrian war kein Schwätzer, keiner, der eine Stimmung einfach so kaputt schlug aus purer Unsicherheit. ›Mal sehen‹, dachte sie, ›wie lange er mein Schweigen erträgt.‹

Aber er ertrug es. Aufmerksam studierte er den Stein, das Grab.

Ganz so, als verstünde er erst jetzt, was mit Raoul passiert war.

Als die Dämmerung dichter wurde, war es Cora, die das Schweigen brach.

»Wir müssen ein paar Gasflaschen aus dem Depot deines Vaters herausholen.«

Adrian betrachtete immer noch den Stein. Er wusste, dass es am klügsten war, Cora in aller Ruhe erzählen zu lassen. Doch so lange er auch wartete, Cora schwieg.

»Wofür brauchen wir die Gasflaschen?«, fragte er schließlich.

»Das erzähl ich dir morgen«, sagte Cora. Und so wie sie es sagte, duldete sie keine Widerrede.

Adrian dachte an den gestrigen Abend, als sie eng nebeneinander im Korb des Ballons gestanden hatten. Auch heute saß er nah bei ihr, und dennoch fühlte er sich weit von ihr entfernt. Er seufzte, unhörbar. Ihm war kalt. Er blickte scheu zu Cora hinüber, ihr Gesicht im Profil schien wie in Stein gemeißelt. Starr sah sie auf das Grab, Adrian konnte nicht erkennen, ob sie je blinzelte. Vielleicht stand sie unter einem bösen Zauber? Vielleicht war es immer noch der Schock?

»Wenn ich weiß, wofür wir die Gasflaschen brauchen, kann ich dir besser helfen«, sagte Adrian schließlich leise. Aus den Augenwinkeln musterte er Cora. Doch inzwischen war es so dunkel geworden, dass er den Ausdruck in ihrem Gesicht nicht mehr lesen konnte. Er fühlte, wie das Gras, auf dem er saß, feucht wurde. Wenn es sein musste, würde er die ganze Nacht hier sitzen.

Doch auf einmal begann Cora zu sprechen. In einer Stimme, die Adrian noch nie von ihr gehört hatte. Ja, zunächst war ihm, als säße da eine andere neben ihm im Gras, eine zweite Cora, vielleicht CoraZwei. Doch CoraZwei hatte ihm Angst gemacht, diese hier sprach direkt zu seinem Herzen.

»Ich weiß«, sagte diese Cora, »dass dir das alles fremd vorkommen muss. Ich habe dir von meinem Geheimnis erzählt, aber ich bin nicht sicher, ob du es wirklich begriffen hast. Tatsache ist, an jenem Abend, übermorgen vor einem Jahr, ist etwas passiert, was seither jeden Tag aufs Neue in mir geschieht. Jeden Tag und jede Nacht bin ich wieder in diesen Flammen. Jede Nacht und jeden Tag sehe ich Raoul darin, wie er verbrennt. Und weißt du auch, warum?«

Cora wandte ihm ihr Gesicht zu. Adrian sah das Weiße in ihren Augen aufblitzen. Sie blickte ihn an, das konnte er fühlen. Er schluckte. Er wusste, dass sie auf keine Antwort wartete.

»Weil der, der daran Schuld hat, selbstgefällig durch die Welt geht, als wäre nichts passiert. Als hätte er nicht einen

Menschen auf dem Gewissen. Als hätte er ihn nicht schon seit seiner Kindheit auf dem Gewissen. Gerade so, als ob …«

Sie konnte nicht weitersprechen. Es war, als breche diese Stimme, die Adrian so fremd und doch so vertraut erschien. Cora räusperte sich. Nahm Haltung an. Adrian konnte direkt spüren, wie sie ihren Panzer wieder um sich legte.

»Ich will dich da nicht mit reinziehen«, sagte sie mit ihrer alten Stimme, kühl und ein wenig von oben herab.

»Aber ich bin schon mittendrin«, wandte Adrian ein.

»Nein«, sagte Cora heftig, »das bist du nicht. Noch hast du nichts für mich getan.«

Adrian hörte sie tief ein- und wieder ausatmen. Dann stand sie auf, wandte sich zum Gehen. Mit einem Sprung war Adrian neben ihr.

»Und die Gasflaschen? Wofür brauchen wir die?«

»Ich habe dir das schon mal gesagt: Das erkläre ich dir morgen.«

Keinen einzigen der zahlreichen Gänge des Menüs, das ihr Vorgesetzter für sie bestellt hatte, rührte Agnes wirklich an. Sie lauschte der belanglosen Konversation der beiden Herren, ohne wirklich hinzuhören. Agnes kam sich vor wie in einem schlechten Film. Während der Suppe hatte ihr Chef sein Bein an das ihre gelehnt, sie hatte es weggezogen, er war nachgerückt.

Mitten im Hauptgang hielt sie es plötzlich nicht mehr aus. Sie stand auf, murmelte etwas davon, dass ihr nicht wohl sei, und es war nicht einmal gelogen. In der Toilette saß sie erst eine Weile auf dem Klodeckel, starrte die Tür an. Dann stand sie vor dem Spiegel über dem Waschbecken, betrachtete widerwillig ihr Gesicht.

Sie erkannte sich kaum. Sie fand sich alt. Sie war verzweifelt. Sie wusste nicht, was sie tun sollte. Erst als die Tür aufgerissen wurde und eine andere Frau hereinstürmte, wusch sie sich die Hände, zog ihre Lippen nach und ging hinaus.
Kurz vor dem Nebenraum führte eine Tür ins Freie. Sie stand halb geöffnet, und ohne darüber nachzudenken, schlüpfte Agnes hinaus.
Es hatte merklich abgekühlt, man konnte fühlen, dass der Sommer sich seinem Ende zuneigte. Agnes sog tief die klare Luft ein. Als sich ihre Augen an das Dunkel gewöhnt hatten, erkannte sie, dass sie sich in einem Hof hinter dem Restaurant befand, wo früher die Wirtschaftsräume des Bauernhofs gestanden haben mussten.
»Kann ich Ihnen helfen?«, fragte eine Stimme dicht neben ihr.
Agnes fuhr herum.
»Mein Gott«, sagte sie, »haben Sie mich erschreckt.«
Die Frau lachte leise.
»Sie mich auch! Haben Sie sich in der Tür geirrt?«
Agnes schüttelte den Kopf.
»Ich wollte ein bisschen frische Luft schnappen. Und Sie?«
»Ich … arbeite hier.«
Agnes erkannte eine zarte, schlanke Gestalt.
»Haben Sie schon gegessen?«, wollte die Frau wissen.
Agnes seufzte.
»Mir schmeckt es heute nicht«, sagte sie.
Die Frau schrak zusammen.
»Wirklich? Was hatten Sie denn?«
Agnes registrierte mit Verwunderung ein Zittern in der Stimme.
»Ach, es lag nicht am Essen. Das war sicherlich ausgezeichnet. Es ist … na ja …«

Agnes blickte zögernd zur Tür zurück, durch die sie hier herausgetreten war. Ein Lichtstreifen fiel schräg und lang auf den Hof.

»Es ist wohl eher die Gesellschaft«, sagte sie schließlich. »Wenn ich ehrlich bin, hab ich kaum etwas probiert.«

Die Frau atmete auf. Dann lachte sie wieder dieses leise, scheue Lachen.

»Da bin ich aber erleichtert. Es ist nämlich …, wissen Sie, ich habe heute Abend gekocht. Und zwar zum ersten Mal. Es wäre furchtbar, hier draußen einen Gast zu treffen, der sich übergeben müsste.«

Agnes musste lachen.

»Sie müssen einmal in anderer Begleitung wiederkommen«, sagte die Frau, »und mein Gast sein. Ich bin Ellen Sternberg. Hier haben Sie meine Hand darauf.«

Agnes fühlte eine schmale, kühle Hand in der ihren. Sternberg. Alle Welt hieß neuerdings Sternberg. Der Architekt und seine altkluge Tochter. Und jetzt die Köchin im Tannenhof.

»Sind Sie verwandt mit dem Architekt Sternberg?«

»Ja«, sagte Ellen leichthin, »das ist mein Mann.«

»Und ich bin Agnes Sontheim. Ich hab mit der Bankeröffnung zu tun.«

Ellen nickte.

»Dann sind Sie mit dem Direktor hier, nicht wahr? Wie schön, Sie bleiben ja über Nacht!«

Agnes rieb sich die Oberarme. Schaute in den Sternenhimmel hinauf.

»Ihnen wird kalt. Wollen Sie nicht wieder hineingehen? Man vermisst Sie bestimmt schon. Und ich muss wieder in die Küche.«

»Warten Sie.«

Agnes hatte sich nicht überlegt, was sie sagen würde. Doch auf einmal sprudelte es nur so aus ihr heraus.
»Bitte, ich möchte nicht bleiben. Könnten Sie mir vielleicht ein Taxi rufen?«
Ellen stutzte. Dann nickte sie.
»Aber ja. Ich sag sofort Bescheid. Gehen Sie nur wieder rein, es wird eine Weile dauern, bis das Taxi hier ist.«
»Nein!«, rief Agnes. »Ich … ich möchte dort nicht mehr hineingehen. Kann ich … könnte ich vielleicht bei Ihnen in der Küche warten?«

Als HP ziemlich spät von seinem Nachmittagsschlaf erwachte, dachte er zunächst nicht mehr an die Szene in der Küche. Es war Zeit fürs Abendessen, und keinen Augenblick zweifelte er daran, dass Ellen Vernunft angenommen, diesen ominösen Korb wieder ausgepackt und inzwischen längst etwas Leckeres vorbereitet hatte. Umso härter traf ihn die Entdeckung, dass sie tatsächlich fort war.
Er hätte sich niemals vorgestellt, dass ihn das derart treffen würde. Ellen war da, so sicher wie das Amen in der Kirche und genauso überflüssig. Aber jetzt war sie weg. Und auf einmal war das Haus viel zu groß, viel zu kalt. Viel zu leer.
Eine Weile verharrte er vor dem gelben Zettel, ohne richtig zu begreifen, was draufstand. Dann riss er die Tüte aus dem Feinkostgeschäft auf und warf eins nach dem anderen wahllos gegen die Türen der Einbauküche: Brot, Schinken, ein Stück Salami, Käse, weiche Plastikdöschen mit Oliven, in Öl eingelegte getrocknete Tomaten, Artischockenherzen, Sardellen. Aber statt ihn zu befreien, zu besänftigen, machte ihn der Anblick der von den Wänden tropfenden Vorspeisen nur noch wütender. Er ergriff eine

Flasche Wein und schmetterte sie zu Boden. Erst als seine Füße feucht wurden, stürmte er aus der Küche, hinunter in die Garage, startete seinen Lexus, konnte kaum erwarten, bis das Tor hochgefahren war, schlingerte mit quietschenden Reifen die Auffahrt hinunter.

Tannenhof! Dass er nicht lachte! Aber ihn konnte sie nicht hinters Licht führen. Er wusste, wo er sie finden würde. Auch wenn er in seiner Aufregung zweimal an der unauffälligen Abzweigung zur Papierfabrik vorbeibrauste. Beim dritten Mal fand er sie, bog ein und gab Gas, dass der Motor aufheulte. Sein Lexus machte einen Satz, knallte mit einem schrecklichen Geräusch in ein besonders tiefes Schlagloch. HP fluchte wild. Stieg aus und besah sich den Schaden. Das linke Vorderrad stand unnatürlich schräg gewinkelt zum Rest des Wagens ab wie eine verdrehte Gliedmaße. Kein Zweifel, die Achse war gebrochen. HP ließ den Lexus stehen und lief zu Fuß weiter.

Im Hof der Papierfabrik erwartete HP eine Art primitives Volksfest: Tonnenfeuer wie bei Obdachlosen, Trommelmusik wie in Afrika, Gestalten wie aus schlechten Filmen. Überhaupt, viel zu viele Menschen für HPs Geschmack, der nur eine suchte, oder vielleicht auch zwei. Arnold Degen, auch mit dem hatte er ein Hühnchen zu rupfen.

Eine Frau mit orangefarbenen Haaren fragte ihn, ob er Zigaretten hätte. Ein alter Clown jonglierte mit Tassen und hüpfte dabei im Kreis, als habe seine Hose Feuer gefangen. Jemand drückte ihm eine Bierflasche in die Hand, er fühlte es kaum. Er sah in jedes Gesicht, und manch einer zog eine Grimasse, als er es bemerkte. Es roch nach gebratenem Fleisch, HP Sternberg wurde schlecht davon.

Auf einmal erblickte er ein bekanntes Gesicht unter all diesen Menschen, es war der Ballonfahrer, den Cora angeschleppt hatte. Hastig bahnte sich HP einen Weg zu ihm, schubste dabei jemanden zur Seite, der ihn verärgert anrempelte. Paul Sontheim brauchte eine Weile, um ihn zu erkennen.

»Na, so was«, sagte er, »der Herr Architekt. Sie kommen genau richtig, wollen Sie ein Steak? Oder lieber eine Bratwurst?«

HP schüttelte den Kopf. Sah sich um. Diese Volksfeststimmung hatte ihm gerade noch gefehlt.

»Nein danke«, sagte er. »Haben Sie vielleicht meine Frau gesehen?«

Paul Sontheim sah ihn überrascht an.

»Ihre Frau? Tut mir leid, die hab ich noch nicht kennengelernt. Ihre Tochter, ja, aber Ihre Frau …«

»Und Arnold Degen?«

Paul wandte sich an einen jüngeren Mann mit blonder Mähne.

»Bernd, hast du Arnold schon gesehen?«

»Der ist doch in der Bank. Seine Ausstellung aufbauen.«

»Nein«, mischte sich ein anderer ein, »er ist vorhin gekommen. Total fertig. Vielleicht ist er noch in seinem Bau.«

»Gibt es Probleme, Herr Architekt?«

HP erkannte den Metallarbeiter, der ihm die Sache gesteckt hatte. Am liebsten hätte er ihm ein paar gescheuert, weil er so süffisant grinste. Als wüsste er alles, was Ellen so hinter Sternbergs Rücken trieb, und freute sich ungemein darüber.

»Soll ich Ihnen Arnolds Atelier zeigen?«

HP rang mit sich. Auf einmal erkannte er, wie demütigend seine Situation war. Ein gehörnter Ehemann

auf der Suche nach seiner untreuen Gattin. Na warte, schwor er sich, wenn ich dich finde, da kannst du etwas erleben.
»Nicht nötig«, sagte Paul Sontheim ruhig. »Da kommt er schon.«

»Ich hatte keine Ahnung«, sagte Agnes und probierte von der Mousse au chocolat, die Ellen ihr großzügig zugeteilt hatte, »dass die Frau des Architekten hier der Chef ist.«
»Ich auch nicht«, sagte Ellen, »bis heute Morgen hatte ich davon keinen blassen Schimmer. Aber vergangene Nacht ist etwas Seltsames mit mir geschehen, und jetzt hab ich beschlossen, mein Leben zu ändern, und vielleicht auch sonst noch die eine oder andere Kleinigkeit.«
Agnes sah sie mit großen Augen an, der Löffel schwebte auf halber Höhe zwischen Teller und Mund. Hinter Ellen räumte die bosnische Küchenhilfe eine der großen Spülmaschinen ein und grinste komplizenhaft zu ihnen herüber.
»Allerdings wäre es mir lieber«, fügte Ellen freundlich hinzu, »wenn Sie mich Ellen nennen würden. Ich war lange genug ›Die Frau des Architekten‹«.
»Zweimal Mousse und einmal Parfait«, rief der Tannenwirt in die Küche. »Und der Herr Bankdirektor sagt, er ruft die Polizei, wenn er nicht sofort erfährt, was mit seiner Begleitung passiert ist.«
Agnes zuckte zusammen. Ellen lachte vor sich hin. Der Tannenwirt warf Agnes einen vielsagenden Blick zu.
»Was soll ich ihm denn sagen?«, fragte er flehend.
»Das Taxi braucht aber lange«, murmelte Agnes. Stand auf, setzte sich wieder hin.
»Warum sagen Sie ihm nicht, ihr sei schlecht geworden und habe beschlossen, einen Nachtspaziergang zu machen.«

Der Tannenwirt zog eine lustige Grimasse, breitete weit die Arme aus, ließ sie wieder fallen.
»Oder sie habe einen Anruf am Handy erhalten und sei in wichtigen Familienangelegenheiten zurück in die Stadt gefahren. Mit dem Taxi. Das kommt ja sowieso jede Minute.«
»Ja«, sagte Agnes schwach, »das klingt gut.«
Der Tannenwirt wirkte nicht überzeugt.
»Warten Sie«, sagte Agnes und kramte in ihrer Handtasche, »ich hab's. Geben Sie ihm dies hier. Und sagen Sie ihm, ich sei eben mit dem Taxi abgefahren. Das dürfte genügen.«
Sie drückte ihm einen geschlossenen Briefumschlag in die Hand. Der Alte wog ihn in den Händen.
»Aber es befindet sich nicht zufällig eine Briefbombe darin, oder? Ich meine, es geht mir einzig und allein um meine Einrichtung.«
»Nein«, sagte Agnes, »wenn überhaupt, dann im übertragenen Sinn.«
Der Tannenwirt seufzte tief. Es war klar, ihm war die ganze Sache nicht geheuer. Ellen wischte sich die Hände ab, trat vor ihn hin.
»Also mit einer Küche«, sagte sie, »verhält es sich so ähnlich wie mit einer Kirche. Wer hier Asyl vor einem zudringlichen Mann sucht, den weisen wir nicht ab. Nicht wahr, Ivanka?«
Die Küchenhilfe nickte ernst.
»Bankdirektor«, sagte sie, und ihre schwarzen Augen leuchteten, »hier drin hat nix zu sagen.«
Der Alte seufzte wieder. Steckte sich den Brief in die Tasche, nahm das Tablett mit den Nachspeisen und ging hinaus.
Ellen schenkte sich einen Cognac ein und setzte sich zu

Agnes. Gedankenverloren rieb sie sich die schmerzenden Waden.
»Weiß Ihr Mann«, fragte Agnes nach einer Weile, »dass Sie hier sind?«
Ellen hob das Glas, schwenkte es unter ihrer Nase, schnupperte, nahm schließlich einen Schluck. Es sah aus wie ein Vögelchen, das von einer Tränke nippte.
»Ich bin mir nicht sicher«, sagte sie schließlich, »ob er es richtig verstanden hat.«
»Wissen Sie, was lustig ist«, sagte Agnes, »auch ich habe heute beschlossen, dass ich einiges in meinem Leben anders machen möchte.«
Im Nebenzimmer servierte der Tannenwirt das Dessert. Dann sprach er leise mit dem Bankdirektor. Legte ihm den Brief neben den Teller. Und beobachtete, während er den Tisch abräumte, wie der Mann den Umschlag öffnete. Erbleichte. Als er hinter ihm vorbeiging, erhaschte er gerade noch das Wort *Kündigung*.

HP wusste später nicht mehr genau, wie sich die Sache in allen Einzelheiten abgespielt hatte. Er sah Arnold Degen auf sich zukommen, frisch geduscht, strahlend, wenn auch müde, »Ja hallo, Herr Sternberg«, hatte er gesagt und derart unverschämt gegrinst, »was für eine Überraschung …«, und im nächsten Moment lag er auf dem Boden, blutend. Doch wie es dann weiterging, das verwischte sich in HPs Erinnerung, ob es tatsächlich stimmte, dass er den Künstler am Hemdkragen wieder hochgezogen hatte, um ihm gleich noch eine zu verpassen. Danach war der Überraschungseffekt verpufft und auch er, HP, kassierte einen Schlag seitlich gegen die Schläfe, der ihn zum Wanken brachte. Im Stürzen klammerte er sich an Degen, zerrte ihn mit sich, um sich mit ihm in enger Umarmung auf dem Boden zu wälzen, der schlammig war, ja, die Zustände in diesem Drecksloch waren zum Kotzen, lauter Asoziale, sozialer Brennpunkt, hier musste mal ein ordentliches Sanierungskonzept her, gleich nächste Woche würde er mit dem Bürgermeister und dem Regierungspräsidenten, dem Landrat und mit wem auch immer reden, um aus diesem Schandfleck für die Stadt ein Kleinod zu machen, Gründungszentrum, Erlebnisgastronomie, Fitnessareal mit Squash und Hallentennis und Wellnessoase, ein feines Kulturzentrum statt diesem Sauloch an Pseudo-Subkultur, denn das würde er ausradieren, ja, und all diese Spinner und Frauenverführer konnten sich ein anderes Schlupfloch suchen. Doch da kassierte er einen derartigen Schlag gegen den Zwölfer, dass ihm kurz schummrig wurde. Dass auf einmal ausgerechnet Cora auf ihn herabgesehen und verächtlich gegrinst hatte, das musste reine Einbildung gewesen sein, das war nicht möglich, seine Cora lag sicher schon längst friedlich zu Hause in ihrem Bettchen.

Doch dann fiel ihm ein, wie unwahrscheinlich das war, lag doch auch ihre Mama nicht in ihrem Bett, sondern mit großer Sicherheit in dem dieses verdammten Kerls, und da wurde seine Wut wieder so richtig heiß, dass er seine Kräfte wiederfand, um Ellens Liebhaber umzubringen oder zumindest die Zähne auszuschlagen.

Ausgerechnet Paul Sontheim hielt ihn von hinten mit den Armen umklammert, während sich dieser vermaledeite Metallarbeiter Arnold Degen geschnappt hatte, und beide hatten ihre liebe Mühe, die beiden Streithahne auseinanderzuhalten, denn wenn sie auch beide Blut ausspuckten, so wollten sie doch nicht voneinander lassen, und als Degen schrie: »Sternberg, du verdammtes Arschloch, du hast ja keine Ahnung, was für eine tolle Frau du hast, die hat verdammt noch mal tausendmal mehr auf dem Kasten als du …«, da gelang es HP Sternberg tatsächlich, Paul gegen das Knie zu treten, loszukommen und dem wehrlosen, weil immer noch festgehaltenen Degen derart brutal in die Leber zu schlagen, dass sich auf einmal alle gegen ihn verbündeten und auf ihn stürzten, mit Fußtritten traktierten und mit Schimpf und Schande vom Areal schleppten, in seinen kaputten Lexus stopften und dort seinem Schicksal überließen.

22

»Und jetzt?«

Cora rüttelte an der Gasflasche. Da war nichts zu machen. Die Dinger waren viel zu schwer, selbst wenn sie beide anpackten.

Alles war perfekt gelaufen, während HP sich mit Arnold prügelte, hatte keiner auf die beiden geachtet. Es war ein Kinderspiel gewesen, in das Depot einzudringen, es wäre ein Kinderspiel gewesen, den ganzen Schuppen leer zu räumen, und jetzt waren diese Dinger so verteufelt schwer, und Cora wusste nicht mehr weiter.

Adrian hatte sie noch nie so verzweifelt gesehen. Er glaubte gar, Zornestränen in ihren Augen funkeln zu sehen. Es fehlte nicht viel, und sie schlug auf die Gasflaschen ein.

Adrian räusperte sich. Er war sich nicht sicher, wie er Cora in diesem Zustand am besten ansprechen sollte.

»Wenn du mir erzählt, was du mit diesen Gasflaschen eigentlich anstellen willst, kann ich dir vielleicht helfen, eine andere Lösung zu finden.«

Cora schniefte auf, hockte sich auf den Boden. Adrian setzte sich neben sie. Reichte ihr ein Taschentuch. Vermied es, sie direkt anzusehen. Er wusste auch so, dass gerade ihr Make-up verlief und dass keine Frau dieser Welt es gerne hatte, wenn man dabei zusah, wie sich schwarze Schlieren über ihre Alabasterwangen zogen.

Also wartete er. Warten war seine Stärke. Draußen steuerte der Tumult einem neuen Höhepunkt zu. Adrian hörte wildes Geschrei, das sich nach und nach entfernte.
»Ich weiß eben nicht«, sagte Cora mit gepresster Stimme, »ob ich dir wirklich vertrauen kann. Ob du nicht sofort zu anderen läufst und alles herumerzählst. Ob du es mir nicht ausreden willst. Und glaub mir eines, keine Macht dieser Welt kann mir das ausreden. Und darum sollte ich es ganz alleine tun.«
Sie stand auf, versetzte einer der Gasflaschen einen Tritt, verzog das Gesicht und wandte sich zum Gehen.
»Warte«, sagte Adrian.
Cora blieb stehen, zögerte. Mit der Spitze ihres Springerstiefels scharrte sie am Boden herum.
»Wenn du sicher bist, dass du es wirklich ganz alleine schaffst, dann musst du gehen. Aber ich habe irgendwie das Gefühl, dass du mich brauchst. Und wenn ich recht damit habe, dann wäre es das Beste, du sprichst ganz offen mit mir.«
Er wartete. ›Ich muss sie beschützen‹, dachte er, ›und zwar vor sich selbst.‹
Cora sah ihn an. Wischte sich mit der Hand über die Augen und verteilte die schwarze Schminke gleichmäßig über ihr Gesicht. Adrian fand sie dennoch wunderschön.
»Na gut«, sagte Cora. »Aber zuvor musst du noch einmal schwören, bei allem, was dir heilig ist, dass du darüber, was ich dir erzähle, mit keiner Menschenseele sprichst.«
Adrian nickte.
»Sag es!«
»Ich schwöre, dass ich es keiner Menschenseele sagen werde.«

Cora fixierte ihn, als könnte sie in ihn hineinschauen und irgendwo da drinnen sehen, ob er es ehrlich meinte.
»Also gut«, sagte schließlich Adrian, »sag es mir nicht. Lass mich es sagen, so, wie ich es verstehe. Du willst an jemandem Rache üben. An wem? Deinem Vater vielleicht? Und du willst Propangas auf dem obersten Stockwerk des Neubaus haben. Wozu? Sicherlich nicht, um damit zu heizen, wir haben Hochsommer. Und auch nicht, um irgendwelche Grills anzuschmeißen. Auch nicht, um einen Ballon damit zu bestücken. Also, was macht man sonst mit Gas?«
Adrian musste an die Physikstunde denken. Paff, hatten die Hinterbänkler gemacht, als gefragt wurde, was passiert, wenn Gas ausläuft.
»Du willst nicht zufällig das neue Bankgebäude in die Luft sprengen?«
Cora starrte ihn an.
»Nein«, korrigierte sich Adrian, denn die Zeichnungen kamen ihm wieder in den Sinn. »Ein Feuer willst du. Du willst es in Brand stecken, stimmt's? Aber das ist nicht so einfach mit Propangas. Sicherlich, Gas ist schwerer als Luft, das ganze Gas würde den Ausstellungsgang entlang nach unten fließen. Aber dann? Um sich zu entzünden, braucht es eine ziemlich genaue Sauerstoff-Gas-Mischung.«
Herr Kräuter, dachte Adrian, so übel ist Ihr Unterricht gar nicht. Manchmal lernt man sogar etwas, was man im Leben gebrauchen kann. Er fuhr fort:
»Und selbst wenn das klappen sollte, dann macht es einfach nur Puff. Verstehst du. Vielleicht haut es die Fensterscheiben raus. Aber es brennt nicht. Es gibt nichts, was brennen kann. Es kommt also darauf an, was du willst. Willst du einen großen Rumms? Oder willst du ein schönes Feuer?«

Cora schnappte nach Luft. Wollte etwas sagen, ließ es sein. Sie setzte sich, wie geschlagen, wieder auf den Boden des Schuppens. Adrian ging neben ihr in die Hocke. Wartete, bis Cora sich fasste. Er dachte an die Zeichnungen mit CoraZwei. Sah die Flammen aus einem turmartigen Gebäude schlagen. Natürlich. Das war es, was sie vorhatte. Darum half sie brav wie ein Lamm ihrem Vater und Tante Agnes bei diesen Vorbereitungen. Ihm wurde heiß und kalt gleichzeitig. Sie verfolgte einen Plan. Würde er sie davon abbringen können?
»Okay«, sagte Cora plötzlich, »dann machen wir es eben mit Benzin.«

Als das Taxi kam, ging alles ganz schnell. An der Tür wäre Agnes fast mit ihrem Chef zusammengestoßen. Sie sah ihn hinausstürzen, die Beifahrertür aufreißen und, noch ehe Agnes richtig begriff, die Rücklichter des Wagens zwischen den Tannen verschwinden.
»Na, dann kannst du ja hierbleiben«, sagte Ellen. »Das Zimmer ist jetzt frei.«
Agnes lachte verwirrt. Die Sache war zu komisch, dennoch hatte sie ein mulmiges Gefühl im Bauch. Ihr Chef hatte sehr aufgebracht gewirkt, Agnes konnte sich nicht erinnern, ihn jemals so gesehen zu haben. Aber was kümmerte sie das jetzt noch? Sie hatte gekündigt. Auf einmal fiel alles von ihr ab, ihr Ärger, ihre Ängste und viele andere unnennbare Gefühle, von denen sie überhaupt nicht gewusst hatte, dass sie auf ihr gelastet hatten.
»Ja«, sagte sie, »warum eigentlich nicht.«

Als HP wieder zu sich kam, war es tiefe, stille Nacht. Er fühlte sich wie ein Haufen Matsch, doch als er langsam nach und nach seine Glieder bewegte, stellte er fest, dass

ihm im Grunde nichts Ernstes passiert war. Sein Kopf schmerzte, seine Unterlippe war ums Dreifache angeschwollen. Ebenso sein linkes Auge, das er kaum öffnen konnte. Seine Eingeweide brannten. Aber das war alles. Seine Knochen waren heil.
Er versuchte den Lexus zu starten, dann erinnerte er sich an den Achsenschaden. Und an alles andere auch. Scham stieg in ihm auf. Er hatte sich benommen wie ein wilder Stier. Er suchte und fand sein Mobiltelefon und rief die Pannenhilfe an. Es würde Stunden dauern, bis sie ihn abschleppen kamen. Vielleicht war es schlauer, ein Taxi zu rufen und den Wagen einfach liegen zu lassen, bis der Abschleppdienst kam.
Stattdessen stieg er aus dem Wagen, streckte und dehnte seine zerschlagenen Glieder. Er tastete vorsichtig in seinem Mund die Zähne ab und versuchte eine Bestandsaufnahme. Doch dafür tat alles viel weh.
Selbstmitleid wollte in ihm aufsteigen. Trotz seiner Schmerzen ging er ein paar Schritte einen Trampelpfad entlang, die kühle Luft tat seinem pochenden Schädel wohl. In der Dunkelheit stolperte er über ein paar Wurzeln, tastete sich mehr schlecht als recht voran. Dann hörte er ein Rauschen. Vor ihm lag der Fluss. HP setzte sich zwischen die Uferbinsen. Zog seine Schuhe aus. Dann den Rest. Ohne darüber nachzudenken, was er tat, ging er langsam ins Wasser, bis es ihm an die Oberschenkel reichte. Er zögerte. Der nächste Schritt kostete ihn Überwindung. Er holte tief Atem. Dann tauchte er unter.
In diesem kurzen Moment, ehe er prustend wieder an die Oberfläche stieß, geschah etwas mit ihm. Vielleicht war es die unerwartete Kälte, sein schmerzender Körper, der darauf reagierte. Vielleicht war es auch etwas anderes, HP hatte keine Ahnung, er kannte sich nicht in diesen Dingen

aus. Jedenfalls schien es ihm, als sähe er in einem einzigen Augenblick sein Leben mit glasklarer Deutlichkeit vor sich. Er sah sein Leben, sein Bemühen, sein Lieben, das er sich niemals wirklich eingestehen konnte, er sah die vielen sinnlosen Worte, die er gesprochen hatte, sein Sehnen und Begehren, sein Wünschen und Wollen. Und gleichzeitig sah er die Zukunft, oder einen Schimmer davon, was sie ihm bringen würde. Und was er sah, jagte ihm einen höllischen Schrecken ein.

Er sah leeren Raum um sich. Wie eine Art Glasglocke. Oder wie dieses Flusswasser. Abgetrennt würde er sein, von allem, was ihm lieb und teuer war. Weil er nämlich erst erkennen würde, was ihm lieb und teuer war, wenn er es längst verloren hatte. Unwiederbringlich verloren. Er sah seine Zukunft, und was er sah, war Einsamkeit.

Er tauchte auf, bewegte sich panisch auf das Ufer zu. Rutschte aus und stürzte, schlug sich das Schienbein an einem Stein blutig. Geriet erneut mit dem Kopf unter Wasser, doch die Klarheit hatte ihn verlassen. Seine wilden, unkontrollierten Bewegungen hatten Schlamm vom Boden aufgewirbelt, das Wasser war auf einmal moderig und trüb. Sein Alptraum fiel ihm wieder ein, sein sinnloses Waten im Sumpf. Die zu großen Stiefel. Als er endlich das Ufer erreichte, warf er sich ins Gras.

Erst nach einer Weile merkte er, was mit ihm los war. Er weinte. Schluchzte, wie seit hundert Jahren nicht mehr, als er ein kleiner Junge gewesen war. Als befände er sich außerhalb von sich selbst, lauschte er diesem Schluchzen, und dann war da noch etwas anderes. Ein leises Singen. HP hob den Kopf. Die Dunkelheit war nicht mehr so schwarz wie zuvor, vom Horizont her breitete sich ein feiner Schimmer aus. Es war keine Täuschung. Ganz in der Nähe sang jemand vor sich hin. Oder summte.

HP zog seine Hose an und ging dem Summen nach. Der Pfad machte eine Biegung, und dann sah er ihn.
Es war ein Mann, und er ging in der Luft. Setzte leicht und wie im Traum einen Fuß vor den anderen, stürmte nicht wild durch die Gegend, wie HP, nein, Schritt um Schritt durchmaß er den Äther, leise vor sich hin summend. Er trug einen Mantel, der sacht im Wind flatterte. Und auf einmal wusste HP genau, wen er vor sich hatte.
HP schlug die Hände vor die Augen. Tastete seine Schwellungen ab. War es schon so weit mit ihm? Hatte er Halluzinationen? Vorsichtig nahm er die Hände vom Gesicht, öffnete sein unverletztes Auge.
Raoul war immer noch da. Unbeirrt zog er seine Bahn durch den sich allmählich erhellenden Himmel.

SECHSTER TAG

23

»Ich glaube, das reicht.«

Adrian atmete auf. Die ganze Nacht waren sie auf seinem Mofa von Tankstelle zu Tankstelle gefahren. Jetzt lagerten sechzehn Kanister im obersten Stockwerk des Bankgebäudes, sorgfältig versteckt in dem kleinen Kabuff unter der Treppe, die zum Dach führte. Adrian wunderte sich nicht, dass Cora einen Schlüssel zum Neubau besaß. Er wunderte sich über gar nichts mehr. Er war nur noch müde. So müde, dass er keine Kraft mehr hatte, sich Sorgen zu machen. Schlaftrunken stolperte er die Treppe hinauf und folgte Cora aufs Dach. Setzte sich neben sie auf die Steinplatten. Mit einem Seufzer ließ er sich hintenüberfallen und sah in den Himmel hinauf. Die letzten Sterne schienen kurz aufzuglimmen, dann verblassten sie. Bald würde die Sonne aufgehen.

Cora hatte sich also in den Kopf gesetzt, die Bank in Brand zu stecken. Und wenn Cora sich etwas in den Kopf gesetzt hatte, dann würde sie es auch tun. Adrian wurde schlecht, wenn er daran dachte.

»Und wie willst du es tun?«

Adrian biss sich auf die Unterlippe. Er hatte nicht fragen wollen. Cora hatte recht. Je weniger er davon wusste, desto besser. Aber nein. Er konnte sie nicht so alleine lassen. Er konnte doch nicht einfach zusehen. Aber er hatte es versprochen. Er hatte versprochen, ihr zu helfen. Und unter keinen Umständen jemandem etwas davon zu sagen. Was also konnte er tun?

»Es tut dir leid, was?«

Cora sah auf ihn hinunter. Lauernd. So als könnte sich Gedanken lesen.

»Ich mach mir Sorgen, das ist alles.«

Er betrachtete ihr Profil gegen den sich aufhellenden Himmel. Ihr Make-up war inzwischen gänzlich verwischt. Ohne Schminke wirkte sie kindlicher, zerbrechlicher. Es schien, als müsse sie sich nun mehr anstrengen, um so stark zu sein, wie sie zu sein beschlossen hatte. Als halfen ihr die Insignien einer Gothic Queen, um ihren Plan durchzuführen. Und wer konnte das besser verstehen als er, Adrian, der sich schwach fühlte, standen seine Haare nicht zu Berge, der sich nackt fühlte, trug er nicht seine schwarze Kluft. Was wäre er ohne das Tattoo an seiner rechten Schulter, Finnegals Wappentier, dem vierflügeligen Drachen?

»Du klingst wie mein Vater!«

Cora reckte ihre hübsche kleine Nase in den Himmel. Vielleicht täuschte er sich. Vielleicht war sie gar nicht schwach. Sie schien kein bisschen müde, wie sie so neben ihm saß und über die Stadt sah.

»Wie also willst du es machen?«

Cora schwieg. Sie hatte sich von ihm abgewandt. So als hätte sie ihn überhaupt nicht gehört.

»Und warum überhaupt? Das Ding hier ist hässlich, okay. Aber wenn man alles anzünden müsste, was einem nicht gefällt, dann bliebe von der Stadt nicht viel übrig, oder?«

Adrian hatte sich aufgesetzt. Am Horizont erschien ein magentafarbener Streifen. Wie der Strich eines Leuchtstiftes, als wolle jemand diesen Tag besonders markieren: ›Dies ist der Tag, an dem …‹ Sie hatten hundertsechzig

Liter Benzin dort unter der Treppe. Und er konnte sich nicht vorstellen, was genau sie damit wollte.

»Willst du all die Leute umbringen?«

»Nein«, sagte Cora ruhig. »Niemand wird zu Schaden kommen. Wir machen es hinterher. Wenn schon alle weg sind. Da oben wird mein Vater in Pauls Ballon stehen und stolz auf sein Werk herunterschauen. Und dann …« Cora blies Luft aus ihrem Mund und hob theatralisch die Arme. Ihre Gazeärmel wehten im Wind.

»Er hat es verdient, verstehst du. Er hat Raoul umgebracht. Er hat ihn von klein auf in die Verbannung geschickt. Und als er endlich kam, da hat er mit ihm Streit angefangen. Am Ende hat er ihn hinausgeworfen. Weil er eifersüchtig war. Weil er es nicht ertragen konnte, dass Raoul so klug war. So genial. So ganz anders als er. Er war ja schließlich auch nicht sein Sohn. Die beiden waren wie Feuer und Wasser, verstehst du? Ein Blick auf Raoul, und HP musste erkennen, wie durchschnittlich er war. Wo er doch immer der Größte sein wollte. Wo er doch immer so tat, als sei er …«

Cora schluckte. Adrian sah sie mit weit aufgerissenen Augen an. Wie ein Sturzbach hatte sie endlich zu reden begonnen. Ja, dachte er, erzähl weiter, erzähl mir endlich alles, damit ich begreife, was wir da tun.

Cora wischte sich mit dem Handrücken über das Gesicht. Da begriff Adrian, dass sie weinte. Seine Hand zuckte zu seiner Hosentasche. Hielt inne. Nein, er würde ihr kein Taschentuch reichen. Eine Königin wollte nicht, dass man ihre Tränen zur Kenntnis nahm. Und dann – Adrian rechnete schon lange nicht mehr damit, dass Cora ihm noch mehr anvertrauen würde – sagte sie, ganz leise sagte sie:

»Ich habe ihn geliebt, verstehst du. Nicht wie einen Bruder. Ich hab mich nie getraut, es ihm zu sagen. Ich wollte mit ihm gehen. Es war mir egal, dass wir Halbgeschwister waren. Ich wollte mit ihm leben, so wie Isis und Osiris, die waren sogar Zwillinge. Ich … ich hätte alles für ihn getan. Alles. Und jetzt, jetzt muss ich das einfach tun, verstehst du? Bei diesem letzten Streit, da ist er zu weit gegangen. Er hat Sachen zu Raoul gesagt, Dinge, die man nicht sagen darf. Und nur darum … nur darum … ist er heute nicht mehr da.«

Adrian hatte nun doch sein Taschentuch herausgezogen und es wie zufällig neben Coras Knie platziert. Sie ergriff es, schneuzte sich. Atmete viele Male lang tief ein und wie keuchend aus. Sie rang um Fassung, er verstand etwas davon. Auch er wusste, dass das half, tief zu atmen. Tief.

»Und das«, fuhr sie schließlich fort, »ist morgen genau vor einem Jahr passiert. Es ist ein Fanal, verstehst du. Ein Zeichen, das niemand übersehen kann.«

Adrian nickte. Er hatte verstanden. Finnegal würde helfen, und er würde es auch tun. Solange niemand sterben musste, war er an ihrer Seite.

»Ich helfe dir. Wir werden deinen toten Bruder feiern.«

Adrian fragte sich, ob er jemals eine Chance haben würde gegen diesen toten Bruder. Aber wenn er das wollte, war dies überhaupt der einzige Weg.

Cora sah ihn an. Noch nie hatte er sie so aufgewühlt gesehen. Am liebsten hätte er sie in seine Arme geschlossen, sie zu sich auf die kalten Steinplatten gezogen und sie in seinen Mantel und seine Liebe eingehüllt. Eine so große Zärtlichkeit durchflutete ihn, als er ihr verschmiertes Mädchengesicht betrachtete, dass er nicht anders konnte und seine linke Hand an ihre Wange legte. Und welch ein Wunder, für einen Augenblick schmiegte sie sich in seine Handfläche, schloss die Augen, lächelte sogar. Er beugte sich vor, schon berührten seine Lippen die ihren. Da machte sie sich los. Jäh, so wie es ihre Art war. Ihr Gesicht nahm den strengen Ausdruck an, den er an ihr kannte. Sie wandte sich von ihm ab, reckte ihr Kinn.

»Du willst wissen, wie wir es machen werden.«

Sie nahm einen Kieselstein in die Hand, drehte und wendete ihn.

»Wir warten, bis die Gäste auf dem Michaelsplatz sind, von wo die Ballons starten. Du sorgst dafür, dass auch der letzte draußen ist, am besten sagst du ihnen, auf dem Platz gebe es ein Eröffnungsgeschenk für jeden, verstehst du, wenn es etwas umsonst gibt, du wirst sehen, dann rennen sie alle. Wir schütten das Benzin auf den Boden aus Schiffsplanken, von oben nach unten. Dann zündest du es von unten her an. Das ist alles.«

Adrian lauschte ihrer Stimme. So einfach sollte das sein? Und wenn doch jemand trödelte, auf einer der Toiletten saß, sich ein Büro ansah? Und überhaupt, warum sollte er das Feuer anzünden?

»Und du?«, fragte er. »Willst du das Feuer nicht selbst anzünden? Es ist doch deine Rache?«

Sie schwieg. Abgewandt. Starrte auf den Magentastreifen, der auszulaufen schien wie auf einem blassen Löschpapier, das feucht geworden war. Der Tag brach an, Verkehrslärm quoll herauf. Sie sollten hier verschwinden, dachte Adrian. Wenn sie nicht Verdacht schöpfen wollten.

»Ich werde hier oben stehen. In den Flammen. Hier werde ich stehen und meinem Vater zuwinken.«

Adrian stockte der Atem. Das war es. Er hatte gewusst, dass etwas nicht stimmte mit Coras Plan. Er fühlte, wie sich die Härchen an seinem Nacken und bis hinunter zur Poritze aufstellten.

»Du willst … du willst sterben?«

Cora drehte sich zu ihm um, sah ihn an und lachte. Ja, sie lachte ihn aus, das sah er ganz deutlich. Schließlich wurde sie wieder ernst.
»Hast du vergessen, was ich dir gesagt habe, neulich?«
Adrian wusste nicht, was sie meinte.
»Du hast es nicht begriffen«, sagte sie nun, bedauernd. Oder abfällig?
»Was? Was hab ich nicht begriffen?«
In Adrians Herz machte sich ein Gefühl breit, so als würde es von einer unsichtbaren Pumpe langsam, aber sicher aufgeblasen. Es war kein schönes Gefühl. Und da erst begriff er, dass es Angst war. Eine Art von Angst, die er bislang noch nicht kannte.
»Ich werde nicht sterben, Adrian. Ich bin schon einmal durch die Flammen gegangen. Sie haben mir vor einem Jahr nichts getan. Sie werden mir auch diesmal nichts tun.«
Die Sache mit der Unsterblichkeit. Adrian fiel es wie Schuppen von den Augen. Er hatte es nicht vergessen. Er hatte nur nicht geglaubt, dass sie es wörtlich meinte. Eine Metapher nannte man so etwas, oder eine Allegorie, Adrian konnte sich den Unterschied nie richtig merken.
Die Sache war, Cora meinte es nicht als Metapher. Sie dachte wirklich, sie sei …

Etwas Schreckliches würde geschehen, das sah Adrian nun ganz deutlich. Etwas, das ihn sein Leben lang nicht mehr froh werden lassen würde, wenn Finnegal nicht ganz schnell etwas Supergeniales einfiele. Aber Adrian wusste auch, dass dies einer der Fälle war, an denen möglicherweise sogar Finnegal scheitern konnte, eine dieser ausweglos verwickelten Geschichten, so tragisch und unauflöslich wie die Sagen der alten Griechen, die ihn als Kind

in ihren Bann geschlagen hatten. Und auf einmal fiel ihm die Geschichte von Antigone ein, die ihren toten Bruder anständig begraben musste, auch wenn sie dabei ihr eigenes Leben aufs Spiel setzte. Und ihm, Adrian, war die Rolle dieses Verzweifelten zugedacht, der Antigone liebte und vor der Wahl stand, sie zu verraten und weiterzuleben oder ihr beizustehen und mit ihr unterzugehen.
Es war keine Frage, wofür er sich entscheiden würde. Denn er hatte sein Wort gegeben. Bei seiner Liebe, die ihm heilig war.

»Nun mal ehrlich«, sagte Ellen und schaute auf ihre Kaffeetasse hinunter, um dem Tannenwirt nicht in die Augen sehen zu müssen, »wie war es? Waren die Gaste zufrieden?«
Es war fünf Uhr in der Früh, und sie hatte in dieser Nacht nicht geschlafen. Etwas in ihr hielt sie wach, eine Euphorie, wie sie sie noch nie in ihrem Leben verspürt hatte. Darum war sie gar nicht erst zu Bett gegangen, sondern hatte einfach weitergemacht, schließlich waren sie auch für den nächsten Abend ausgebucht. Also bereitete sie Terrinen von Edelfisch zu und integrierte darin den übrig gebliebenen Zander, rührte Panna Cotta und füllte sie in fünfundachtzig Schälchen, bereitete sechs Liter Erdbeerschaum vor und eine große Form mit Mokkaparfait. Schließlich verfasste sie eine Einkaufsliste mit den Dingen, die der Tannenwirt im Großmarkt einkaufen sollte. Rehrücken. Die ersten Pfifferlinge. Sommersalate. Und zwei Lachshälften. Als ihr nichts mehr einfiel, hatte sie einen Waldspaziergang gemacht, sich ins taunasse Gras gesetzt, den Vögeln bei ihren ersten Stimmübungen zugehört. Alles schien ihr so neu, gerade so, als habe sie vorher noch nie eine nasse Wiese berührt, noch nie einem

Vogelgesang gelauscht, noch nie den Geruch von Moos und frischer Walderde eingeatmet. So als habe sie noch nie wirklich gelebt.
Ja, aber was hatte sich denn verändert?
Die nächtlichen Gespräche mit Agnes fielen ihr ein. Nachdem dieser Bankdirektor in Agnes' Taxi davongerauscht war, hatte sie sich zu Ellen in die Küche gestellt, sich eine Schürze umgebunden und mitgeholfen. Als die letzten Gäste gegangen oder auf ihren Zimmern waren, die Küche wieder blitzte und spiegelte, da brachte der Tannenwirt eine schöne Flasche Wein, die sie in aller Ruhe miteinander leerten. Und dabei hatte Ellen so viel gelacht wie in ihrem ganzen bisherigen Leben nicht.
Ellen hatte noch nie eine Freundin gehabt. Und dachte, wie seltsam es war, dass man fast vierzig Jahre werden musste, um vielleicht so etwas wie eine Freundin zu finden. Als sie Agnes auf dem Hof hatte stehen sehen, so verloren, so viel Enttäuschung und Demütigung in ihrer Haltung, da war sie ihr wie ein Spiegelbild ihrer selbst erschienen. Später merkte sie, dass das nicht stimmte, Agnes hatte vieles, was ihr fehlte, eine Ausbildung, jahrelange Berufserfahrung, Übung im Alleinleben. Aber hatte sie die nicht auch? Lebte sie in dem Würfelhaus nicht auch schon seit Jahren ganz allein vor sich hin?
Als Agnes ihnen erzählte, was in dem Brief gestanden hatte, den der Tannenwirt ihrem Chef zum Dessert überreicht hatte, da lachten sie wie alberne Schulmädchen. Dann waren sie alle sehr nachdenklich geworden, und schließlich erzählte Agnes davon, dass sie beschlossen hatte, nur noch Hauptrollen in ihrem Leben zu akzeptieren.
Hauptrollen.
Wieder hatten sie gelacht. Ellen dachte, sie wäre schon froh, wenn sie überhaupt endlich eine Rolle spielen dürfe.

Ihre Rolle. Die Rolle der Ellen in dem Stück »Ellens Leben«.

»Ja aber«, hatte der Tannenwirt eingewandt, »was, wenn auf einmal alle nur Hauptrollen spielen wollten, das wird eine langweilige Geschichte von lauter Egoisten. Ich für meinen Teil wäre froh, endlich eine kleine Statistenrolle einnehmen zu dürfen, so wie es sich für einen alten Narr geziemt.«

Der »alte Narr« saß ihr nun gegenüber und hatte noch immer nicht geantwortet. Ellen sank das Herz. Natürlich, sie war keine gelernte Köchin. Gestern hatte sie vierundachtzig fünfgängige Menüs fabriziert, wahrscheinlich hatte sie sich übernommen. HPs abschätzig grinsendes Gesicht tauchte vor ihr auf. Gut, dass er gestern nicht hier gewesen war. Oder war er es vielleicht? Inkognito? Der Gedanke fuhr ihr heiß durch die Glieder. »Wenn Ihr mich sucht, ich bin im Tannenhof«, hatte sie ihm hinterlassen. Auf einmal erschien es ihr mehr als wahrscheinlich, dass er sich mal umgesehen hatte, was sie hier trieb.

»Wissen Sie was«, sagte der Tannenwirt endlich, und Ellen versuchte sich gegen das vernichtende Urteil zu wappnen, »ich hab heute Nacht lange nachgedacht. Und ich glaube, ich habe endlich eine Lösung gefunden.«

Ellen warf ihm einen raschen Blick zu. Eine Lösung? Für die vakante Kochstelle?

»Aber ich möchte eigentlich erst davon anfangen, wenn die andre Dame ausgeschlafen hat. Sie beide verstehen sich gut, nicht wahr? Sie kennen sich schon lange?«

Ellen starrte ihn überrascht an.

»Wen meinen Sie? Agnes Sontheim? Wir haben uns gestern Abend erst kennengelernt.«

Der Tannenwirt legte sein Gesicht in tausend Lachfalten.

»Ach wirklich? Sie kommen mir vor wie zwei Schwestern. Ich meine, welche, die gut miteinander auskommen, es soll ja auch die andere Sorte geben. Soso, gestern Abend erst. Na dann …«

In diesem Augenblick betrat Agnes die Küche.

»Na, was ist denn heute los«, scherzte gutmütig der Tannenwirt, »mir scheint, meine Betten sind nicht mehr bequem genug. Früh um fünf, und schon wieder auf den Beinen.«

»Ich kann nicht schlafen«, sagte Agnes und nahm dankend den Becher Kaffee, den Ellen ihr einschenkte, »aber an den Betten liegt's nicht. Ich hab nämlich eine Idee!«

Sie war zu aufgeregt, um sich hinzusetzen. Ging vom Herd zur Spüle und dann zum Fenster.

»Der Tannenwirt will uns auch etwas sagen, aber erst, wenn du hier bist, hat er gesagt.«

Und dann war es so still, dass man das Summen des Kühlschranks hörte, das leise Tropfen eines Wasserhahns, das Singen der Vögel. Da war Ellen, als hielte die Welt einen Moment lang den Atem an, als bliebe die Zeit stehen, nur einen winzigen Moment, als sei dies ein Wendepunkt, der ihr Leben teilen würde in ein Davor und ein Danach, und das Herz schlug ihr bis zum Hals.

»Also«, begann der Tannenwirt umständlich und strich mit seinen alten Händen auf dem Tisch herum, »ich hab euch ja schon gesagt, dass ich mich zurückziehen möchte. Und dass ich den Tannenhof nicht einem dieser Pächter geben will, die hier aufgekreuzt sind in ihren dicken Mercedes und den Goldkettchen um den Hals. Weil die alle nur den Profit in der Sache sehen und nicht das Herz. Ich will auch nicht, dass der Tannenhof ein Swingerclub wird oder ein überkandideltes Reiterhofrestaurant mit Wellnessoase und Saunagrotte. Ich möchte gerne, dass sein Charakter erhalten bleibt, versteht ihr, natürlich muss man sich weiterentwickeln, aber mit Herz und Verstand. Und als ich euch beide gestern hier so hab werkeln sehen und Sie, liebe Frau Agnes, mir erzählt haben, dass Sie jetzt auf eine Hauptrolle aus sind, da hab ich mir gedacht, die beiden Frauen, die würden das hinkriegen. Die Ellen kocht, und die Agnes organisiert den Laden. Managen, so heißt das doch heute. Wer eine Bank schmeißen kann, der kriegt auch den Tannenhof hin. Also was meint ihr, wollt ihr es euch überlegen?«

Ellen wurde schwindelig, sie schloss die Augen. Wie von weitem hörte sie Agnes rufen: »Genau darum konnte ich nicht schlafen! Weil ich auf einmal dieselbe Idee hatte.«

Eine jähe Freude ergriff sie. Und eine große Furcht. Ob sie das konnte? Wollte sie so etwas? Was würde HP dazu sagen? Doch war das überhaupt noch wichtig? Sie würde endlich wieder selbst über ihr Leben entscheiden. Seit damals, als sie zugestimmt hatte, zu HP zurückzukehren unter der Bedingung, dass Raoul in ein Internat kam, hatte sie es nicht mehr getan.

Sie merkte, dass es still geworden war in der Küche. Sie schaute auf, fühlte zwei Augenpaare auf sich gerichtet.

»Und«, fragte Agnes sanft, »bist du dabei?«

Ellen sah von ihr zum Tannenwirt. Der lächelte, nickte ihr zu.

»Ach ja«, sagte er, »das Menü. Ein Einziger hat sich beschwert, der Fisch sei versalzen gewesen. Und zwar der Herr Bankdirektor. Allen anderen hat es geschmeckt.«

Da brach Agnes in Gelächter aus, und auch Ellen konnte nicht anders, eine große Erleichterung floss durch ihren Körper wie ein Elixier des Lebens, sie hatte es geschafft, einmal in ihrem Leben war ihr etwas wirklich Schwieriges gelungen, dies war nicht wie ihre Zeichnungen, in denen die einen Kritzeleien sahen, andere Architekturentwürfe und wieder andere möglicherweise Kunst, dies war bodenständiges, messbares Essen gewesen, und sie hatte es hingekriegt.

Sie sah Agnes an und sagte: »Warum machst du es nicht allein? Du brauchst mich nicht unbedingt dazu. Köche gibt es viele.«

»Nein«, sagte Agnes mit großem Ernst. »Wir machen das gemeinsam. Oder gar nicht.«

»Genau«, fügte der Tannenwirt hinzu. »Entweder beide Damen oder gar keine. Aber solche Entscheidungen trifft man nicht in einem Augenblick. Wollt ihr es euch überlegen?«

Und dabei sah er Ellen an. Da war so viel Güte in diesem Blick, Respekt und Ermutigung, dass Ellen am liebsten geweint hätte.

»Ich weiß nicht«, sagte sie, »ob ich das kann.«

»Das findet man nur dann heraus, wenn man es ausprobiert.«

Ellen musste lachen. Dieser Tannenwirt hatte auf alles eine passende Antwort.

»In Ordnung«, sagte sie. »Ich überleg es mir.«

24

Als am Vormittag die Ballonfahrer mit ihren Anhängern die Einfahrt zur Papierfabrik nehmen wollten, da stand HPs Lexus immer noch wie ein gestraucheltes Rennpferd auf der Piste und versperrte den Weg. Einen ungewohnt derben Fluch auf den Lippen machte sich Paul mit seinen Kollegen auf den Weg, um die Karre beiseite zu schieben. Dieser Architekt machte Ärger. Keiner wusste, wo er steckte. Paul erwartete jeden Moment, den verrückten Kerl aus dem Gebüsch auftauchen zu sehen, bereit, sich auf den Nächstbesten zu stürzen, um weiter zu prügeln. Arnold Degen jedenfalls hatte er ganz schön zugerichtet.

Aber HP saß nicht mehr im Ufergebüsch. HP Sternberg hatte Dinge getan, die er nie für möglich gehalten hatte. Er war in einen Fluss getaucht und hatte Erscheinungen gehabt. Er war am Fluss entlang Richtung Stadt gelaufen, war eine Weile dem magentafarbenen Streifen eines apokalyptischen Sonnenaufgangs gefolgt, bis er sich irgendwann in der Innenstadt wiederfand. Er hatte vor dem Neubau gestanden und hinaufgeschaut, den Kopf geschüttelt, weil er auf einmal alles ganz genau sah: die Kompromisse, die Abänderungen, die Zugeständnisse. Der Bau war verhunzt. Eine Persiflage auf seinen Entwurf. ›Ellens Entwurf‹, korrigierte eine klare Stimme in seinem Kopf. ›Es war Ellens Entwurf, und du hast ihn versaut.‹

Danach hatte er sich auf einmal in der Kirche wiedergefunden. In einer Bank saß er, was schon Jahrzehnte nicht mehr vorgekommen war, blickte zum Gekreuzigten hinauf, und murmelte Sachen vor sich hin. »Das hat sicher auch weh getan« zum Beispiel, und: »Na, wie ein Held siehst du aber auch nicht aus.« Schaute einem Teelicht beim Verlöschen zu, das jemand vor einer Heiligenstatue entzündet hatte. Es war die Jungfrau Maria. Sie hatte Coras Gesichtchen, so wie es einmal gewesen war. Vorher.
Wie lange war das schon her? Jahrzehnte? Jahrhunderte? Der Unfall hatte im Sommer stattgefunden. Jetzt war wieder Sommer. Vor einem Jahr also. Ein Jahr.
Plötzlich fiel ihm ein, dass er immer noch nicht wusste, wo Ellen steckte. Und stellte fest, dass es ihm gleichgültig war. Zum Teufel mit ihr. Wenn sie sich selber finden musste, bitte. Er würde ihr nicht im Wege stehen. Er hatte Besseres zu tun. Doch sosehr er auch nachdachte, ihm wollte nicht einfallen, was.
Dann war er nach Hause gegangen. Studierte in der Küche die Schweinerei, die er gestern Abend veranstaltet hatte, so als könne er in den Schlieren seine Zukunft lesen. Wunderte sich, warum das noch niemand weggeputzt hatte. Antipasti klebten an den Einbauschränken. Fast wäre er im Olivenöl ausgerutscht und lang hingeschlagen. Auch schon egal. Er war sowieso schon verbeult.
Sein Lexus! Wie hatte er den vergessen können. Als er sich an die unnatürliche Radstellung vorne links erinnerte, wurde ihm schlecht. Im Badezimmer erbrach er sich, und als er in den Spiegel sah, erkannte er sich nicht wieder. Diesen Künstler, den würde er verklagen.
Er schleppte sich die Treppe hinauf, wollte sich hinlegen. Dort, wo der Gang zu Coras Würfel abzweigte, blieb er stehen. Zögerte. Und dann bog er ein in diesen Gang, ins

Reich seiner Tochter. Klopfte an ihrer Tür. Lauschte. Nichts. Drückte die Klinke nieder und trat ein.
Sie war nicht da. Es war morgens um irgendwas kurz vor sechs, und seine vierzehnjährige Tochter war nicht da. Er würde sie übers Knie legen, wenn sie nach Hause kam, ganz gleich wo sie gesteckt hatte. Aber er wusste nur zu genau, dass dies reines Imponiergehabe war. Er hatte Cora noch nie geschlagen und würde es niemals tun.
Er sah sich in dem Zimmer um. Der schwarzen Wand mit dem goldenen Zeichen kehrte er sorgfältig den Rücken zu. An der roten hingen mehrere Zeichenblätter. Er trat näher. Sah Flammen aus einem Auto schlagen. Flammen aus einem Turm. Er fühlte sich beobachtet. Eine grausame Version seiner Cora blickte ihm von anderen Blättern entgegen. *Du Versager*, schien sie zu sagen, *du erbärmlicher Zwerg.*
Er wandte sich ab und erschrak noch mehr. Er hatte das Foto vergessen, die riesige Fototapete, Raouls Blick. Scheinheilig hatte sie ihn damals gefragt, wie man so große Entwürfe plottet. Er hatte ihr geholfen, hatte erst am Schluss begriffen, wer da an eine ganze Wand tapeziert wurde. Einzeln hatten die Blätter wie abstrakte Kunst gewirkt. Flecken in Grau und Schwarz auf Weiß. Zusammen ergaben sie Raouls bösen Geist. Sein schlechtes Gewissen.
Auch heute gelang es ihm kaum, dem Blick standzuhalten. Er war tot, und doch war er allgegenwärtig. Am Fluss hatte er ihn durch die Luft wandeln sehen. Hier hing er an der Wand, groß wie ein Filmplakat. HPs Blick irrte durch das Zimmer, auf der Suche nach etwas Versöhnlichem, etwas Jungmädchengemäßem. »Das Lied von der unsterblichen Liebe«, las er, in gotischen Buchstaben, inmitten von Flammen.

War es das? War Raoul unsterblich? War er in den Flammen umgekommen, um nur noch übermächtiger zu werden?
Er bückte sich, um das Blatt näher zu betrachten. Begriff, dass es ein Deckblatt war, und darunter noch andere Zeichnungen. Er streckte die Hand danach aus, wollte sehen, was sich darunter verbarg.
Doch er konnte nicht. Er wagte es nicht. Zum einen, weil er wusste, wie sehr er Cora damit erzürnte. Doch das war nicht der wahre Grund. In Wirklichkeit wusste er nicht, ob er ertragen würde, was sich darunter verbarg.
Er rannte fast aus Coras Würfel. Riss sich die verschmutzten, kaputten Kleider vom Leib, duschte so heiß, wie er es gerade noch ertragen konnte. Dann nahm er eine Schmerz- und zwei Schlaftabletten und kroch unter die Bettdecke. Er wollte schlafen. Vergessen. Von alldem nichts mehr sehen und hören. Und fühlen schon gar nicht.

Valentin wartete. Seine Füße hatten ihn wie von selbst hierhergetragen, zu dem Häuschen in der Vorortsiedlung, in dem Paula gelebt hatte all die Jahre, bis zu ihrem Tod. ›Wenn ich immer meinen Füßen vertraut hätte‹, dachte Valentin, ›wer weiß, vielleicht wäre mein Leben anders verlaufen. Unser Verstand steckt in den Füßen, was wir im Kopf haben, ist nichts weiter als eine große leere Blase.‹
Er lachte vor sich hin.
Sie war nicht zu Hause. Und darum wartete er. Irgendwann würde sie kommen. Sie war nicht verreist, sie musste diese Bank eröffnen, morgen, das hatte sie ihm erzählt.
Es hatte eine Weile gedauert, ein paar Kilometer auf dem Seil hin und her, aber jetzt hatte er es begriffen. Was

es war, was er für sie empfand. Wenn man bedachte, wie lange er bei Paula dazu gebraucht hatte, war dies eine Entscheidung in Sekundenschnelle. Oder jedenfalls fast. Offenbar wurde er schneller mit zunehmendem Alter.

Dieses eine Mal in seinem Leben würde er nicht davonlaufen. Er würde vor sie hintreten und es ihr sagen. Und zeigen. Und wenn sie es wollte, dann würde er sogar Verantwortung übernehmen. Aber wenn auch sie ihn liebte, dann verlangte sie das nicht von ihm. Sie sah nicht aus wie jemand, der nur darauf wartete, jemandem die Bürde seines Daseins auf die Schultern zu laden. Sie sah aus wie jemand, der etwas zu geben hatte. Auch er hatte etwas zu geben. Das wusste er heute.

Schließlich fuhr ein Wagen vor, ein schwarzer Golf. Zwei Frauen saßen darin, die eine war Agnes und die andere … Ellen! Eine strahlende, gut gelaunte Ellen, die sich von Agnes mit einer kleinen Umarmung verabschiedete. Valentin nahm es als ein gutes Omen.

Er wartete, bis Ellen davongefahren war. Wartete, bis Agnes ihren Schlüssel in ihrer Tasche gefunden hatte. Bis sie die Tür aufschloss. Wartete er zu lange?

Als sie drinnen war, gab er ihr drei Minuten, dann läutete er. Zunächst geschah nichts. Dann öffnete sich vorsichtig ein Fenster im ersten Stock. Genauso hatte Paula es immer gemacht, erst heruntergespäht, ob er es auch sei. Er blickte hoch, sah in Agnes Gesicht, in dem er zunächst Furcht, dann Überraschung las und dann eine strahlende Freude, und beschloss, nicht mehr an Paula zu denken.

»Ich bin es«, sagte er überflüssigerweise. »Valentin. Mit V. Darf ich reinkommen?«

Ellen hatte eigentlich vor, direkt nach Hause zu fahren. Sie war müde und wusste gleichzeitig, dass sie sicherlich keine Ruhe finden würde. Agnes hatte ihr von Cora erzählt, voller Verwunderung hatte sie erfahren, dass ihre Tochter die vergangenen Tage gar nicht zur Schule gegangen war, sondern Agnes als Assistentin geholfen, fabelhaft Ballonflüge und auch alles andere organisiert hatte. Sogar in Arnolds Ausstellung war sie involviert. Also war Cora ihrem Vater nicht mehr böse?

Und sie, Ellen, hatte mal wieder von alldem nicht die geringste Ahnung. War das wieder einmal ein Beweis dafür, dass sie eine schlechte Mutter war? Alles sprach dafür.

Darum hatte Ellen eigentlich sofort nach Hause fahren wollen, nicht wegen HP, o nein, sondern in einem verspäteten Anfall von Muttersorge wollte sie leise nachsehen, ob Cora in ihrem Bett lag, sie in ihre Arme nehmen und von den großartigen Neuigkeiten erzählen, die ihr widerfahren waren.

Dennoch hatte sie nicht die Abzweigung nach Hause genommen, nach zwei unentschlossenen Runden über den Kreisverkehr war sie an der richtigen Straße vorbeigefahren und nahm stattdessen die Straße hinaus zum Fluss, Richtung Papierfabrik. Trotz schlechtem Gewissen wusste sie, dass ihre Tochter nicht das geringste Interesse für das zeigen würde, was sie erlebt hatte. Und wenn sie ehrlich war, hatte sie es nicht eilig, sich diesem abschätzigen Blick, der ein Jahr lang so viel Macht über sie besessen hatte, auszusetzen. Würde sie auch dieses Mal wie eine schlecht gerührte Zabaione in sich zusammenfallen, als wäre da nie etwas gewesen, kein Arnold Degen, kein Tannenhof, keine Zukunftspläne? Offenbar hatten HP und Cora wieder ihre Geheimnisse vor ihr, gerade so wie in all den Jahren, bevor Raoul nach Hause gekommen war. Nach Hause. Als ob dieses schreckliche Würfelhaus für irgendjemanden je ein Zuhause gewesen wäre.

Als sie die Einfahrt zur Papierfabrik nahm, fiel ihr auf der Wiese neben der Zufahrtstraße ein Wagen auf. Sie hielt den Atem an. HPs Lexus! Was tat der denn hier?

Sie hielt an und stieg aus. Zögerte, dann ging sie hinüber. Das linke vordere Rad stand unnatürlich ab, wie ein ausgerenktes Gelenk. HP hatte eine Panne gehabt. Aber wieso ausgerechnet hier? War er noch da?

Ängstlich sah sie sich um. Im Gebüsch zwitscherten die Vögel. Sie trat näher, sah vorsichtig ins Innere des Lexus. Hielt die Luft an. Nein, hier war er nicht. Sie erkannte seine Sonnenbrille, es war sein Wagen, kein Zweifel.

Verwirrt setzte sie sich wieder hinter ihr Steuer. Sollte sie weiterfahren? Oder besser umdrehen? War HP etwa noch auf dem Gelände?

›Und wennschon‹, dachte sie trotzig und startete den Wagen. ›Fehlt noch, dass ich mich vor ihm verstecke!‹

Im Hof war allerhand los. Valentins Seil war abgebaut, stattdessen wimmelte es nur so von Jeeps mit Anhängern, auf denen sie riesige Körbe entdeckte. Die meiste Betriebsamkeit herrschte vor der Werkstatt des Luftschiffers.

Ellen parkte vor Arnolds Atelier, stieg aus und klopfte. Wartete. Ihr Herz pochte unerträglich laut. Schließlich öffnete sich langsam die Tür. Arnold stand vor ihr, ein feuchtes Tuch gegen sein Gesicht gedrückt.

»Was ist …« mit dir passiert, wollte sie fragen, doch er wehrte mit seiner freien Hand ab, zog sie herein, schloss die Tür hinter ihr, verriegelte sie. Dann nahm er sie in die Arme.

»Das ist schön«, sagte er, sein Gesicht in ihr Haar gepresst, »dass du kommst. Ich hab es mir gewünscht. Jetzt weiß ich wenigstens, warum ich verprügelt wurde.«

Und dann lachte er, stöhnte dabei, lachte weiter. Ellen nahm ihm vorsichtig die Kompresse ab, stieß einen leisen Schrei aus, begutachtete das Auge von nahem.

»Das war dein Ehemann«, sagte Arnold. »Er kam hier her, und ehe ich Hallo sagen konnte, hat er mir schon das hier verpasst. Aber hast du schon gesehen, wie er aussieht?«

Das klang zufrieden. Und ehe Ellen etwas sagen konnte, küsste er sie. Vorsichtig. Es musste weh tun, Ellen konnte die Schwellung fühlen. Aber er ließ sie nicht los. Und Ellen wollte es auch gar nicht. Ewig könnte sie so stehen, umschlungen, an diesen Mann gelehnt, den Geschmack nach Kaffee, Blut und Arnold auf der Zunge, seinen Atem im Gleichklang mit ihrem.

Aber nichts währt ewig. Irgendwann kommt das Denken zurück. Irgendwann schwingt jeder Gleichklang auseinander. Es war nicht die Zeit für ein Film-Happyending, das wusste Ellen. Ihr Mann und Arnold, sie hatten sich geprügelt. Aber warum? Wegen ihr? Das konnte nicht sein. Da musste eine Verwechslung vorliegen. Das musste er ihr genauer erzählen.

Und er erzählte es ihr. Zwischen kleinen Pausen, in denen Kleider abgestreift und neue Hautregionen begrüßt wurden. Berichtete jede Einzelheit, während er sie auf seinen Schoß nahm und sein Gesicht zwischen ihren Brüsten vergrub, so dass sie manche Details nicht richtig verstand. Schilderte ihr jeden seiner Treffer, indem er sie auf sich zog und in seine Arme schloss, so lange, bis sie nichts mehr wissen wollte, bis sie alles vergaß, weil sie voll und ganz damit beschäftigt war, Neuland zu betreten, ihm

Neuland zu bieten, sich zu öffnen, sich beschenken zu lassen und selbst reichlich zu geben.
Stunden später kam sie noch einmal darauf zurück. Da hatte er Kaffee gekocht, sie saßen auf seinem Bett, einen Berg von Kissen im Rücken, sie fühlte sich wie jemand, dem über Nacht eine neue Haut gewachsen war, so völlig neu und empfindsam bis in die letzte Pore. Da fragte sie:
»Nur, damit ich es wirklich verstehe: HP kam hierher und hat sich mit dir geprügelt, weil er dachte …?«
»Er dachte, ich hätte was mit dir«, sagte er. Und lächelte. Lächelte so unverschämt glücklich, rutschte ein Stück tiefer, kuschelte sich an ihren Bauch. »Und weißt du was? Ich hab ihm nicht widersprochen.«

25

Adrian träumte, jemand leuchte ihm mit einem Scheinwerfer ins Gesicht und stelle immerzu dieselbe Frage: »Warum hast du das nicht verhindert?« Dabei konnte er sich beim besten Willen nicht daran erinnern, was geschehen war.

Er schreckte auf. Es war die Sonne, die ihnen direkt ins Gesicht schien. Sie waren eingeschlafen, alle beide, hier auf den Steinplatten der Dachterrasse, und wenn sie nicht bald zusahen, dass sie wegkamen, würde man sie hier so finden, wie Hänsel und Gretel, Hand in Hand. Und alles würde auffliegen.

Was würde auffliegen?

Ja, tatsächlich, er hielt Coras Hand, und wenn ihm auch alle Glieder weh taten und er sich danach sehnte, sich zu strecken und aufzurichten, so wollte er sie nicht wecken, dieses Band nicht zerreißen.

Er hielt Coras Hand.

Und dann fiel ihm alles wieder ein, und er hätte heulen mögen, wenn er daran dachte, wie bald sie sterben würde, und er hatte Schuld daran und konnte doch nichts daran ändern, weil ein Schwur ihn band.

Ein Schwur.

Er betrachtete ihr Gesicht. Sie war so schön, so zart und gleichzeitig so stark, selbst im grellen Licht des Morgens, wie spät mochte es sein, zehn? Oder schon elf?, selbst mit ihrem ruinierten Make-up, den dunklen Flecken und dem weißen Fond, der sich in ihren Nasen-, Mund- und Augenwinkeln gesammelt hatte und jetzt schon ahnen ließ, wie sie einmal aussehen würde, wenn sie älter war, selbst jetzt, als ihre unglaublichen Augen geschlossen waren und ihn mit ihrer dunkelviolettblauen Farbe nicht hypnotisieren konnte, war sie schön.

Nur, dass sie niemals alt werden würde.

Wie war sie nur darauf gekommen, dass sie unsterblich war? Weil sie den Unfall überlebt hatte und dieser Bruder nicht? Sie sei durch die Flammen gegangen, hatte sie gesagt. Und was, wenn sie recht hatte? Was, wenn sie tatsächlich unsterblich war? In Finnegals Welt kam das vor, o ja. Aber so viel Adrian wusste, gab es das in der Wirklichkeit nicht. Menschen waren sterblich. Und ein Mädchen wie Cora erst recht.

Er musste sie retten. Aber wie?

Da, als habe sie ihn bei diesem verräterischen Gedanken ertappt, schlug sie unvermittelt die Augen auf. Für den einen Moment, den ein Schmetterling braucht, um mit den Flügeln zu schlagen, wirkte sie verwirrt, dann hatte sie die Situation erfasst. Mit einem Ruck setzte sie sich auf, zog ihre Hand aus seiner. Adrian war sich nicht sicher, ob sie das überhaupt bemerkte.

»Wie spät ist es?«, fragte sie und beschattete ihre Augen mit der Hand. »Wieso hast du mich nicht geweckt?«

Schon war sie auf den Beinen.

»Wir müssen hier weg«, sagte sie und steuerte dem Ausgang entgegen.

Auf dem Mofa lehnte sie ihr Gesicht gegen seinen Rücken. Er fühlte es und wünschte sich, die Fahrt könnte ewig dauern. Ein ganzes Leben lang zumindest. Er würde mit ihr um die Welt fahren, nur anhalten, um zu tanken und um ein Schiff zu besteigen. Ihr Gesicht an seinem Rücken, würde sie altern und schöner werden und irgendwann in Finnegals Reich angekommen, vom Mofa steigen als reife Königin, am Ende ihres Lebens. Dann würden sie sich an der Hand nehmen und miteinander sterben.

»Wohin fährst du denn«, ertönte ihre Stimme tadelnd an seinem Ohr.

»Ich will dir etwas zeigen!«, rief er über die Schulter. »Ein Geheimnis.«

Cora murrte ein wenig, es klang wie eine Katze. Sie war müde, das konnte er daran erkennen, wie sie ihr Gewicht auf ihn verlagerte. Aber sie widersprach ihm nicht, und Adrian atmete auf.

Er fuhr mit ihr zur Stadt hinaus. Bog in eine Straße ein, die hinauf zum Steinbruch führte. Während sie die Kurven entlangtuckerten, sprachen sie kein Wort. Adrian hoffte, dass Cora nicht einschlief und vom Mofa rutschte. Doch ihr Griff um seinen Bauch war fest.

Noch nie hatte er jemanden hierher gebracht. Es war sein geheimer Ort, an dem Finnegal zum ersten Mal zu ihm gesprochen hatte. Man musste ein bisschen klettern, und Adrian machte sich Sorgen, ob Cora das in ihren Springerstiefeln schaffen würde. Ob sie überhaupt Lust hatte, mit ihm im Steinbruch herumzukraxeln.

Er hielt das Mofa an, wartete, bis Cora abgestiegen war. Sie stand da, rieb sich die Augen, gähnte.

»Was tun wir hier?«, wollte sie wissen.

»Ich zeig dir etwas. Einen Ort. Er wird dir gefallen.« Hoffentlich, dachte er im Stillen.

Er führte sie den Pfad hinunter, den nur er kannte. Cora konnte ihn wahrscheinlich gar nicht erkennen. Er reichte ihr die Hand, als es die Stufen hinunterging, die nur er als solche sehen konnte. Und dann waren sie da. Seine Höhle und der muschelförmige Vorplatz, beschirmt von allen Seiten. Finnegals Thron.

»Hier ist es. Hier habe ich Finnegal erfunden.« Gefunden wäre richtiger gewesen, aber er wollte Cora nicht zu sehr strapazieren.

»Komm!«

Er führte sie in die Höhle, und ein paar Fledermäuse flatterten erschreckt auf und davon. Erleichtert registrierte Adrian Coras Entzücken. Es schien ihr zu gefallen. Sein Herz klopfte bis in seinen Hals.

Dann erreichten sie die Große Halle. Cora blieb stehen, riss die Augen auf und den Mund gleich mit. Finnegals Halle. Sonnenstrahlen strömten bündelweise durch den Lichtschacht, tauchten die Höhle in ihr magisches Licht.

»Das ist wunderschön«, flüsterte Cora und sah sich die Wandzeichnungen an. »Hast du das gemalt?«

Adrian nickte. Er konnte nicht sprechen, ein Kloß saß ihm im Hals. Sein Blick hing an Cora, die nah an eine der Wände trat, mit den Fingerspitzen sacht die Malereien berührte.

Da war er, Finnegal, überlebensgroß auf seinem Adler. Hier focht er mit einer der vielen Emanationen des bösartigen Galahad, einer furchteinflößenden Echse, und dort überbrachte er das »Elixier der unsterblichen Liebe« seiner Königin Morgain.

»Das bin ja ich!«, rief Cora. Sie freute sich wie ein Kind. »Was ist das da?« Sie wies auf das Elixier.

»Was denn«, fragte Adrian, um Zeit zu gewinnen.

»Diese Flasche da. Was ist da drin?«

Adrian begann zu schwitzen. Warum hatte er diese Szene überhaupt gemalt? Wieso überbrachte er seiner Königin nicht etwas anderes? Eine magische Blume oder einen Edelstein oder den Kopf des bösen Galahad, warum das Elixier?

Er fühlte Coras Blick auf sich ruhen.

»Ist es ein Zaubertrank?«, fragte sie.

Adrian nickte.

»Warte«, sagte sie und trat näher an die Wandmalerei. »Da steht es ja. Hier: ›Das Elixier der unsterblichen Liebe?‹«

Adrian nickte wieder. Cora trat nahe an ihn heran. So nahe, dass sich ihre Nasenspitzen fast berührten. Sie sah ihm in die Augen, lange, ohne ein einziges Mal zu blinzeln. Adrian fühlte ihren Atem, wie er sanft seine Lippen streichelte.

»Wenn auch du unsterblich wärst«, sagte sie schließlich, »würdest du dann mein Gefährte sein wollen?«

»Ja«, sagte Adrian, und etwas Heißes stieg in seine Augen. »Ja, das würde ich.« Ich will es auch so, wollte er sagen, auch ohne Unsterblichkeit liebe ich dich bis ans Ende meiner Tage, doch er wagte es nicht auszusprechen.

Cora sah ihn an, lange, schweigend. Dann sagte sie: »Wer weiß, vielleicht bist du es ja. Morgen werden wir es erfahren.«

Valentin konnte sich später nicht mehr daran erinnern, wann genau er es gespürt hatte. Irgendwann hatte sie sich in sein Bewusstsein gedrängt, kalt, präzise, so wie sie damals in sein Herz gedrungen war.

Die Kugel.

Sie bewegte sich.

Er hielt Agnes in seinen Armen, voller Staunen über die Leidenschaft, die diese so viel jüngere Frau ihm entgegenbrachte, voller Dankbarkeit und einem anderen Gefühl, das er nicht kannte, das ihn überwältigte, in wellenartigen Glücksströmen durch seinen Körper lief – und da war sie. Meldete sich zu Wort.

›Hier bin ich‹, schien sie zu sagen, ›fühlst du es? Ich habe lange geschlafen. Jetzt bin ich wieder wach.‹

Ja, er kannte sie. Auf dem Röntgenbild war sie deutlich zu sehen. Die Ärzte hatten gesagt, es sei zu gefährlich, sie zu entfernen. Sie habe sich eingekapselt. Ein seltener Fall. Medizinisch eigentlich unmöglich. Aber da sah man es mal wieder: Auch die Wissenschaft hat ihre Grenzen. Er sei das lebende Beispiel dafür. »Mit dieser Kugel werden Sie alt«, hatte einer der Spezialisten gesagt. »Warum sie wecken. Sie ist ein Teil von Ihnen geworden.«

Ein Teil von ihm. Doch jetzt war sie erwacht.

Er versuchte sich vorzustellen, wie es wäre, endlich zu sein. Sterblich. ›Es ist besser‹, schien die Kugel zu sagen, ›du gewöhnst dich an den Gedanken.‹

Agnes schlief in seinen Armen. Er blickte auf ihr Gesicht hinunter, von dem er nur knapp die Hälfte sehen konnte, der Rest war ins Kissen vergraben. Eine Strähne hatte sich aus ihrem rotblonden Haar gelöst, lag federleicht auf ihrer Wange. Kaum merklich hob und senkte sie sich mit ihrem Atem.

Sterblich.

›Warum jetzt?‹, fragte er die Kugel. ›Warum ausgerechnet jetzt?‹ ›Ich hab gewartet, bis du es erlebt hast. Es hat lange genug gedauert.‹

›Was erlebt?‹, wollte er wissen. Doch im Grunde kannte er die Antwort.

Er dachte an die Jahre, die hinter ihm lagen, und sie erschienen ihm auf einmal wie Stunden. Wie Minuten. Erst heute Nacht waren sie ihm wie Jahrhunderte vorgekommen, endlos, zäh, nicht enden wollend. Noch heute Morgen war ihm die Möglichkeit eines Todes als Befreiung erschienen, als Erlösung. Die Möglichkeit. Nicht die Gewissheit.

›Wir Menschen sind eine seltsame Spezies‹, dachte er, ›und für die Zeit haben wir kein Sinnesorgan.‹

Agnes bewegte sich, streckte sich, stemmte sich im Erwachen gegen seinen Körper. Hob den Kopf und sah ihn schlaftrunken an. Dann lächelte sie.

»Was haben wir für ein Datum«, fragte sie, »ich glaube, mein Leben fängt heute erst wirklich an.«

So ist das also mit der Liebe, dachte Valentin und drückte sie an sich. Sie setzt die Zeiger auf null. Für die einen ist es ein Beginn. Und für die anderen das Ende. Und im Grunde kommt das eine wie das andere auf dasselbe heraus.

Cora schien es, als ob sie schwebte. Sie lag in Adrians Schlafsack gebettet auf Finnegals Nachtlager und befand sich in diesem seltsamen, hellsichtigen Dämmerreich zwischen Wachsein und Schlaf. Sie war müde. Und sie war wach. Beides gleichzeitig. Viele Nächte hatte sie nur wenig geschlafen. Sie musste sich ausruhen vor dem großen Ereignis. Wo waren sie vor einem Jahr gewesen? Cora kannte jede Minute auswendig, so oft hatte sie sich im vergangenen Jahr die letzten Stunden mit Raoul ins Gedächtnis zurückgerufen. Jeden Augenblick erinnerte sie genau, nur die Minuten direkt vor dem Unfall, die waren in Nebel gehüllt.

Gerade heute aber wollte es ihr kaum gelingen, sich in jenen Abend zurückzuversetzen. Es war, als zerrannen ihr die Erinnerungsfetzen zwischen den Gedanken, je entschlossener sie sie zu fassen versuchte, desto entschiedener lösten sie sich in Nichts auf. Sie bemühte sich, nicht einzu-

schlafen, riss die Augen auf, wollte sich noch nicht geschlagen geben. Raoul. Wo war er jetzt? Warum konnte sie sich auf einmal nicht mehr an sein Gesicht erinnern?
Um nicht einzuschlafen betrachtete Cora die Höhle. Dies war der perfekte Ort. Adrian war ein Künstler, die Wandgemälde waren so lebendig, dass es ihr schien, sie sei in eine andere Welt geraten. In Finnegals Welt. Kaum zu glauben, dass Adrian diese Königin gemalt haben wollte, noch ehe er sie überhaupt getroffen hatte. Es war eindeutig sie, Cora, und sie gefiel sich auf diesen Bildern.
Auf den Wandgemälden war sie gütig, nicht stolz. Sie war liebevoll, nicht grausam. CoraZwei hatte keinen Platz in diesem Raum. Und Finnegal war erwachsen. Ein richtiger Held. Ob Adrian einmal so werden würde?
Die Bilder verschwammen vor ihren Augen, die Lider wurden ihr schwer. Dies war der perfekte Raum für hinterher. Hier würden sie sich verstecken. Sollten die anderen doch denken, sie sei tot. Sollten sie doch irgendetwas Verkohltes neben Raoul in ein Grab legen. Sie würde hier untertauchen, dann fortgehen. Und ein neues Leben beginnen.
Sie würde sich daran gewöhnen müssen, immer wieder ein neues Leben zu beginnen. So wie dieser Valentin, von dem niemand etwas wusste. Oder sie blieb in dieser Höhle, setzte sich auf Morgains Thron, wartete, bis Finnegal ihr das Elixier brachte. Welches Elixier war es noch gleich? Sie kam nicht mehr darauf, wollte Adrian fragen, doch auf einmal befand sie sich wieder auf diesem Kirchendach, und auf der anderen Seite des Firsts stand jemand, den sie unbedingt erreichen musste. Raoul. Nein, das war nicht Raoul. Eine Art Nebel lag über der Gestalt, sie wusste nur eines, sie musste hinüber zu ihr. Und so setzte sie Fuß vor Fuß und balancierte über den schmalen Grat.

Konzentriert, denn es war schwer. Es war so schwer, einen ihrer Füße zu heben, etwas lastete auf ihnen wie Blei. Jetzt. Ein Schritt. Und noch einer. Wie anstrengend das war. Sie wollte sich ausruhen. Sie war müde. Doch sie musste weiter. Wie um alles in der Welt kann man sich auf einem Dachfirst in achtzig Meter Höhe ausruhen?
Und dann hob sich der Nebel, und sie erkannte, wer dort stand. Es war sie selbst, Cora, in Latzhosen und mit schokoladenfarbenem Haar, sie war vielleicht fünf Jahre alt und hielt ihre Arme flehend zu ihr ausgestreckt. Und da sah Cora, dass ihr fünfjähriges Selbst auf einer Art Turm stand, und hinter ihr schlugen Flammen empor. Sie sah ihr Gesicht, sah ihren weit aufgerissenen Mund, fühlte den Schrei, statt ihn zu hören, sie fühlte ihn in ihrer Kehle, und dann saß sie in jenem Auto, in Raouls Auto. Der sagte: »Du kannst nicht mitkommen, Cora, ich werde allein gehen, so wie immer, denn du gehörst dort hin, ich aber nicht.« Da griff sie ihm ins Lenkrad, wollte ihn dazu zwingen, sie anzusehen, wollte ihn anschreien und ihm klarmachen, dass sie mitkommen würde, wo immer er auch hinging, ja, selbst in den Tod.
»Selbst in den Tod«, hörte sie sich schreien und fühlte wieder das Schlingern, in das der Wagen geriet, und dann saß sie aufrecht auf Finnegals Nachtlager, die Augen weit aufgerissen. Adrian schüttelte sie. »Du hast schlecht geträumt«, sagte er, »wach auf!«, und hatte doch keine Ahnung, dass die Gegenwart, in die er sie holte, von nun an weit schrecklicher sein würde als jede verschüttete und halb ausgegrabene Erinnerung. Denn jetzt wusste sie plötzlich wieder, was damals geschehen war. Sie wusste wieder, was eine gnädige Macht ihr bis jetzt vernebelt hatte: Sie es war, die schuld war an allem, an dem Unfall, an den Flammen und vor allem an Raouls Tod. Sie hatte ihm

ins Lenkrad gefasst und den Wagen damit zum Schlingern gebracht. Sie hatte ihren Bruder getötet. Weil er gehen und sie zurücklassen wollte. Weil er sie nicht so liebte wie sie ihn.

Vollkommen willenlos ließ sie sich wieder von Adrian auf das Lager betten, den Schlafsack rund um sie hochziehen. Sie schloss fest die Augen, presste sich die Fäuste vor den Mund und tat so, als ob sie wieder einschliefe, und wusste doch, dass sie nie, in ihrem ganzen Leben, in aller Unendlichkeit, nie wieder würde schlafen können.

Und darum musste sie es tun. Musste die Sache zu Ende bringen. Herausfinden, ob sie tatsächlich dazu verdammt war, mit diesem Wissen, eine Brudermörderin zu sein, ewig leben musste oder ob sich die Flammen ihrer erbarmten. Sie würde es sehen, sie würde es annehmen. Sie würde die Feuerprobe wagen und sich dem Urteil stellen.

26

Der Gedanke war verführerisch, einfach nicht mehr nach Hause zu gehen. In ein paar Stunden wurde sie im Tannenhof erwartet, sie fühlte sich leicht und frei. Aber sie wusste, dass es nicht ging. Dass sie sich früher oder später den Tatsachen stellen musste, dass sie Ehefrau und Mutter war. Nach all dem, was Arnold erzählt hatte, ahnte sie, dass sich HP in einem jämmerlichen Zustand befand. Sie wunderte sich, dass sie sich keine Sorgen um ihn machte. Er hatte den Wagen stehen lassen und war einfach verschwunden. Aber sie empfand kein Mitleid mit ihm. Sie konnte es noch immer nicht fassen. Er war hier aufgekreuzt wie Rambo und hatte sich ihretwegen geprügelt!

Ellen dachte an all die Jahre, in denen er sich nicht darum geschert hatte, was sie fühlte oder dachte. Wahrscheinlich spielte dies auch heute bei HP eine eher untergeordnete Rolle. Was für ihn zählte war, was sie tat. Was sie fühlte – welche Vorstellung hatte er davon?

Sie dachte an die wenigen Male, als sie den Mut gehabt hatte, mit ihm zu reden. An die kläglich gescheiterten Versuche, ihm klarzumachen, dass sie sich ein anderes Leben vorstellte. Dass sie kein Möbelstück war, das da war, wenn man es brauchte, an das man aber sonst keinen Gedanken verschwendete. Sie versuchte sich zu erinnern, wann das Ganze überhaupt angefangen hatte, wann es gekippt war, wann er damit begonnen hatte, neben ihr her zu leben, als bildeten sie eine Zweck- und keine Liebesgemeinschaft. Aber sie konnte sich an kein bestimmtes Ereignis erinnern. Coras Geburt? Oder eine der Diskussionen, in denen er ihr vorwarf, schlampige Arbeit zu leisten?

»Und warum basiert dann jedes Projekt, das du umsetzt, auf einem meiner schlampigen Entwürfe?«, hatte sie ihm einmal entgegengeschleudert. »Wann hast du das letzte Mal etwas entworfen, etwas, das später auch gebaut wurde?«

So etwas hatte sie nur ein einziges Mal zu sagen gewagt. Er hatte sie angesehen, war aufgestanden, hatte seinen Mantel genommen und war gegangen. Und erst am nächsten Morgen wiedergekommen. War das der Auslöser gewesen? War das der Anfang vom Ende? Weil sie ein Mal die Wahrheit ausgesprochen hatte? Um daraufhin sofort wieder in ihre Defensive zu verfallen, eingeschüchtert von seiner Macht der Abwesenheit über Nacht?

Macht der Abwesenheit. Genau das war es, was HP jetzt zu spüren begann. Sie war niemals fort gewesen, außer wenn sie Raoul besucht hatte in einem dieser Internate, die so weit entfernt waren, dass sie die Reise nicht an einem Tag machen konnte.

Raoul.

Warum hatte sie das zugelassen? Warum hatte er das von ihr verlangt. Wäre alles anders gekommen? Wären sie eine richtige Familie geworden, wenn Cora und Raoul miteinander hätten aufwachsen können?

Ellen schlug die Decke zurück, richtete sich vorsichtig auf, um Arnold nicht zu wecken. Es hatte keinen Zweck, weiter nachzugrübeln. Sie musste nach Hause, sie musste mit HP reden, auch wenn ihr noch so sehr davor graute.

Leise stand sie auf, suchte ihre Kleider zusammen und zog sich an. Eine Weile stand sie einfach nur da und betrachtete Arnold, der friedlich wie ein Baby schlief. Zärtlichkeit durchflutete sie. War das Liebe? Sie wusste es nicht. Aber sie würde genügend Zeit haben, es herauszufinden.
In dem Moment schlug Arnold die Augen auf. Sah sie an und lächelte.
»Gehst du?«, fragte er.
Sie nickte. Er richtete sich auf, war mit zwei Schritten bei ihr. Zum ersten Mal sah sie ihn nackt vor sich, sah diesen Körper, mit dem sie sich verschlungen hatte, und ihr wurde heiß vor Glück.
»Gehst du zu ihm?«
Er fragte besorgt, ohne eine Spur von Eifersucht.
»Soll ich vielleicht mitkommen? Er wird dir doch nichts antun?«
Ellen lachte.
»Danke. Aber ich schaff das schon. Mach dir keine Sorgen.«
Und beim Gehen fragte sie sich, ob sie sich nicht vielleicht irrte, ob man sich nicht doch Sorgen machen sollte, denn was jetzt kommen würde, das konnte sie sich nicht vorstellen.

Als sie in die Garage fuhr, sah sie unwillkürlich nach dem Lexus. Aber nein, der stand ja draußen vor der Papierfabrik. Sie sollte die Werkstatt anrufen, oder den Abschleppdienst. Sie wunderte sich, dass HP das nicht längst gemacht hatte.
Sie erstarrte, als sie die Küche sah. Was war denn hier passiert? Ungläubig erkannte sie die Speisen aus dem Feinkostgeschäft, die hier teils an den Wänden klebten,

teils den Boden bedeckten. Sie ging zum Telefon, wählte Sandras Nummer und bat sie um einen Sondereinsatz.
Dann betrat sie ihr Zimmer. Ellen betrachtete lange die zerstörten Drahtgebilde, setzte sich auf ihr Bett, versuchte sich vorzustellen, was sich hier abgespielt hatte. Ihre Schläfen pochten. Sie fürchtete sich vor dem, was vor ihr lag, aber sie musste sich ihm stellen.
Sie zog sich aus, warf ihre Kleider in die Wäschetruhe und stellte sich unter die Dusche. Der heiße Strahl tat ihr wohl. Sie blickte an ihrem Körper hinunter. Sie wurde bald vierzig, sah man ihr das an? Sie seifte sich großzügig ein, hier hatte er sie berührt, und hier und hier. Ellen lächelte. Was immer jetzt kommen mochte, das konnte ihr keiner mehr nehmen. Auch HP nicht. Vor allem er nicht.
Sie stieg aus der Dusche, trocknete sich ab. Rieb sich großzügig mit Körperöl ein, fühlte sich so anders, so vollständig, so ganz. So als habe sie mit Arnold ihren Körper wiederentdeckt, Regionen, die sie völlig vergessen hatte.
Sie zog frische Kleider an und schminkte sich sorgfältig, kämmte ihr Haar. Jetzt war sie so weit. Jetzt konnte sie ihm gegenübertreten. Und was immer er auch sagen würde, es würde an ihr abperlen wie Sommerregen.

HP hatte sie kommen hören. Er hatte ihre Schritte im Haus verfolgt wie ein Sensor, der auf die leiseste Erschütterung reagiert. Vielleicht lag es an seinem schmerzenden Schädel, vielleicht an seinen überreizten Nerven. Er hatte sie zur Küche gehen hören, gefühlt, wie sie auf der Schwelle verharrte, einen Anruf tätigte. Dann hatte sie nach Cora gesehen, wollte die sorgende Mutter mimen, die sie noch nie gewesen war. Von Anfang an nicht. Sogar mit ihrer Muttermilch hätte sie die kleine Cora fast umgebracht. So eine Art Mutter war Ellen.

Er hatte den Atem angehalten und damit gerechnet, dass sie nun kommen würde. Aber nein. Zuerst ging Madame in ihr eigenes Reich. Natürlich. Die Dusche. Die Spuren verwischen nach dem Ehebruch, damit der Ehemann den Rivalen nicht riechen konnte, wusste sie überhaupt, dass er ihn bereits zur Rechenschaft gezogen hatte?
Auch er hatte immer geduscht, wenn er von seinen amourösen Abenteuern nach Hause kam. Aber daran dachte er jetzt nicht. Das waren Kleinigkeiten gewesen, nicht einmal Ausrutscher, ein gesunder Mann tat so etwas dann und wann. Nein, er wollte nicht daran denken, konnte sich ohnehin nicht mehr an die Mädchen erinnern, keine Namen, keine Gesichter, Sabines, Bettinas, Melanies, wer konnte sich so was schon merken. Woran er sich erinnern konnte, waren die Festmahle, die Ellen hernach zu kochen pflegte. Die ihn verwirrt hatten und in Verlegenheit gebracht. Herrgott, wieso kochte sie ausgerechnet dann so ausgefallen und aufwendig, so als gäbe es etwas Besonderes zu feiern?
Es gab nichts zu feiern. Er hatte sich ein wenig erleichtert, das war alles. Kein Grund zur Aufregung. Kein Grund zur Panik. Zwischen ihnen lief ja schon lange nichts mehr. Warum, hatte sie ihn einmal gefragt? Weil sie ihn abtörnte, mit ihrem ewigen Leidensgesicht, ihren vorwurfsvollen Augen, ihrer Martini-Fahne und den verkrampften Muskeln. Weil er keinen mehr hochkriegte, wenn sie ihn so ansah. Darum. Aber das hatte er ihr nie zu sagen gewagt. Er war ja kein Unmensch.
Wo blieb sie nur? Gab es so viel, was weggeduscht werden musste? Aha, das Wasser wurde abgestellt. Aber nichts geschah. Womöglich legte sie sich schlafen, die Nacht war wohl anstrengend gewesen.
Aber sie war nicht dort gewesen. Oder hätte er in jedem dieser Drecksnester nach ihr suchen sollen? Hatte sie sich

versteckt? Nein. Sie war nicht dort gewesen. Sie wäre dazugekommen. Sie hätte sich eingemischt. Er hätte sie gesehen, da war er sich sicher. Ellen war nicht dort gewesen.

Und wenn er sich täuschte? Was hatte auf dem verdammten Zettel gestanden? »… bin im Tannenhof«? Was suchte sie im Tannenhof? Es wurde Zeit, dass sie sich ihm erklärte. Ihm Rechenschaft ablegte. Schließlich war sie seine Frau.

HP lauschte, doch selbst sein übersensibles Nervenkostüm konnte keine Bewegung, keine Regung im Haus orten. War sie wieder gegangen? Ließ sie ihn hier liegen wie einen verprügelten Hund? Ja, aber war er denn etwas anderes? War er nicht ein alter Narr, der sich wie ein Pennäler benommen hatte? Oder wurde es Zeit, dass hier in diesem verweichlichten Land endlich mal wieder ein richtiger Mann aufstand und in seiner Familie für Ordnung sorgte?

HP sank zurück in die Kissen. Was für ein Unsinn. Er wurde alt. Und Ellen war noch nicht einmal vierzig. Welches Recht hatte er, der seit Jahren nicht mehr mit seiner Frau schlief, ihr Vorhaltungen zu machen, wenn sie sich anderswo umsah?

Aber er konnte es sich einfach nicht vorstellen. Ellen. Seine Ellen. Die ohne ihn derart hilflos war, dass es ihm seit langem schon auf die Nerven ging? Ausgerechnet sie sollte losziehen und sich einen Geliebten nehmen? Wie zum Teufel kam sie ausgerechnet auf Arnold Degen? Wie lange lief das schon, vor seinen Augen, und er war zu blöd, um richtig hinzusehen?

Ach was, sollte sie doch zu ihm gehen. Mit Sack und Pack. Sie würde schon sehen, wie weit sie ohne ihn kam. Wenn er erst einmal die Scheidung einreichte, dann käme sie wieder angekrochen, auf allen vieren. Es war etwas ande-

res, als gelangweilte Architektengattin sich einen Geliebten zu nehmen oder als geschiedene Frau zu sehen, wie man sich durchschlug. Ohne abgeschlossenes Studium. Ohne eine Ausbildung. Degen war nicht der Mann, der ihr diesen Lebensstandard bieten konnte. Der musste sehen, wie er selbst über die Runden kam. Und eines war sicher: Er würde dafür sorgen, dass er keine Aufträge mehr erhielt. Nichts mehr mit Kunst am Bau und öffentlichen Aufträgen, ein Wort von ihm und Arnold Degen war persona non grata im ganzen Landkreis.
Aber HP wusste genau, er fühlte es, auch wenn er es nicht wahrhaben wollte, dass all diese kleinen persönlichen Rachen ihn nicht befriedigen würden, dass sie eines nicht überdecken könnten, nämlich wie elend er sich fühlte, wie alt und ausgebrannt, wie enttäuscht und verletzt, am Ende. Ja. Er war am Ende. Er hatte gesehen, was auf ihn wartete, heute Nacht, im Fluss. Und gerade, als diese Kälte ihn wieder umschloss und den Atem nahm, als die Verzweiflung ihn an der Kehle packte, da hörte er ihre Schritte, rasch und sicher näherten sie sich seiner Tür, es klopfte zweimal, »HP?«, rief sie, und schon war sie da.
Ellen. Und doch nicht Ellen. Eine Ellen, die er sich vor Jahren einmal gewünscht hatte. Die aber einen anderen Mann gebraucht hatte, um endlich zu erscheinen.

27

Ich verlasse dich«, sagte Ellen.

Sie war selbst am meisten überrascht. Sie hatte das nicht geplant. Vielmehr hatte sie überlegt, wie sie eine Konfrontation vermeiden konnte. Sie war nicht der Typ für Konfrontationen. Aber jetzt war es heraus. Und sie war erleichtert darüber.

Ich verlasse dich.

Die drei Worte schienen im Zimmer zu schweben, glasklar, wie die Zauberformel in dem Märchen, in dem die Prinzen und Prinzessinnen zu Stein erstarrt waren und sich nun wieder regen konnten. Ich verlasse dich. Es war ganz einfach.

Was nun folgte, war offenbar das notwendige Übel. Es schien ihr wie der Abspann eines Filmes, der sie nicht mehr interessierte. Und was sie am meisten erstaunte, war, dass ihr tatsächlich gelang, was sie sich vorgenommen hatte: All die Worte, denen es früher gelungen wäre, sie bis ins Mark zu verletzten, bis in ihren Grundfesten zu erschüttern, die sie geglaubt und für bare Münze genommen hätte, perlten nun an ihr ab, wie das Wasser eines Regengusses. Und gleichzeitig begriff sie auf einmal, was sich hinter diesen harten Worten eigentlich verbarg, nämlich verletzter Stolz und panische Angst vor der Einsamkeit.

Und da tat er ihr sogar fast ein bisschen leid.

Als er beim Thema Geld angekommen war, drehte sie sich um und ging. Sie war ohne Geld gekommen, wenn es sein musste, würde sie auch ohne einen Pfennig gehen. Doch das, so beschloss sie, sollten die Anwälte prüfen.

Sie war schon wieder in ihrem Zimmer, um das Notwendigste an Kleidern einzupacken, als er plötzlich hinter ihr stand. Ellen erschrak. Dann sah sie in seine Augen und erkannte die Verzweiflung darin.

»Wo gehst du hin?«, wollte er wissen. »Etwa zu ihm?«

Auf einmal war es Ellen, als nehme sie ihn zum ersten Mal so wahr, wie er wirklich war, und ein großer Schmerz erfasste sie. Dass es all die leeren Jahre gebraucht hatte, so viele gegenseitige Verletzungen und Demütigungen, um sich endlich so gegenüberzustehen, ohne Rolle, ohne Masken, nackt und bloß. Und so, wie sie ihn jetzt vor sich sah, so verletzlich, so schutzbedürftig, fand sie ihn auf einmal wieder liebenswert, und sie dachte: ›Vielleicht haben wir ja doch noch eine Chance?‹ Aber im selben Moment erinnerte sie sich an jenen Tag vor fast zwanzig Jahren, als sie ihn schon einmal verlassen hatte und auf sein Bitten hin zurückgekommen war, und ihr wurde klar, dass dies nicht die Lösung war. Es würde immer so weitergehen. Er wollte sie, wenn sie sich von ihm löste, und verachtete sie, wenn sie zu ihm zurückkam. Vielleicht weil er tief in seinem Innern gar nicht glauben konnte, dass jemand, der bei ihm blieb, mehr sein konnte als eine Versagerin.

Denn dies genau war das Wort, das stets zwischen ihnen geschwebt war, unausgesprochen und darum umso zerstörerischer. Er hatte sie als Versagerin gebrandmarkt, und sie war zu einer geworden. Doch das war jetzt vorbei. Ellen schaute in das zerschlagene, verzweifelte Gesicht ihres Mannes und sagte:

»Nein. Ich gehe nicht zu Arnold. Ich ziehe in den Tannenhof.«
Schloss ihre Tasche und ging an HP vorbei aus dem Zimmer.

Als Valentin an diesem späten Sommernachmittag das Fabrikgelände betrat, vergaß er für einen Moment die Anwesenheit der Kugel, die nach all den Jahren des Innehaltens wieder in Bewegung geraten war. Er ahnte, es war nur eine Frage der Zeit, bis sie ins Zentrum seines Herzens vorstoßen würde. Sein Herz eine tickende Uhr, deren Werk bald abgelaufen war.
Doch beim Anblick der Heißluftballons, die sich im Fabrikhof aneinanderdrängten wie Jungvögel, die auf ihren ersten Flugversuch warten, vergaß er das Ticken und Wandern tief in seiner Brust. Lautes Zischen erfüllte das Gelände, überlagert von Rufen. Valentin erkannte Paul Sontheim, Agnes' Bruder. Sein Ballon war unter den vordersten, und seine Stimme übertönte die der anderen.
Auf einmal reckte sich Pauls Ballon noch ein wenig höher auf. Leinen wurden gehalten und locker gelassen, ein mächtiges Fauchen ertönte, als würde ein leibhaftiger Drache zum Leben erwachen, und dann schwebte er senkrecht auf, sein Korb nun auf Höhe der anderen Ballons, jetzt über ihnen, die Leinen wurden losgelassen, und dann war Paul unterwegs in das Blaue des Himmels. Und schon folgte ihm der nächste, weiß mit roten Tupfen, mit heller Flamme wurde die in der Nylonhülle gefangene Luft erhitzt, und er schoss empor. Ebenso der dritte, der vierte, wie eine bunte Armada der Lüfte erhob sich in fließendem Rhythmus ein Ballon nach dem anderen aus dem Hof hinauf in das sich abendlich färbende Sommerblau.

Die Köpfe in den Nacken verfolgten die Zurückgebliebenen diese Himmelsfahrt, aus Funkgeräten schnarrten Bemerkungen von den Luftfahrern herunter zu ihrem Bodenpersonal, das sich bald auf den Weg machen würde, um die Kollegen einzusammeln, dort, wohin der Wind sie trug.
Valentin sah sich nach seinem Hochseil um. Die Männer hatten es abgespannt, Seil und Masten lagen auf einen Haufen geworfen.
»Hier geht es ja schneller zu als in einer Zirkusmanege«, sagte er zu seinem Freund, dem Clown, »eine Nummer jagt die nächste.«
Der rieb sich die Hände, sprang von einem Bein auf das andere und starrte den Ballons hinterher.
»Ach«, jammerte der Clown, »glaubst du, einer wollte mich mitnehmen?«
»Wieso sind die alle vom Hof aus gestartet?«, wollte Valentin wissen. »Auf den Wiesen dort hinten ist doch Platz genug.«
»Weil das eine Generalprobe war«, machte der Clown sich wichtig. »Für morgen. Da machen die das nämlich mitten in der Stadt. Wenn dieser neue Geldzirkus eingeweiht wird. Du weißt schon. Die Bank.«
Valentin schüttelte den Kopf.
»Wo soll das sein?«
»Auf dem Michaelisplatz. Ja. Da staunst du, was! Und weil es da so eng zugeht wie hier«, fuhr der Clown fort, »darum wollte Paul das heute mal ausprobieren.«
»Und mein Seil war im Weg.«
»So ist es, Kollege.«
Valentin nickte. Fühlte wieder das kalte Metallstück in seiner Brust. Wie es aussah, würde er das Seil nicht mehr brauchen.

»Weißt du was«, sagte er zu dem Clown. »Wenn ich einmal nicht mehr bin, dann gehört es dir. Und all der andere Krempel auch.«
Sein alter Freund winkte ab.
»Unkraut vergeht nicht«, sagte er, »ich verwette meine rote Nase dafür, dass du mich noch überlebst.«
»Hilfst du mir, es einzupacken?«
»Warum bauen wir es nicht wieder auf?«
Valentin sah ihn an. Kratzte sich am Kopf. Blickte in den Himmel. Lächelte. Denn er hatte eine Idee. Sollte die Kugel ruhig wandern und irgendwann ihr Ziel erreichen. Es würde seine Abschiedsvorstellung sein. Und mit ein bisschen Glück würde er nicht im Bett sterben oder mitten im Gespräch einfach umfallen. Mit ein bisschen Glück würde er einen Abgang machen, der seiner würdig wäre.
»Ja«, sagte er. »Lass es uns neu spannen. Aber nicht hier. Ich habe eine ganz andere Idee. Hilfst du mir?«

Ellen verließ das Haus nicht, ohne in Coras Zimmer nachzusehen, aber ihre Tochter war nicht da. Sie wunderte sich nicht. Es war ein strahlender Samstagmittag, Cora hatte sicher etwas Besseres vor. Sie setzte sich auf das Bett ihrer Tochter, blickte sich im Zimmer um und versuchte, es mit Coras Augen zu sehen. Sie sah Raoul, überlebensgroß warf er ihr einen letzten, unendlich währenden Blick über die Schulter zu. Was wusste sie von ihrer Tochter? Dass sie ihren Stiefbruder geliebt hatte wie niemanden sonst? Dass sie mit seinem Tod nicht zurechtkam wie keiner sonst hier in diesem Haus?
Ellen stand auf und betrachtete die Zeichnungen an der roten Wand. Dafür also hatte Cora die Tusche gebraucht. Sah sie sich so? So zornig und böse?

»Es wird Zeit, dass es wieder ein Feuer gibt«, las sie in einer Sprechblase. »Die Flammen werden alles verbrennen.«
Galt das für die Vergangenheit? Durchlebte Cora den Unfall immer wieder neu? Oder war die Zukunft damit gemeint? Die Antwort erschien ihr auf dem letzten Blatt, das Cora an die Wand geheftet hatte. Eine Stadtansicht, fast so, wie sie sich Ellen vom Hochhaus aus präsentiert hatte. Darüber schwebte ein Heißluftballon, in dem Menschen standen und nach unten sahen. Ellen erkannte die Züge von HP, der sich am weitesten aus dem Korb beugte. Unter ihnen unverkennbar der Turm der Michaelskirche und das neue Bankgebäude. Und aus dem schlugen Flammen so hoch, dass sie fast den Ballon in Brand setzten.
Ein Feuer. Es wird alles verbrennen. Was ging nur in Coras Kopf vor?
Ellen trat noch etwas näher. Das Bankgebäude hatte große Ähnlichkeit mit dem Turm zu Babel. Da war ein Detail, das ihr bislang entgangen war: Oben auf dem Turm, mitten in den Flammen, stand eine einsame Gestalt. In einem langen Kleid. Mit wehenden Haaren. Cora.
Ellen begriff schlagartig, dass sie wieder kurz davor stand, etwas zu versäumen. Dass ihre Tochter Hilfe brauchte, sollte sich die Katastrophe nicht wiederholen. Und sie dachte daran, wie sie selbst auf dem Hochhaus gestanden hatte, gerade so, als sei das in einem anderen Leben gewesen. Damals war Valentin dagewesen. Wer würde anwesend sein, wenn Cora Hilfe brauchte?
Sie fuhr hinaus zur Papierfabrik und wusste nicht so recht, was oder wen sie dort suchte. Sollte sie mit Arnold über Cora sprechen?. Aber warum ihn damit belasten? Er hatte selbst Töchter, die ihm Rätsel aufgaben. Um

Cora musste sie sich selbst kümmern, doch wo steckte sie?
Gerade als sie den Wagen wenden wollte, entdeckte sie Valentin, der mit einem anderen Mann eine Kiste schleppte. Sie hielt an und stieg aus.
»Ellen«, rief Valentin. »Du kommst wie gerufen. Eben habe ich mir den Kopf darüber zerbrochen, wie wir all diese Kisten zur Kirche transportieren können.«
»Zur Kirche?«, fragte Ellen verblüfft.
»Ja«, rief der andere Mann aufgeregt, »unser Freund wird dort eine ganz besondere Andacht halten.«
»Hör nicht auf ihn«, sagte Valentin und strahlte sie an. »Was meinst du, passen all die Sachen in dein Auto?«

Adrian war sich sicher, dass sie nicht mehr nur so tat, als ob, sondern tatsächlich eingeschlafen war. Er hatte mehrmals ihren Namen gerufen, erst leise, dann lauter, hatte mit den Fingern geschnalzt und ein wenig vor sich hin gepfiffen, doch sie rührte sich nicht. Offenbar war Cora schrecklich erschöpft, denn ihr Schlaf glich einer tiefen Ohnmacht, und würde sich nicht ihr Brustkorb in regelmäßigen, tiefen Zügen heben und senken, so hätte Adrian Sorge, ob sie wohl überhaupt noch am Leben war, so bleich und wächsern war ihr Gesicht.
Er war verzweifelt. Wusste, dass nur er ihr helfen konnte, hatte aber keine Ahnung, wie er das anstellen sollte, ohne sie zu verraten. Sie hatte ihn mit seinem Schwur gebunden und ihm die Lippen versiegelt. Er brauchte Rat. Doch von wem?
Finnegal pflegte in solchen Fällen zum Orakel zu gehen, einem unheimlichen Wesen, das in einer Felsspalte hauste und immer die passende Lösung wusste. Aber im wirklichen Leben kannte er kein Orakel, und der Einzige, der

zwischen Felsen eine heimliche Heimstatt hatte, war er selbst.
Er zupfte Coras Schlafsack zurecht, damit sie nicht fror. Holte sein Notizbuch hervor, zeichnete sich selbst in Finnegals Gestalt, fügte eine Sprechblase hinzu: »Erlege uns nur kurz ein paar Wildschweine. Bin bald wieder zurück!«
Er konnte nicht einfach so ruhig in der Höhle sitzen und zusehen, wie die Zeit zerrann. Er musste etwas unternehmen, auch wenn er keinen Schimmer hatte, was. Er fuhr zur Papierfabrik, in der vagen Hoffnung, seinen Vater allein anzutreffen, doch dort war alles wie ausgestorben. Pauls Atelier war leer, und Adrian kam die Stille, die auf dem gesamten Areal herrschte, unheimlich vor, wie die Ruhe vor einem großen Sturm.
Er fuhr in die Stadt, wie ein überdimensionaler Magnet zog ihn das Bankgebäude an. Ein Lieferwagen hielt am Seiteneingang, dort lud jemand gerade ein großes Blumenarrangement aus. Es waren weiße Orchideen, wie bei der Beerdigung seiner Großmutter, und Adrian lief es kalt den Rücken hinunter. Er ging zu den Treppen, die zum Turm der Michaelskirche emporführten, setzte sich auf eine Stufe, legte den Kopf in den Nacken und starrte die Fassade des Neubaus hinauf, als sei in ihr die Lösung seines Problems verborgen.
Dann hörte er Stimmen hinter sich. Das Schlagen einer Autotür. Schritte. Er drehte sich nicht um. Eine Gestalt schob sich vor ihn hin, verdeckte ihm die Sicht auf das Bankgebäude.
»Entschuldigung«, sagte die Stimme einer Frau, »vielleicht könnten Sie uns helfen? Wir haben da ein paar schwere Kisten zu tragen.«
Helfen, dachte er. Als sei hier auf dieser Erde irgend-

jemandem wirklich zu helfen. Dennoch stand er auf. Trotz seiner Igelfrisur war er einfach viel zu gut erzogen. Dafür hatte seine Großmutter gesorgt, nicht seine Mutter, nicht sein Vater.
»Ja klar«, sagte er.
Erst da erkannte er die Frau. Es war Coras Mutter.

SIEBTER TAG

28

Als der neue Tag anbrach, saß Valentin auf dem Dachfirst der Michaelskirche und sah zu, wie das Städtchen langsam erwachte. Hätte ihn jemand dort oben sitzen sehen, vielleicht hätte er gedacht, er sei einer jener übrig gebliebenen Selbstmörder, der in der Nacht den Mut nicht aufgebracht hatte zu springen.

Doch Valentin dachte nicht ans Springen. Er dachte an Agnes, jene Zauberin, der es gelungen war, die Kugel aus ihrem Schlaf zu wecken. Wüsste er, wo sie sich befand, dort hinten nämlich, wo der Horizont sich dunkel färbte und das Wäldchen den Tannenhof verbarg, könnten seine Augen so weit reichen, die Entfernung überbrücken und durch Wände sehen, er würde beobachten, wie sie eben die Augen öffnete, so als weckte sie ein Paukenschlag.

Es war Sonntag. Der Tag der Einweihung. Ihr letzter Arbeitstag. Und wäre Valentin Gott und könnte ihre Gedanken lesen und ihren Herzschlag hören, er würde begreifen, dass es ihr eigenes Herz war, der diesen Paukenschlag zustande gebracht hatte, ihr Herz, das nun auf geheimnisvolle Weise mit dem seinen korrespondierte.

Aber Valentin war nicht Gott. Und so konnte er nicht sehen, wie Agnes aus dem Bett sprang, während Ellen im Zimmer nebenan auffuhr und gleichfalls hätte schwören können, dass eine Art Paukenschlag sie geweckt hatte.

Augenblicklich wurde ihr bewusst, dass sie noch immer nichts unternommen hatte, um Cora zu helfen.
»Helfen – wobei«, fragte sie sich, und ihr wurde wieder einmal klar, dass sie nichts über ihre Tochter wusste. Nicht einmal, wo sie sich augenblicklich befand.
Sie schlug die Decke zurück und sprang mit einem Satz auf beide Füße, stellte sich unter die Dusche und drehte den Regler auf kalt. Sie hatte diesen Jungen gefragt, ob er wisse, wo ihre Tochter sei, und sich schlecht dabei gefühlt, weil eine Mutter das eigentlich selbst wissen sollte. Das alte Gefühl der Unzulänglichkeit und Schuld nagte an ihr, doch dann fiel ihr ein, was Valentin gesagt hatte. Dass Cora zu jener Art Menschen gehörte, die ihre Erfahrungen selbst machen müssten und dass keine Macht der Welt, schon gar nicht sie, dies verhindern konnte.
Als sie schließlich in die Küche ging, um das Frühstücksbuffet für die Gäste vorzubereiten, kamen ihr die Sorgen um Cora mit einem Mal übertrieben vor. Ihre Tochter hatte ein brennendes Hochhaus gezeichnet. Na und? Dennoch beschloss Ellen, so bald wie möglich nach Hause zu fahren. Sie wollte Cora selbst sagen, dass sie und HP sich trennen würden.
Ellen machte sich keine Hoffnungen, dass Cora sich dazu entschließen würde, zu ihr in den Tannenhof zu ziehen. Sie beide hatten nie ein inniges Verhältnis zueinander entwickelt. Das tat noch immer weh. Ellen atmete tief durch. Und während sie Käse aufschnitt und Platten mit Lachsschinken und Putensalami belegte, tiefgefrorene Croissants in den Ofen schob und Obst in Stücke schnitt, versuchte sie sich an diesen Gedanken zu gewöhnen. Sie würde ein neues Leben beginnen, ohne Cora und ohne HP. Hatte sie es nicht bereits begonnen?

Auch Adrian erschien es wie ein Paukenschlag, als endlich wieder Leben in Cora kam, sie mit einem Ruck die Augen öffnete und ihn hellwach ansah, so als habe jemand während der Nacht die Stromzufuhr zu einer Mechanik unterbrochen und nun wieder aktiviert.

»Wo warst du?«, wollte sie wissen.

»Ich … war hier«, stotterte Adrian.

»Nein«, sagte Cora streng, »ich bin aufgewacht, und du warst nicht da.«

»Ich hatte Hunger«, sagte er schuldbewusst, und wie um das zu beweisen, schob er ihr ein Stück erkaltete, gummiartige Pizza hin, die er gestern für alle Fälle mitgebracht hatte. Cora ignorierte es.

»Du hast doch mit keinem darüber gesprochen?«

Er schüttelte den Kopf. Das war nicht gelogen. Den Fragen ihrer Mutter war er geschickt ausgewichen. Dann hatte er geholfen, ein Seil zu spannen. Und das war schließlich nicht verboten.

Es war ziemlich einfach gewesen. Die Tür zum Bankgebäude stand offen, der Blumenmann war damit beschäftigt, diese Friedhofsgebinde ins Foyer zu tragen, da war Adrian mit hineingeschlüpft. Den Weg aufs Dach kannte er, den Schlüssel für die Feuertür, den Cora Agnes abgeschwatzt hatte, steckte noch in seiner Tasche. Oben auf dem Dach angelangt, brauchte er nur noch die Hanfleine, die Valentin zuerst über seinen Kopf hatte kreisen und dann mit einer unglaublichen Präzision zu ihm hinübergeworfen hatte, aufzunehmen und festzuhalten, bis der Seiltänzer zu ihm herübergekommen war. Dann war er entlassen. Er hatte noch eine Weile zugesehen, wie der Akrobat das schwere Stahlseil, das an der Leine befestigt war, Meter für Meter herüberholte und damit eine Verbindung zwischen dem Turm der Michaelskirche und dem Dach des Bankgebäudes schuf.

Ob er Cora davon erzählen sollte? Besser nicht. Schließlich hatte er auch Valentin das Versprechen gegeben, Stillschweigen zu wahren.

Cora erhob sich. Inzwischen war die verschmierte Schminke in ihrem Gesicht verblasst und hinterließ nur noch dunkle Flecken um ihre Augen und auf den Wangen. Ihre Hochsteckfrisur hatte sich teilweise aufgelöst, verfilzte Haarsträhnen fielen ihr über den Rücken. Sie sah fürchterlich aus. Und dennoch besaß sie mehr Würde als alle Mädchen in Adrians Schule zusammen. Sie betrachtete die bemalten Wände.

»Ich werde hierher zurückkommen«, sagte sie, »wenn alles vorbei ist. Und eine Weile bleiben. Hast du was dagegen?«

Adrian hatte nichts dagegen. Die Vorstellung machte ihn glücklich.

»Dann lass uns meine Sachen holen« fuhr Cora fort, »viel Zeit bleibt uns nicht.«

Nein, Valentin war nicht Gott. Er blickte über die Stadt, sah und fühlte ihr Erwachen, folgte dem glitzernden Band des Flusses bis hinunter zur Papierfabrik, nahm dort Menschen wahr, winzig wie Ameisen, die den Hof überquerten und Dinge taten, die er nur erraten konnte. Er folgte dem Lauf des Flusses weiter und erkannte die Ausläufer des Steinbruches. Hätte er genau hingesehen, dann wäre ihm vielleicht ein dunkler Punkt aufgefallen, der sich deutlich von dem hellen Gestein abhob und langsam aber stetig in Richtung Stadt bewegte. Doch so genau sah Valentin nicht hin. Und obwohl er mit einiger Faszination die Bahn der ersten Autos verfolgte, die sich an diesem Morgen durch das Gewirr der Straßen und Gassen der Innenstadt bewegten, so erkannte er doch nicht Ellens schwarzen Golf, den sie die Landstraße entlang und am Gelände der Papierfabrik vorbeisteuerte, die Brücke über den Fluss nahm und sich der Anhöhe näherte, auf dem das bunte Würfelhaus des Architektenehepaars Sternberg lag. Valentin bemerkte durchaus, dass die Bewegungen der wenigen Menschen, die an diesem Sonntagmorgen zu Fuß oder mit einem Gefährt unterwegs waren, einer geheimen Ordnung zu folgen schienen, doch war er außerstande, sie zu begreifen. Und darum wusste er nicht, dass im Haus des Architekten eine neue Ära angebrochen war, dass diese Ära einen Namen hatte, ein Gesicht und einen Körper, der sich sehen lassen konnte. Und kundige Hände, die dafür sorgten, dass HP Sternberg sich dem heutigen Tag mit Anstand und Würde stellen konnte.

Im Kirchturm begann das Geläut, das die Menschen zum Gottesdienst rief. Valentin legte sich rücklings auf den First, schloss die Augen, nahm die Vibrationen des vielfältigen Glockenklangs mit seinen Tönen und Obertönen in sich auf. Die Kugel, die während der Nacht zum Stillstand gekommen war, machte einen winzigen Ruck. Feine Schmerzlinien zogen sich von seinem Herzen in den linken Oberarm, hinauf zu seinem Hals, erglühten und vergingen. Sie würden wiederkehren. Und ihm sagen, wann es Zeit war, das Seil zu betreten.

HP Sternberg hatte einen denkwürdigen Samstagabend verlebt, der ihm später als vollkommen unwirklich in Erinnerung bleiben würde. Ellen war gegangen, er hatte eingesehen, dass weder Schreien half noch das Zertrümmern der Einrichtung, denn es war niemand mehr da, der es zur Kenntnis nehmen würde.

Er war allein.

Das Gefühl kehrte zurück, das ihn am Morgen im Fluss überfallen hatte, jenes Gefühl der Einsamkeit, vollkommen und unabänderlich, und ein Entsetzen, das er nicht einmal in seinen ärgsten Träumen erfahren hatte, fuhr ihm durch alle Glieder und machte es ihm unmöglich, sich zu rühren. So blieb er einfach stehen, wo er war, zwischen Esszimmer und Küche, wie lange er hier verharrte, wusste er später nicht mehr. Als ob die ganze Welt in Scherben ging, wenn er sich jetzt bewegte. Als ob er selbst in Scherben ging, oder das Bild, das er von sich hatte. Aber dann, irgendwann, bewegte er sich doch, und tatsächlich ging etwas zu Bruch, oder besser: Etwas löste sich von ihm wie eine zu eng gewordene Haut. Mit jedem Atemzug, den er tat, verschwand das Entsetzen ein kleines bisschen mehr und zum Vorschein kam, nachdem all der Ballast nach und nach von ihm abfiel, ein anderer HP, einer, der sich jung fühlte und plötzlich wieder seine Kraft spürte. Denn er war frei.

Er tat ein paar Schritte, und da war ihm, als wäre alles leichter, gerade so, als hätte er endlich jene viel zu großen Stiefel im Morast seiner Vergangenheit stecken und hinter sich gelassen. Das, was ihm gerade noch ausweglos erschienen war, als Endstation und Sackgasse, aus der er ohne fremde Hilfe niemals selbst herausfinden würde, öffnete sich ihm als eine Landschaft voller Möglichkeiten.

Und auf einmal war er Ellen dankbar. Hatte sie ihn doch losgesprochen von aller Verpflichtung, aller Bürde und Verantwortung. Von aller Schuld.

Tatsächlich auch von der Schuld?

Zweifel wollten sich melden, wollten ihn wieder verbannen in den Sumpf und in die zu großen Lederstiefel, hier ist dein Platz, schien ihm diese Stimme zu sagen, wieso glaubst du, dich einfach davonmachen zu können? Da ist

dieser Tote, und es ist noch lange nicht geklärt, ob du ihn nicht doch umgebracht hast, und da ist deine Tochter, und da ist verdammt noch mal der Neubau, den du morgen feiern wirst, so sehen also deine großen Optionen aus – von Freiheit keine Spur.
HP sah sich um. Er betrachtete das Haus, in dem er lebte, seit langem wie zum ersten Mal. Er ging durch die Räume und Trakte und wunderte sich, wie er es in diesem Irrgarten nur hatte aushalten können, der darauf ausgelegt war, dass die Menschen, die in ihm lebten, sich so wenig wie möglich begegnen mussten. Doch auch das musste nicht mehr sein. Keine einzige Nacht würde er noch unter diesem Dach verbringen. Und gerade, als er in seinen Würfel stürmte, den Koffer suchte und fand und mit Kleidungsstücken füllte, da hörte er, nein, er fühlte eine Gegenwart hinter sich.
Cora, dachte er und sagte: »Wie gut, dass du da bist! Ich muss dir etwas Wichtiges sagen …«, doch als er sich umdrehte, war da nicht Cora, sondern diese Putzfrau mit dem herrlichen Haar und den slawischen Wangenknochen, und sie sagte: »Du musst gar nichts sagen. Ich weiß doch schon alles.« Und wie genau es danach weiterging, das wusste er später nicht mehr zu sagen, ob er sie zuerst oder sie ihn geküsst, jedenfalls fand er sich wenig später mit dieser Frau splitternackt zwischen ihren verstreuten Kleidungsstücken auf dem Fußboden wieder, in grotesker Verklammerung und viel zu schnell ejakulierend, so dass er sie, als er wieder zu Atem kam, aufhob und zum Bett trug und ihr und sich selbst zur Beruhigung sagte, dass er seit ziemlich genau einem Jahr keinen Sex mehr gehabt hatte, und all das Versäumte, das holte er jetzt nach, ohne nur einen Ansatz von schlechtem Gewissen, das ihn all die Jahre um das Beste gebracht hatte.

Darüber war es Nacht geworden. Darüber war er weggenickt und unter ihrer streichelnden Hand wieder aufgewacht, hatte noch mehr nachgeholt und war in einen tiefen, traumlosen Schlaf gesunken. Darüber war es Morgen geworden, und etwas, wie ein Paukenschlag, weckte ihn auf.

29

Wäre Ellen nicht im letzten Moment zum Friedhof abgebogen, sich an den Todestag ihres Sohnes erinnernd, dann hätten Adrian und Cora nicht vor ihr das Architektenhaus am Hügel erreicht.

Cora hätte nicht unbemerkt und mit Methode eine Sporttasche mit ihren Sachen füllen können und eine zweite mit all den Dingen, die Raoul ihr hinterlassen hatte, plus der Zeichnungen und dem Stapel mit dem Deckblatt: »Das Lied von der unsterblichen Liebe«. Sie hätte Adrian nicht, das Mofa voll beladen mit all den Sachen, unbemerkt zurück in den Steinbruch schicken und sich selbst, nachdem sie sich im Spiegel gesehen hatte, in die Badewanne legen und damit alle Spuren ihres zweitägigen Abenteuerlebens vom Leib waschen können. Was sich allerdings nicht abwaschen ließ, war das abgrundtiefe Gefühl der Verlorenheit, seitdem die Erinnerung zurückgekehrt war und sie wusste, was damals, heute vor einem Jahr, passiert war. Dass sie ihren Bruder umgebracht hatte und für immer dafür büßen würde.

Cora schloss die Augen und wünschte sich, sie wäre Herrin über die Zeit und könnte das Rad um genau ein Jahr zurückdrehen. Sie glitt ein Stück tiefer in das warme Badewasser, bis es ihre Ohren schloss, und lauschte auf das tiefe Rauschen in ihr. Einen Moment lang glaubte sie Raouls Stimme zu hören. Was wollte er ihr sagen? Dass alles gut werden würde, so wie er es so oft gesagt hatte? Dass es alles eine Frage der Perspektive sei und dass Glück und Unglück nur in unseren Köpfen existierte? Und wenn dem so war, was konnte sie tun, um ihr Unglück aus ihrem Kopf herauszukriegen?

Vor ihren geschlossenen Augen tanzten die Flammen. Es gab nur einen Weg. Es hatte mit den Flammen begonnen und musste mit ihnen enden.

Und doch. An diesem Morgen, ein Jahr nach Raouls Tod, fühlte sie eine Schwäche in sich wie nie zuvor in ihrem Leben. Gedanken stahlen sich in ihren Kopf, für die sie sich augenblicklich schämte: Was, wenn sie alles Ellen erzählte. Nicht der blassen Ellen in den beigefarbenen Kleidern mit der verschwindenden Stimme, sondern der neuen Ellen, die kam und ging und nicht mehr zu berechnen war? Was, wenn sie sich ihr anvertraute, vielleicht gab es doch einen anderen Weg? Vielleicht musste sie ja gar nicht durch diese Feuerprobe hindurch und verschwinden und ein ewiges Leben lang allein sein?

Sie erhob sich, fühlte, wie das Wasser an ihrem Körper entlang nach unten lief und die Wärme aus ihr wich. Sie trat aus der Wanne, rubbelte sich trocken, schlüpfte in ihren Bademantel und schlang einen Turban um ihr nasses Haar. Sich jetzt einfach ins Bett legen und drei Tage lang schlafen. Und dann wäre sowieso der ganze Spuk vorbei.

Es klopfte. Es war tatsächlich Ellen, die ihren Kopf zur Tür hereinstreckte.

»Bist du schon auf?«

Cora antwortete nicht. Trotz dunkler Augenringe sah ihre Mutter gut aus. Es war, als sei sie aus einer Totenstarre erwacht und führte auf einmal ein Leben. Etwas zog und riss in Coras Brust, und sie hatte auf einmal Angst, in Tränen auszubrechen. In Tränen! Das war doch wohl unmöglich. Brüsk wandte sie sich ab, damit Ellen es nicht wahrnahm. Und so bemerkte sie nicht, wie ihre Mutter sich im Zimmer umsah, erleichtert, die Zeichnungen nirgendwo mehr entdecken zu können. Und eben, als Cora Luft holte, um etwas zu sagen, was, das wusste sie gar nicht so genau, etwas, was sie noch nie gesagt hatte und möglicherweise auch nie mehr sagen würde, etwas, das die Kraft haben könnte, den Panzer zu durchbrechen, die Brücke zu bauen, das Eis zu schmelzen, genau in dem Moment, als sie bereits ihre Lippen öffnete, um Worte zu formen, die man von ihr noch nie gehört hatte, da kam ihr Ellen zuvor.

»Ich muss dir was sagen«, begann ihre Mutter. »Ich verlasse HP. Du sollst es als Erste erfahren, Cora, und zwar von mir. Ich ziehe noch heute aus.«

Cora hielt den Atem an. Dann schloss sie ihre Lippen zu einem schmalen Strich und ließ die eingeatmete Luft aus ihrem Körper weichen. Die Worte, die ungesagten, ließen Cora einen Augenblick lang schwindelig werden, dann war auch das vorbei.

»Und du«, fuhr Ellen fort, »du kannst in Ruhe entscheiden, wo du in Zukunft leben möchtest. Ob du lieber hier bleiben oder zu mir kommen willst. Aber dafür haben wir noch eine Menge Zeit.«

Eine Menge Zeit, dachte Cora, und ihre Miene verschloss sich wieder, du hast ja keine Ahnung, wie recht du damit hast.

Sie stellte fest, dass sie sich wieder einmal geirrt hatte: Statt sich nach und nach aufzulösen, war ihre Mutter in den letzten Tagen immer realer geworden, während sie selbst das Gefühl hatte, sich mehr und mehr zu verlieren. Doch je mehr sie sich verlor, desto mehr übernahm Cora-Zwei das Ruder, die es zum Glück noch gab. Und darum kam es auch nicht in Frage, ihrer Mutter etwas Nettes zu sagen. Der Augenblick der Schwäche verging, und Coras Züge wurden hart.

»Das wollte ich dir nur sagen«, fuhr Ellen fort, die noch nie Gedanken lesen konnte und es auch jetzt nicht vermochte und darum auch an diesem Morgen aus ihrer Tochter nicht schlau wurde.

Ellen stand auf. Sie sagte nicht, wohin sie ging. Sie sah Coras Gesicht und hatte keine Lust, sich Coras Häme anzuhören, mit der sie ihr neues Leben überschütten würde. Sollte sie doch fragen, wenn sie es wissen wollte. Doch Cora fragte nicht. Denn sie hatte ihre Entscheidung längst getroffen. Sie würde nicht mit ihrer Mutter gehen, egal wohin. Und sie würde auch keinen Tag länger hierbleiben, wo sie alles an Raoul erinnerte und an das, was passiert war. Sie würde aus dem Leben ihrer Eltern verschwinden, und so wie die Dinge jetzt standen, würde sie wohl keiner von beiden vermissen.

»Ich frage mich nur«, sagte sie endlich, als Ellen bereits an der Tür war, »warum ihr beide Kinder in die Welt gesetzt habt, wo ihr doch nicht einmal für euch selbst sorgen könnt.« Und damit traf sie ihre Mutter einmal mehr mitten ins Herz. Ellen dachte an jene Nacht der Leidenschaft, jene Nacht, nachdem HP sie zum ersten Mal eine Versagerin genannt hatte, ohne das Wort je auszusprechen, die Nacht, in der sie Cora zeugten.

»Ja«, sagte sie, die Hand an der Klinke, so als spräche sie zur Tür, »ich nehme an, damit hast du sogar ausnahmsweise recht.«

An diesem Morgen wartete kein Valentin vor ihrem Haus. Auch im Café Stadler, wo Agnes hoffte, ihn beim Frühstück anzutreffen, hatte man ihn schon eine Weile nicht mehr gesehen. Es kam ihr vor, als sei es eine Ewigkeit her, seit sie sich verabschiedet hatten, und dabei lag das keine vierundzwanzig Stunden zurück. Schließlich bezwang sie ihre Unruhe und beschloss, sich auf den heutigen Event zu konzentrieren. Es war ihr letzter Arbeitstag, und sie hatte sich vorgenommen, ihre Sache so gut wie möglich zu machen.

Hätte Valentin sich ein wenig vorgebeugt und den Michaelisplatz im Auge behalten, er hätte Agnes entdeckt, wie sie nach ihm suchte. Stattdessen widmete er sich mit Hingabe der Thermoskanne Kaffee und der Tüte mit Croissants, die sein Freund, der Clown, mitgebracht hatte. Mit dem Rücken an den sonnenbeschienenen Stein des Turmes gelehnt, saßen die beiden alten Männer dort oben in luftigen Höhen und betrachteten die Mauersegler, die über ihnen Kreise zogen und immer weiter aufstiegen, bis Valentin sie nicht mehr von den winzigen schwarzen Flecken unterscheiden konnte, die seit ein paar Jahren vor seinen Augen tanzten, wenn er den Himmel betrachtete.

»Und?«, fragte der Clown auf einmal. »Wann gehst du hinaus?«

Valentin ließ sich Zeit mit der Antwort. Sah den Schwalben nach und ließ die Flecken tanzen, schloss die Augen und studierte die orange-goldenen Muster hinter seinen Augenlidern. Die Kugel hatte sich seit ein paar Stunden nicht mehr bemerkbar gemacht. Vielleicht würde sie sich an neuer Stelle einnisten und alles war nur falscher Alarm? Er wusste nicht, ob ihn der Gedanke erleichterte oder enttäuschte.

»Du wirst es schon nicht verpassen«, sagte er und aß noch ein Croissant.

Auf dem Weg in ihr Zimmer hielt Ellen einen Augenblick inne und lauschte, denn sie hatte keine Lust, HP in die Arme zu laufen. Doch alles war still. Schlief er noch? War er etwa schon unterwegs? Sie ertappte sich dabei, dass sie sich Sorgen um ihn machte. Er hatte jämmerlich ausgesehen gestern Abend. Sie wusste, wie hilflos er war. Wie sollte er den heutigen Tag überstehen? Müsste sie vielleicht nach ihm sehen?
Ellen rief sich zur Ordnung. Man verlässt seinen Mann nicht und schaut schon am nächsten Morgen nach, wie es ihm geht, sagte sie sich.
Die Küchentür stand weit offen, gerade so, wie sie sie gestern verlassen hatte. Und noch immer klebten Antipasti an Wänden und Bodenfliesen, verströmten einen säuerlich vergorenen Geruch. Kopfschüttelnd dachte Ellen, dass nicht einmal mehr auf Sandra, die seit Jahren wie ein Uhrwerk funktioniert hatte, Verlass war. Hatte sie ihr gestern nicht versichert, noch am selben Abend vorbeizukommen und nach dem Rechten zu sehen? Doch das alles ging Ellen jetzt nichts mehr an. Sollte sich HP mit Sandra herumschlagen, ihr war das egal.
In ihrem Zimmer sah sie sich um. Fragte sich, was sie mitnehmen wollte. Gab es denn irgendetwas aus ihrem alten Leben, das sie im neuen brauchte? Ihre Zeichnungen hatte sie immer gleich weggegeben, als seien sie nichts wert. Es reute sie nicht. Sie öffnete ihren Kleiderschrank. All die beigefarbenen Kleider wollte sie nicht mehr. Schließlich nahm sie Elviras Kiste, legte ein paar Kinderfotos von Cora hinein und die wenigen, die sie von Raoul besaß. Es hatte ihr gutgetan, an seinem Grab zu stehen an diesem Morgen. Etwas ging zu Ende. Und etwas Neues begann. So wandte sie sich zum Gehen. Am Montag würde sie den Anwalt anrufen. In dieses Haus aber kehrte sie nicht mehr zurück.

Cora schminkte sich so sorgfältig wie nie, und es war die Hand, die CoraZwei zum Leben erweckt hatte, die ihren Schminkstift führte, als sie den Schwung ihrer Brauen entschlossener, die Linie um ihre Augen sphinxhafter und die Kontur ihres Mundes kompromissloser nachzog. Am Ende glich sie CoraZwei bis aufs Haar, oder besser gesagt, sie war zu ihr geworden.
Cora schlüpfte in ihr Königinnenkleid. Kämmte ihr Haar so lange, bis es schimmerte. Dann sah sie auf die Uhr. Es wurde Zeit, ihren Vater zu wecken.

Ellen entdeckte den Smart ihrer Putzfrau, unverkennbar in Schwarz, Pink und Creme, erst, als sie den Wagen wendete. Wie immer hatte Sandra ihn auf dem halb verwachsenen Besucherparkplatz abgestellt. Ellen war derart erstaunt, ihn zu sehen, dass sie den Motor abwürgte. Sie saß da, hielt das Steuer umfasst und lief im Geiste noch einmal durch das Haus. Die beiden einzigen Bereiche, die sie nicht aufgesucht hatte, waren der Gästetrakt und HPs Reich. Im Gästetrakt war Sandra sicherlich nicht, Ellen konnte von ihrem Platz hinter dem Steuer aus sehen, dass die Rollläden heruntergelassen waren, seit einem Jahr waren sie es, und nur alle sechs Wochen ließ Sandra hier Luft herein und entfernte den Staub. Wo also war sie jetzt? Und auf einmal sah Ellen alles glasklar vor sich. Sah Sandra und HP und wusste genau, was geschehen war. Was gerade geschah. Was geschehen würde. Und dann musste sie auf einmal lachen, und wenn in diesem Lachen auch Schmerz mitschwang und Wut, es war nicht mehr wichtig. Das Einzige was zählte, war, dass sie sich keine Sorgen mehr zu machen brauchte, denn einer wie HP findet immer jemanden, der sich um ihn kümmert.

Und so, immer wieder aufs Neue in sich hinein lachend, ließ sie den Motor wieder an, fuhr den Hügel hinab und kam sich vor wie eine, die mit knapper Not einem großen Unglück entronnen war, wie jemand, dem ein anderer eine Riesenlast von den Schultern genommen hatte.

Der Paukenschlag, der HP Sternberg an diesem denkwürdigen Morgen aus dem Schlaf und auf die Füße riss, war Coras entschlossenes Pochen an seine Tür. Es war noch nicht verklungen, da stand sie auch schon im Zimmer. Schweigend und drohend wie ein Todesengel, das Gesicht so weiß wie nie, die Augen kalt wie nächtliches Eis. Sie betrachtete alles ganz genau. Das zerwühlte Bett und Sandras Nacktheit, die im gestreiften Morgenlicht, das durch die Jalousien gefiltert auf sie fiel, seltsam abstrakt wirkte und gleichzeitig vulgär. Sandra stellte sich tot, kniff entschlossen die Augen zu, so als könnte man sie dann nicht sehen. Coras Blick wanderte unbarmherzig weiter zu ihrem Vater, der splitternackt im Zimmer stand, die Hände wie zur Abwehr erhoben, so als stünde seine Tochter im Begriff, jeden Moment auf ihn zu schießen, wanderte seinen Körper hinunter und wieder hinauf, verweilte auf den Blutergüssen hier und dort und vor allem in seinem Gesicht, und als sie genug gesehen hatte – HP erschien es eine Ewigkeit, während der er nicht in der Lage war, auch nur ein Wort zu sagen – , drehte Cora sich mit einem hoheitsvollen Schwung ihres langen Kleides zur Tür um. Ihre metallbeschlagenen Absätze schlugen hart in die Kanadische Eiche, HP wusste genau, dass sie tiefe kleine Macken im Holz hinterließen, wie oft hatte er ihr gesagt, sie solle diese Schuhe nicht in seinem Haus tragen, wo die Fußböden so wertvoll waren wie bei anderen Leuten das ganze Anwesen. Auf einmal wurde er wütend. »Was zum Teufel hast du hier zu suchen«, schrie er Cora nach, »kümmere dich gefälligst um deinen eigenen Kram«, doch ob seine Tochter das noch hörte, war unklar, und außer ihm war nur noch Sandra da, an der er seinen Zorn auslassen konnte.

Doch die dachte gar nicht daran, abzuwarten, dass es so weit käme. Und noch ehe HP Sternberg Luft holen konnte, um irgendetwas zu sagen, legten sich zwei warme Arme um ihn.

»Jetzt duschen wir erst einmal«, sagte Sandra in sanftem Ton, der keine Widerrede duldete. »Und danach sorgen wir dafür, dass du nachher beim Empfang eine gute Figur machst.«

30

Hatte Agnes vom Schicksal eine Hauptrolle gefordert – an diesem frühen Nachmittag, mehr als eine Stunde vor Beginn des Festakts, ging ihr Wunsch in Erfüllung. Denn auf einmal geriet alles, was sie am Vortag so schön geordnet hatte, völlig aus dem Ruder.

Es begann mit dem Soundcheck für das Stehpult. Obwohl es am Freitag einwandfrei funktioniert hatte, rauschte das Mikrofon heute und pfiff, was sich der Haustechniker nicht erklären konnte. Er verlegte Kabel neu und baute frische Stolperfallen, mit denen er Agnes fast zu Fall gebracht hätte und ihr eine kleine, jedoch schmerzhafte Zerrung im linken Knie bescherte. Die riesigen Gebinde aus weißen Orchideen, die Agnes aufs Gemüt schlugen und an ihre Mutter erinnerten, so sehr, dass sie unentwegt das Gefühl hatte, Paula würde sie beobachten, waren überall im Weg. Entweder sie verstellten den Zuschauern den Blick aufs Podium, oder sie störten auf dem Weg zu den Buffets, und erst, als Agnes kurzerhand beschloss, die beiden größten draußen zu beiden Seiten des Eingangs zu postieren, war dieses Problem gelöst.

Als sie nach dem Catering sah, stellte sie fest, dass der Großteil des Sekts nicht kalt genug war und die Gläser, die sie stichprobenartig aus den Kartons gezogen hatte, Flecken aufwiesen. Während sie zwei ihrer Kolleginnen anwies, sie mit sauberen Tüchern nachzureiben, erschien ein überaus nervöser Arnold Degen, der die Kiste mit seinen Ausstellungskatalogen nicht finden konnte, die auf einem Büchertisch zu Beginn der Ausstellung ausgebreitet werden sollten. Danach erfuhr sie, dass nicht genügend Programmzettel für den Ablauf des Festakts gedruckt worden waren, und eben, als Agnes mangels weiterer Helfer selbst hundert Kopien von ihm gemacht hatte, erschien der Persönliche Referent ihres Chefs und verkündete, der Direktor wünsche, dass die Reihenfolge der Reden geändert würden. Der Landrat rief an und musste abgeholt werden, weil er in der Nacht zuvor einen Autounfall gebaut hatte, und eben, als sie sich fragte, ob wohl die Tochter des Architekten wie versprochen kommen würde, um zu helfen, entdeckte sie Cora und erschrak.

Ihr Anblick verwirrte sie so sehr, dass sie Arnold ignorierte, der einen kleinen Wutanfall vom Stapel ließ, für Paul kein Ohr hatte, der wissen wollte, wo zum Teufel seine Ballonfahrer ihre Autos parken sollten und auch die Ankunft ihres Chefs verpasste. Denn heute kam dieses Mädchen daher wie ein Gruß aus der Hölle höchstpersönlich.

Die ersten Gäste erschienen eine Dreiviertelstunde zu früh und sahen sich mit großen Augen um. Agnes empfing sie und schickte sie in den Wandelgang, damit sie sich an Degens Kunst sattsehen konnten, postierte eine Auszubildende, die ihr über den Weg lief, am Eingang, mit allen folgenden Gästen ebenso zu verfahren. Sie konnte den »Persönlichen« des Direktors dazu überreden, den Landrat abzuholen, fand Arnolds vermisste Kataloge zwischen den Kartons mit Sektgläsern, überzeugte ihren Chef mit der Zunge eines Engels davon, dass die ursprüngliche Reihenfolge die Beste sei, zeigte Paul die Anfahrt zu den Parkplätzen, die sie für die Ballonfahrer reserviert hatte, empfing den Kunsthistoriker, der einführende Worte zu

Degens Werkschau sprechen würde, begrüßte den Aufsichtsratsvorsitzenden und stellte ihm den Künstler vor und löste schließlich sogar das Mikrofonproblem mit einem so intuitiven wie heimlichen Tritt mit ihren Pumps gegen eine der Boxen.
Über alldem hatte sie Cora aus den Augen verloren. Und dann war alles bereit. Viertel vor drei. Mit ein bisschen Glück würde der Landrat pünktlich herangeschafft werden. Wo blieb eigentlich der Architekt?
Da sah sie ihn. Und hielt die Luft an. Denn an seiner Seite, das »viel zu viele Haar«, wie Esther zu sagen pflegte, zu einer eleganten Frisur aufgetürmt, in einem hautengen, ihre Figur betonenden schwarzen Kleid, auf Absätzen, die Agnes Höhenangst verursachen würden, schritt niemand anderes daher als ihre geschiedene Schwägerin, Sandra, Pauls Ex, die sich bei HP Sternberg unterhakte, als seien sie seit Jahren ein Paar.

Valentin blickte auf den Michaelisplatz hinunter und sah zu, wie die Ballonfahrer einer nach dem anderen ihre Körbe aufstellten, sieben an der Zahl. Der Festakt hatte längst begonnen, nun breitete Pauls Truppe die Ballonhüllen aus. Von hier oben wirkten sie wie Kinder, die sich mit buntem Spielzeug beschäftigten, und Valentin fragte sich, ob Gott, so es ihn gäbe, das Treiben auf der Erde ebenso sah. Spielanordnungen, die nach Regeln abliefen, und manchmal lief etwas aus der Bahn. ›Oder ist vielleicht auch das pure Hybris von uns Menschen‹, dachte Valentin, ›die wir uns einbilden, aus der Bahn zu springen, auszuscheren aus dem Großen Plan, um am Ende festzustellen, dass auch unser Ausscheren, unser Revoltieren, unser Anderssein Teil des Planes war?‹
Die Sonne hatte den Mittagszenit längst überschritten. Va-

lentins Magen knurrte, er beschloss, aus seinem eigenen Plan auszuscheren, und seinen Posten auf dem Kirchendach zu verlassen. Sollte die Kugel sich rühren, käme er eben wieder herauf. Jetzt hatte er Appetit auf ein richtiges Mittagessen im Stadler, hernach würde er sich die Beine vertreten und zusehen, wie die Ballons in den Himmel starteten. Sein Herz schlug ruhig. Wer weiß, vielleicht ging diese Geschichte doch ganz anders aus, als er es dachte?

Cora stand auf dem Dach des Bankgebäudes. Kühl lag das Titan-Feuerzeug ihres Vaters in ihrer Hand. Sie prüfte, ob auch genügend Gas darin war, hell zuckte die Flamme auf und erlosch wieder.

Sie hatte alles kontrolliert. Die Kanister standen dort, wo Adrian und sie sie deponiert hatten. Jetzt war es nur noch eine Frage der Zeit. Cora senkte die Lider halb über ihre Augen, blinzelte ins Sonnenlicht.

Es gab ein Vorher und ein Danach. Doch jetzt begriff sie, dass dieses Jahr zwischen Raouls Tod und heute eine Art Übergang gewesen war. Und dann dachte sie gar nichts mehr. Zum ersten Mal in diesem Jahr gelang es ihr, die Gedanken einfach abzuschalten, auszuknipsen, und wenn sich doch einer an die Oberfläche ihres Bewusstseins schmuggeln wollte, dann betrachtete sie ihn wie von Ferne, als sei es nicht sie, die dies dachte, sondern jemand, mit dem sie schon längst abgeschlossen hatte.

Sie lauschte auf die sonntäglichen Geräusche. Das Zischen und Brausen der Luft, die in die Nylonhüllen der Ballons geblasen wurde. Sie trat an den Rand des Daches und sah, wie ein Ballon nach dem anderen sein buntes Haupt erhob. Sie blickte zur Kirchturmuhr, fast zwei Stunden dauerte der Festakt bereits, sie kannte das Programm auswendig, bald würden die gelangweilten Gäste das Buffet stürmen und die Ausstellung besichtigen. Adrian würde ihr Bescheid geben, wenn es so weit war und die Gäste den Rückzug antraten.

Ellen stemmte das Blech mit den Rehrücken in den Ofen. Fünf Stunden bei 45 Grad, dann sind sie außen knusprig und innen rosafarben. Bei Tisch würden sie flambiert. Ellen stellte sich blaue Flämmchen vor, die über den Servierplatten tanzten. Zur Feier des Tages hatte sie das Kochbuch herausgeholt, das Raoul ihr geschenkt hatte und den Tannenwirt die Zutaten zu einem Nachtisch besorgen lassen, dessen Rezept sie an ihren Sohn erinnert hatte, warum genau, konnte sie gar nicht sagen: Halbgefrorenes, gewürzt mit Kardamom und Safran. Sie erhitzte die Sahne mit braunem Zucker und den Gewürzen im Wasserbad, rührte vorsichtig das Eigelb hinein, so dass die Masse zwar sämig wurde, aber nicht stockte, dann füllte sie die tiefgelbe Creme in die Eismaschine.
Sie hatte mit dem Tannenwirt gesprochen, gleich nachdem sie aus der Stadt zurückgekehrt war. Gemeinsam hatten sie die große Scheune besucht, die seit Jahrzehnten nur als Rumpellager genutzt wurde. Dem Tannenwirt hatte ihr Vorschlag gefallen, die Scheune auszubauen. Etwas für sie zum Wohnen und Arbeiten, schwebte ihr vor. Sie vermied das Wort »Atelier«. Sie wusste nicht, ob sich daraus etwas entwickelte und wenn ja, was es sein würde. Sie wollte einfach herumspielen, Dinge ausprobieren, ohne jemandem Rechenschaft darüber abzulegen, ob es »etwas taugte« und wofür. Auch ihren Vorschlag, einen zweiten Chef einzustellen, fand der Tannenwirt vernünftig. Sie würden in Ruhe suchen und sehen, wer zu ihnen passte. Noch immer, bemerkte Ellen, befand sich HP en minia-

ture in ihrem Hinterkopf, der alles, was sie machte und plante, kritisierte und hinterfragte. Und oft lieferte sie sich stumme Dialoge, in denen sie mit ihm stritt und diskutierte, und vielleicht, dachte sie, war das sogar gut. Auf diese Weise war sie gezwungen, ihre Entscheidungen zu überprüfen und herauszufinden, was sie selbst tatsächlich wollte.

Auch ein Zimmer für Cora entstand so in ihren Gedanken bereits in der alten Scheune. Mit eigenem Bad und einem kleinen Balkon Richtung Sonnenuntergang. Für den Fall, dass sie bei ihr wohnen wollte oder sie auch nur besuchen kam.

»Wir werden das gemeinsam überstehen«, sagte sie sich, ohne sich über das Wörtchen »gemeinsam« zu wundern, und dann begrüßte sie Ivanka, die auf der Stelle begann, in einer aberwitzigen Geschwindigkeit Kartoffeln für das Gratin zu schälen.

Valentin saß auf seinem Stammplatz im Café Stadler und aß ein spätes Mittagessen, das seine Lieblingskellnerin ihm in der Mikrowelle aufwärmte, und wunderte sich über die Unruhe, die ihn erfasst hatte, seit er wusste, dass eine Frau mit rotblonden Haaren nach ihm gefragt hatte. Auf einmal erschien ihm dieser Platz auf der gepolsterten Bank unter dem Spiegel, der ein halbes Leben sein Zuhause gewesen war, so zufällig und willkürlich wie ein Platz in einem Wartesaal, bevor der nächste Zug abfuhr, den er unbedingt erreichen musste. Hatte er tatsächlich fünfzig Jahre seines Lebens auf einem Warteplatz verbracht?

Aber warum auch nicht? Taten denn die übrigen Menschen etwas anderes, außer dass sie sich ihren Warteplatz komfortabler gestalteten, sich Würfelhäuser an einen Hügel bauten, um so zu tun, als seien sie bereits angekommen? Das war nichts für ihn. Er hatte es genau so gewollt, ein Leben auf dem Sprung, ein Dasein ohne Verpflichtungen, ein Zimmer über einem Café, nicht mehr Gepäck, als in eine Reisetasche passte – und das Seil. Es wurde Zeit, diesen Warteplatz aufzugeben. Viel zu lange hatte er an ein und demselben Fleck festgesessen. Er gab sich nicht der Illusion hin, er sei irgendwo angekommen, nein, er musste weiter, vermutlich sorgte die Kugel dafür, und wenn nicht sie, dann war es an ihm, seine Sachen zu packen. Daran änderte auch Agnes nichts.

Und nun, da das klar auf der Hand lag, legte sich auch die Unruhe in ihm. Er aß den letzten Bissen seines Essens, legte Messer und Gabel schön nebeneinander und trank die Ovomaltine aus, die ihm die Kellnerin ungefragt hingestellt hatte. Auch diese Gewohnheit, entschied er, hatte sich überlebt. Sie würde in diesem Städtchen zurückbleiben, wie so manches andere auch. Sein Herz schlug ruhig, die Kugel rührte sich nicht. Auf einmal musste er über das Seil, das er auf dem Kirchdach gespannt hatte, lachen. Eine Sentimentalität, derer er sich nicht mehr fähig geglaubt hatte. Etwas ging zu Ende, doch gewiss nicht sein Leben. Er erhob sich und ging hinauf in sein Zimmer, um die Reisetasche zu packen.

31

Es war so weit.

Cora konnte hören, wie sich die Stimmen entfernten und schließlich erstarben. Sie saß neben der offenen Feuertür und lauschte in diese riesige Ohrmuschel hinein, dessen Gehörgang schneckenförmig bis hinunter in das Foyer reichte. Alle Aufmerksamkeit war jetzt nach draußen gelenkt, wo der erste Ballon gerade unter lautem Hallo und Applaus gestartet war. Cora wusste, erst im siebten und letzten würde sich ihr Vater mit den anderen Honoratioren in die Lüfte erheben. So hatte sie es mit Paul Sontheim abgesprochen.

Wo blieb Adrian?

Auf einmal war ihre stoische Ruhe wie weggeblasen. Eine fieberhafte Aufregung kam über sie und hielt sie kaum noch in ihrem Versteck. Sie würde bis hundert zählen, und wenn er dann noch nicht kam, hinuntergehen. Als sie bei vierundachtzig angekommen war, streckte Adrian seinen Igelkopf durch die Feuertür.

»Alles okay«, sagte er.

Sie stürmten los. Verfrachteten die Kanister in den Aufzug, hielten in allen Stockwerken kurz an und deponierten dort jedes Mal drei der Behälter. Unten angekommen, zog Cora zwei der Absperrpfosten vor den Wandelgang und verhängte ihn mit einer Kordel mit dem Schild »Kein Durchgang«. Dann schürzte Cora ihr Königinnenkleid und band es mit ihrem Gürtel nach oben, schnappte sich den ersten Kanister und überschüttete den Büchertisch mit Arnold Degens Ausstellungskatalogen gleich hinter der ersten Rundung mit Benzin.

»Komm«, forderte sie Adrian auf.

Gemeinsam tränkten sie beide in Windeseile HPs berühmten Holzboden aus alten Schiffsplanken mit der öligen Flüssigkeit und besprengten auch hin und wieder die Wände. Stockwerk für Stockwerk arbeiteten sie sich schweigend und konzentriert empor, und immer wenn sie an einem der Fenster vorbeikamen, die zum Michaelisplatz hinausgingen, verfolgten sie die Starts der Ballons. Eben war der sechste losgefahren. Sie mussten sich beeilen.

Endlich waren sie oben. Cora drückte Adrian das Feuerzeug ihres Vaters in die Hand. Der sah sie fragend an.

»Du fährst jetzt nach unten«, sagte sie, »und zündest den Büchertisch an.«

Adrian starrte sie an.

»Und du? Kommst du nicht mit?«

Cora schüttelte den Kopf. Adrians Gesicht verfärbte sich, Cora konnte es trotz seiner weißen Schminke deutlich erkennen.

»Nein«, sagte er, »das tu ich nicht. Du kommst mit, Cora. So war das ausgemacht.«

»Gar nichts war ausgemacht«, sagte sie kalt. »Und du hast geschworen, mir zu helfen.«

»Ich helfe dir ja«, rief Adrian verzweifelt. »Aber ich bringe dich doch nicht um!«

Cora sah ihn verächtlich an.

»Mich umbringen? Das kannst du doch gar nicht. Hast du vergessen, was ich gesagt habe?«

Adrian schnappte nach Luft. Fasste Cora am Arm. Es sah so aus, als wollte er sie mit nach unten ziehen. Cora be-

griff, dass sie ihn überlisten musste. Schlauer sein als er. Und schneller. Sie atmete tief durch. Lächelte Adrian an.
»Okay«, sagte sie mit veränderter Stimme, »du hast recht. Komm. Wir fahren beide ins Foyer. Aber unten, das musst du mir versprechen, zündest du das Feuer an. Ja?«
Adrian nickte. Schweißperlen standen auf seiner Stirn. Gemeinsam betraten sie den Aufzug. Cora drückten den Knopf für den ersten Stock. Im Stillen zählte Cora die Sekunden, die der Aufzug brauchte. Eins. Zwei. Drei. Vier. Fünf. Sechs. Sieben. Mit einem Pling blieb der Aufzug stehen. Die Türen glitten auseinander.
»Hier«, sagte Cora. Das Titanfeuerzeug blitzte kurz auf, als Adrian es ergriff. Er sah Cora in die Augen. Sie lächelte. Er atmete auf.
›Und nun mach schon‹, dachte Cora voller Ungeduld, ›wir haben nicht den ganzen Tag Zeit.‹ Und zwang sich, nach außen hin die Ruhe selbst zu sein.
»Mein Mofa steht am Hinterausgang«, sagte Adrian. »Warum gehst du nicht schon nach unten ins Erdgeschoss?«
Cora nickte und wandte sich um. Adrian hörte, wie sich das Klackern ihrer metallbeschlagenen Stiefel entfernte. Er ging zum Büchertisch, streckte den Arm mit dem Feuerzeug aus. Jetzt war Cora sicherlich schon im Foyer. Mit einem feinen Klicken flammte das Feuerzeug auf. Gierig fraß sich die Lunte in den mit Benzin getränkten Stapel Kataloge, flammte auf und versengte Adrians Haarspitzen. Er rannte los. Im Foyer war niemand. Wahrscheinlich war Cora schon draußen. Er riss die Tür auf, hörte hinter sich das Brausen des Feuers, lief zu seinem Mofa. Aber Cora war nicht da. Verzweifelt sah er sich um. Und begriff im selben Augenblick, dass Cora ihn zum Narren gehalten hatte.

Der Aufzug bewegte sich viel zu langsam für ihren Geschmack. Noch sechs Sekunden. Hoffentlich machte Adrian seine Sache richtig. Noch vier. Hoffentlich erreichte sie das Dach, ehe der Feuersturm losging. Noch drei. Cora hatte keine Lust, in einem gläsernen Käfig eingeschlossen zu sein, wenn um sie die Flammen tobten. Noch zwei. Wurde es schon heißer? Bildete sie sich das nur ein? Mit einem leisen Klingeln kam der Aufzug zum Stehen. Der Moment, bis die beiden Türhälften auseinanderglitten, erschien Cora als eine Ewigkeit. Dann war sie draußen. Rauch erfüllte den Wandelgang. Der untere Teil des Schneckenhauses brannte. Cora rannte zur Feuertreppe und stieß die Tür auf. Über ihr schwebte der letzte Ballon. Sie trat auf das Dach und breitete ihre Arme aus. Auf diesen Augenblick wartete sie seit einem Jahr.

»Raoul«, rief sie und begann sich wie in Trance um sich selbst zu drehen. »Das ist für dich!«

Über ihr fauchte Pauls Heißluftballon und machte einen Satz nach oben. Jemand kreischte. Cora glaubte, das Gesicht ihres Vaters zu sehen. In ihr war ein unbeschreiblicher Jubel. Sie hatte es geschafft.

Agnes war außer sich vor Wut. Wäre sie je auf den Gedanken gekommen, jemand wie ihr Chef würde ihr eines Tages drohen? Aber nicht mit ihr. Die Zeiten, in denen sie sich duckte, waren ein für alle Mal vorbei.

Und darum hatte sie sich, kaum war er mit dem Landrat und Bürgermeister draußen auf dem Michaelisplatz, in das Büro des Direktors im obersten Stockwerk des neuen Bankgebäudes begeben, um Einsicht in ihre Personalakte zu nehmen und dafür zu sorgen, dass mit ihrer Kündigung alles mit rechten Dingen zuging. Wozu hatte sie den Generalschlüssel? Falls es tatsächlich jene Fotos geben sollte, von denen dieser Widerling gesprochen hatte, die sie in kompromittierenden Situationen zeigte, dann waren sie in ihrer Obhut weit besser aufgehoben als in seiner. Hätte Agnes gewusst, dass in Kürze das ganze Gebäude samt Chefetage und Unterlagen, auch Fotos, so sie denn existierten, in Schutt und Asche liegen würde, sie hätte sich diese Mühe gespart. So aber saß sie, ganz ihrem Zorn hingegeben, am Direktorenschreibtisch und wühlte in Schubladen.

Sie kannte ihren Chef. Wusste, dass er Dinge, die ihm momentan wichtig waren, immer direkt vor seinem Bauch hortete. Und wurde fündig.

In einem Umschlag im Format DIN A 5 steckte tatsächlich ein ganzer Stapel Fotos. Die ersten fünf, die sie sah, sorgten dafür, dass ihr die Schamröte ins Gesicht stieg, sie mussten an jenem ersten Abend im Hotelzimmer entstanden sein, und Agnes fragte sich konsterniert, wie um alles in der Welt sie aufgenommen worden waren, ohne dass sie etwas bemerkt hatte. Darunter allerdings entdeckte sie noch weitere Aufnahmen mit anderen Damen, die sie kannte, die eine Frau arbeitete in der Wertpapierabteilung und die nächste war die blutjunge Auszubildende, die Agnes vor wenigen Stunden beauftragt hatte, vorzeitige Besucher direkt in die Ausstellung zu leiten. Es gab noch mehr von der Sorte mit anderen Kolleginnen, doch Agnes beschloss, sie in aller Ruhe zu Hause zu inspizieren, denn etwas hatte sich in ihre Wahrnehmung geschlichen, etwas, was ganz und gar nicht hierher gehörte, ein Geruch, der nicht sein durfte, der Gestank nach Verbranntem.

Agnes hob den Kopf. Sie hörte ein unverkennbares Klackern von metallbeschlagenen Stiefeln. Es war ein Geräusch, das sie kannte. Doch woher?

Sie verstaute das Kuvert mit den Fotos sorgfältig in der Tasche ihrer Kostümjacke. Stand auf. Die Fotos würden genügen, um den Bankdirektor in Schach zu halten. Egal was in ihrer Personalakte stand, eine zufriedenstellende Abfindung war ihr gewiss. Oder sollte sie ihn ruinieren? Ein kleiner Skandal würde dafür sorgen, dass dieser Mensch nie wieder einen Chefsessel plattsitzen würde. Agnes öffnete die Tür und erstarrte. Eine unerklärliche Hitze schlug ihr entgegen, der Flur war voller Rauch. Sie lief ein Stück den Gang hinunter. Das Gebäude brannte lichterloh.

Sie hatten eben die Sektgläser erhoben, als HP es sah. Er sah es und doch glaubte er nicht, was sich da vor seinen Augen abspielte, als sei es eine Computersimulation, ein Gedankenspiel.

Er glaubte tatsächlich an eine Täuschung seiner Sinne, kein Wunder nach dem, was er in den vergangenen Tagen durchgemacht hatte, und erst als Sandra neben ihm aufschrie und seinen Arm packte, als die anderen es ebenfalls wahrnahmen und voller Entsetzen reagierten, begriff er, dass dies tatsächlich geschah. Das Bankgebäude brannte. Mit lautem Knall zersprang eine der riesigen Fensterscheiben nach der anderen, sprühten glitzernde Kristalle über die Stadt. Dann schlugen reihum die Flammen aus den ringförmig angebrachten Fensteraugen des schneckenförmigen Turms, und voller Faszination musste HP zugeben, dass das Gebäude noch nie so berückend schön ausgesehen hatte und es auch nie wieder tun würde wie in diesem Augenblick. Schön und schrecklich zugleich, so als sei es ganz allein dafür gebaut worden.

Der Ballon machte einen Satz nach oben und dann noch einen, ein paar Frauen kreischten und verschütteten ihren Sekt, wurden unsanft durcheinandergeschüttelt und be-

schwerten sich laut. Paul hatte alle Hände voll zu tun, um den Ballon zu stabilisieren.
»Da ist jemand«, rief Sandra, »dort, auf dem Dach!«
HP kniff die Augen zusammen. Sah eine Gestalt in einem schwarzen langen Kleid und mit dunklem Haar, das sich wie ein Bündel Schlangen wand. Noch hatte das Feuer das Dach nicht erfasst.
»Cora«, flüsterte er. Und wusste alles. Es war ihre Idee. Ihr Werk. Und wie immer konnte er sie nichts als bewundern.

Sie hatte es geschafft. Aber ein Sandkörnchen war in ihren perfekten Plan geraten. Agnes Sontheim auf dem Dach kam in ihrer Vision nicht vor. Da stand sie, mit rußverschmiertem Gesicht, ein Mobiltelefon in der Hand, in das sie hektisch eine Nummer eintippte. Cora trat auf sie zu, nahm ihr das Handy aus der Hand und warf es über die Brüstung. Die Feuerwehr würde früh genug eintreffen. Viel zu früh wahrscheinlich.
Agnes starrte sie an wie eine Erscheinung. Ein Erkennen glitt über ihre weit aufgerissenen Augen, ein Begreifen. Diese Frau sollte hier nicht sein. Cora wollte keine Tote. Noch eine Leiche, die in ihren Flammen umkam, hatte ihr gerade noch gefehlt. Warum stand sie nicht da oben in dem Ballonkorb, wo sie hingehörte, hielt ein Sektglas in der Hand und sah auf sie herab? Doch es war zu spät, um sie das zu fragen. Eine Explosion tief im Innern des Gebäudes ließ Agnes zusammenfahren. Eine zweite folgte, eine dritte.
»Und jetzt?«, fragte Cora und sah sich um.
In diesem Augenblick entdeckte sie die Spannvorrichtung für das Seil. Sie trat näher, glaubte zu träumen. Eine feine Linie verband das Dach mit dem Kirchturm.
»Jetzt steht zu hoffen«, sagte sie zu Agnes, »dass Sie seiltanzen können.«

32

Valentin bezahlte gerade seine noch offenen Rechnungen, als er die Sirenen der Feuerwehr hörte. Er trat aus dem Café, prallte mit jemandem zusammen, der ein Stück kürzer war als er. Es war der Clown.

»Komm«, sagte der, »da sind welche auf dem Dach.«

»Auf welchem Dach?«, fragte Valentin. Sein Kontingent an Selbstmordkandidaten war erschöpft. Er war auf dem Sprung, fühlte sich nicht mehr zuständig.

»Die neue Bank brennt«, sagte sein Freund und blickte ihn mit aufgerissenen Augen an. Valentin verstand, was er meinte. Das Seil.

Widerstrebend ließ er sich zum Michaelisplatz ziehen. Dort war die Hölle los. Die Feuerwehr versuchte, den Platz weiträumig abzusperren. Doch immer mehr Schaulustige drängten nach vorn. Ein Fahrzeug mit einer Teleskopleiter versuchte, ans Bankgebäude zu gelangen. Doch die Anhänger der Ballonfahrer blockierten die Zufahrt. Der Clown zog Valentin zur Turmtür.

»Los«, kommandierte er, »rauf mit dir.«

Valentin seufzte. Er sah hinauf zum Dach des Bankgebäudes. Und glaubte zu träumen. Beschattete seine Augen mit beiden Händen. Dort oben stand Agnes. Und noch jemand, eine Gestalt ganz in Schwarz. Die machte sich eben an seinem Seil zu schaffen.

Entschlossen wandte er sich zu der Tür im Turm. Diesmal

brauchte er seinen Dietrich nicht, sie war geöffnet. So schnell er konnte, lief er die vielen Treppenstufen hinauf. Als er aufs Kirchendach stieg, schlugen die Flammen dort drüben bereits aus den Fenstern direkt unter der Dachterrasse des Bankgebäudes und leckten über ihren Rand. Schon fing das Material, mit dem das Dach isoliert war, an mehreren Stellen an zu brennen. Valentin lief über den Dachfirst zum Erzengel. Sah über das Seil und Cora direkt in die Augen.
»Komm herüber«, rief er.
Doch Cora schüttelte den Kopf. Sie wies auf Agnes, die hinter ihr stand, vor Angst wie gelähmt. Da zog Valentin seine Schuhe aus, prüfte die Spannung des Seils, zog es ein wenig fester. Hob das Gesicht in die Luft, erspürte, woher der Wind kam und wie stark. Dann kontrollierte er seinen Atem, fokussierte sich auf die Linie vor ihm in der Luft. In dem Moment, als er den ersten Schritt tat, fühlte er wieder die Kugel. Und die eigene Endlichkeit mit einer Endgültigkeit, die ihn beinahe schwindelig machte.

Als Adrian begriffen hatte, was passiert war, rannte er zurück in das Gebäude. In seiner Panik lief er den Wandelgang hinauf und wollte durch das Feuer, das er selbst gelegt hatte, hindurch, hoch zu Cora, wo immer sie sich auch befand. Doch es war unmöglich. Der Plankenboden brannte lichterloh, auch das Material, mit dem die Decke kaschiert war, schien in den Flammen nur so zu schmelzen. Das Feuer verwandelte den Gang in eine glühende Röhre, die Hitze zwang Adrian umzukehren. Im Foyer versuchte er den Aufzug zu aktivieren, doch vergebens. Über ihm explodierte etwas, und der Schreck trieb ihn erneut aus dem brennenden Gehäuse. Von Entsetzen getrieben, setzte er sich auf sein Mofa und fuhr, als sei der Leibhaftige hinter ihm her, zum Städtchen hinaus Richtung Steinbruch. Dort hielt er an und sah zurück zur Stadt. Eine dicke schwarze Rauchwolke reckte sich in den Himmel. Er schlug die Hände vors Gesicht, wimmerte. Er hatte versagt. Er war Coras Mörder. Mit seinen eigenen Händen hatte er das Feuer gelegt, in dem sie nun umkam. Wahrscheinlich war sie bereits tot. Verbrannt, so wie ihr Bruder. Das war es, was sie gewollt hatte, die ganze Zeit über. Und ihn hatte sie benutzt, um ihren eigenen Tod zu planen.

Er warf sich auf die Erde, schluchzend, schreiend. Seine Verzweiflung war grenzenlos. Warum war er nicht im Feuer geblieben, um mit ihr zu sterben? Auch dazu war er zu feige gewesen.

Irgendwann fasste er sich. Erhob sich, wischte sich Schmutz und Tränen vom Gesicht, setzte sich aufs Mofa und fuhr zurück in die Stadt. Wenn er schon so jämmerlich versagt hatte, würde er wenigstens die Verantwortung übernehmen für das, was er getan hatte. Er würde den Feuerwehrleuten helfen und der Polizei alles erklären.

Und so kam er zum Michaelisplatz und versuchte sich durch die Absperrung zu kämpfen.

»Sieh mal«, hörte er jemanden sagen, »dort oben. Da geht jemand durch die Luft.«

Adrian legte den Kopf in den Nacken. Da oben ging Valentin über das Seil. Natürlich! Er hatte doch selbst mitgeholfen, es zu spannen! Er drehte sich um und rannte zum Turm.

Agnes war in eine Art Schreckensstarre verfallen, seit sie das Seil entdeckt hatten. Alles andere, dachte sie, nur nicht das. Mit großen Augen sah sie Valentin in gleichmäßigen, fast wiegenden Schritten näher kommen, und jedes Mal, wenn er einen Fuß vor den anderen setzte, gab das Seil ein paar Zentimeter nach. Tausend Bilder wirbelten ihr durch den Kopf. Sie sah sich als Mädchen vom Schwebebalken stürzen, mit ihrem Vater einen Klettersteig entlanggehen und mitten an der gefährlichsten Stelle zu Stein erstarren. Sie fühlte, wie sich ihr Magen hob und senkte, während sie ein einziges Mal mit ihrem Bruder im Ballon gefahren war, das grässliche Gefühl der Haltlosigkeit, als sie sich einmal mit Schlittschuhen aufs Eis gewagt hatte, den unerträglichen Schwindel, der sie auf dem Eiffelturm erfasst hatte. Valentin kam näher und näher, hinter ihr fühlte sie die Hitze des Feuers, unter ihr hörte sie die Rufe der Feuerwehr, und dann war er da, sprang auf das Dach, fasste sie fest und doch behutsam um die Taille, und als er fragte: »Bist du bereit, Agnes?«, wusste sie, es blieb ihr keine andere Wahl. Sie würde so tapfer sein, wie sie es eben vermochte, und wenn sie fiel, dann wäre eben all dieser Schrecken umso schneller vorbei. Und darum gehorchte sie ihm und zog ihre Schuhe aus, hörte, was er sagte, auch wenn sie nicht alles verstand, schloss dankbar die Augen, als er es ihr empfahl, trat hinter ihn und über das Geländer, das der Architekt im letzten Moment noch installiert hatte, stellte sich auf die Seilwinde und legte ihre Hände um Valentins Taille.

Und dann ging es los. Valentin sprach mit ihr, sagte ihr, jetzt geht der linke Fuß ein Stück nach vorne, so. Und jetzt der rechte, genau so. Und wieder der linke, lass die Augen geschlossen. Atme ruhig ein und mit jedem Schritt aus. Und Agnes konzentrierte sich so ausschließlich auf seine Worte, tat, was er sagte und dachte an nichts anderes, spürte seine Wärme durch seine Kleider hindurch, und nach einer Weile ließ diese schreckliche Spannung in ihr nach, sie wusste, sie würde entweder mit ihm hinübergelangen ans andere Ufer oder mit ihm gemeinsam ins Unermessliche stürzen, und während dieser unendlich währenden Augenblicke, in denen sie einen Fuß vor den anderen setzten, schien ihr beides gleich erstrebenswert.

Es war ihr, als erwachte sie aus einem Traum, als er sagte: »Jetzt hebst du den Fuß ein bisschen höher«, und sie festen Grund unter der Sohle spürte. Jemand fasste sie an beiden Armen und zog sie die letzten Zentimeter auf den sicheren Boden. Als sie die Augen öffnete, drehte sich alles um sie: der Himmel, Valentins Gesicht, das auf einmal viel älter erschien, als es jemals war, und steinerne Engelsflügel.

»Noch sind wir nicht angekommen«, hörte sie Valentin leise sagen und realisierte das Dach, so steil und unübersehbar, das jetzt noch vor ihr lag. Sie blickte zurück. Das Seil schwang noch immer sacht in der Luft. Da fingen ihre Knie an zu zittern, und sie erklärte, dass sie keinen einzigen Zentimeter mehr gehen könne, und schon gar nicht über dieses Kirchdach, völlig unmöglich.

»Reiß dich zusammen«, sagte Valentin, und mit diesen Worten schien er sich in Lichtgeschwindigkeit von ihr zu entfernen, »da drüben ist noch Cora. Also beeil dich.«

Da wurde sie zum trotzigen Mädchen, setzte sich auf das schmale Podest des Engels, umklammerte eines seiner riesigen, bloßen Füße, und sagte: »Geh und hol sie, ich warte hier.«

Und tatsächlich, Valentin wandte sich ab und betrat erneut das Seil. Agnes aber schloss die Augen, denn die Welt hatte erneut zu tanzen begonnen. Und darum sah sie nicht, wie Valentin, keine drei Schritte von ihr entfernt auf dem Seil, sich ans Herz fasste, innehielt, leicht schwankte, um nach ein paar tiefen Atemzügen seinen Weg durch die Luft bedächtig wieder aufzunehmen. Sie blickte erst wieder auf, als Männer in Uniformen kamen und sie herunterführten von diesem schrecklichen Dach.

»Bleib drüben«, schrie Cora, als sie sah, wie Valentin sich ihr über das Seil näherte. Doch er hörte sie nicht.
In diesem Augenblick stürzte hinter ihr ein Stück des Daches ein. Sie floh ein paar Schritte Richtung Rand und ärgerte sich über sich selbst. Wenn sie herausfinden wollte, ob sie wirklich unsterblich war, musste sie da hindurch. Durch die Öffnung brauste das Feuer herauf wie durch einen Schlot. Eine Welle aus Glut schlug Cora ins Gesicht wie eine heiße Ohrfeige. Die Hitze schien nach ihr zu greifen, schon brannte ihr Kleid. Sie versuchte, die Flamme auszuschlagen, doch es gelang ihr nicht. Ein Schmerz erfasste ihre Beine, da ging ein Ruck durch ihren Körper, mit einem ratschenden Geräusch riss der Stoff. Valentin war bei ihr, zerrte ihr das Kleid vom Leib.
»Lass mich in Ruhe«, schrie sie und schlug nach ihm.
»Willst du verbrennen?«
»Du weißt, dass das nicht passieren kann.«
»Komm mit aufs Seil«, brüllte er.
Um sie schlugen die Flammen hell auf in den Himmel.
»Nein!«
Und dann geschah es. Zuerst fühlte sie es nicht, zuerst sah sie sich selbst wie eine Fackel brennen. Es war ihr Haar. Ihr Haar hatte Feuer gefangen. Cora schrie auf. Dann wurde es dunkel um sie. Sie bekam keine Luft mehr. Valentin hatte den Rock über ihren Kopf gestülpt, zerrte sie mit sich.
»Nein«, schrie sie immer wieder. »Nein! Nein! Nein!«

Dann kam der Schmerz. Und mit ihm die Ahnung, dass sie sich irrte. Sie war nicht unsterblich. Warum auch immer sie die Flammen ein Jahr zuvor verschont hatten, heute hatten sie das nicht vor. Heute würden sie sie töten. Verstümmeln. Verbrennen. Verkohlen. So wie Raoul.

Sie fühlte sich in die Luft gehoben, Valentin warf sie über seine Schulter wie einen Sack Kartoffeln. Cora wehrte sich, brachte ihn zu Fall. In seiner Umklammerung wälzten sie sich auf dem Boden. Cora glaubte zu ersticken. Endlich bekam sie den Stoff von ihrem Gesicht.

»Lass mich in Ruhe«, keuchte sie.

»Du willst sterben?«

Er sagte es ganz ruhig. Ließ sie los und stand auf. Sah sich um. Die Flammen hatten fast das gesamte Dach in ihren Besitz genommen. Cora schwieg. Sterben. Wirklich?

»Ja«, schrie sie dann plötzlich, »verschwinde.«

Und tatsächlich drehte er sich um und war in drei Schritten beim Seil.

»Wie du willst«, rief er ihr noch zu. Dann verließ er das Dach.

Etwas in Cora war reines Erstaunen. Er ging. Ging tatsächlich, und das Feuer kam. Sie würde sterben. Oder nicht? Würde dort sein, wo Raoul war. Würde sie das wirklich? Und dann, mit einem Mal, sah sie alles klar. Sie war nicht unsterblich, war es nie gewesen. Auch wenn sie tot war, sie würde Raoul nie wiedersehen. »Da, wo ich hingehe, da kannst du nicht mitkommen«, hatte er gesagt, es war, als hörte sie ganz deutlich seine Stimme, »du gehörst hierher, ich aber nicht.«

Sie sprang auf. Alles in ihr war Schmerz. Ihre Haare waren nicht mehr da, ihre Körper eine Wunde. Die Stiefel. Endlose Sekunden brauchte sie, um die Schnürung zu lösen, ihre Füße waren unversehrt, wenigstens die. Sie fuhr sich keuchend über die Augen, das Gesicht. An ihren Händen klebte Blut. Egal. Alles war egal, Hauptsache, sie erreichte das Seil. Der nächste Atemzug füllte ihre Lungen mit Rauch, sie hustete, spuckte, keuchte, ihre Augen tränten, sie konnte kaum etwas sehen. Da war das Seil. Ihre Hände ertasteten es und fuhren zurück. Es war heiß. Egal. Es musste gehen. Sie versuchte, sich aufrecht hinzustellen, tief durchzuatmen, wie sie es bei Valentin gesehen hatte. Ein Hustenreiz überfiel sie. Sie würgte und keuchte. Sie würde es nicht schaffen. Sie würde stürzen. Egal. Alles besser als die Flammen. Ihre Augen suchten das Ende des Seils. Da war er, der Engel, genau wie in ihrem Traum. Und am Fuße des Engels saß jemand und winkte. Wer war das? War sie es selbst? Hatte sie es etwa schon geschafft, und nur ein böser Traum hielt sie noch hier auf der Seite des Feuers?

Sie begann einen Fuß auf das Seil zu setzen, das Gewicht zu verlagern, wollte verzweifeln. Wie sollte sie das schaffen? Sie fühlte die Hitze in ihrem Rücken, die Flammen, die nach ihr griffen. Es war, als schöbe sie diese Glutwand nach vorne. Cora machte einen Schritt. Schwankte. Fing sich wieder. Atmete vorsichtig ein und aus. Hob den anderen Fuß. Es musste gehen. Auch wenn sie nicht unsterblich war, auf diese Weise wollte sie nicht sterben. Nicht hier, nicht jetzt, das war nie Teil ihres Planes gewesen. Raoul würde es nicht wollen, das hatte sie endlich verstanden. Was fing er an mit ihrem Opfer? Nichts. Wenn sie starb, dann aus Feigheit, weil sie den Gedanken an das, was sie getan hatte, nicht mehr aushielt. Aber sie war nicht feige. Sie war mutig und stark, und darum machte sie einen weiteren Schritt auf dem schwankenden Seil und dann noch einen. Und auf einmal fühlte sie, dass sich das

Seil auch aufgrund einer anderen Kraft bewegte. Sie sah auf. Valentin kam ihr entgegen.
»Bleib stehen«, rief er, »es geht leichter zu zweit.«
Als er einige Schritte weit von ihr entfernt stand, sah er sie an. Sie nickte. Er lächelte. Und dann lief ein Zucken durch sein Gesicht, ein Schmerz verzerrte es, sein Atem ging stoßweise.
»Was ist los?«, schrie sie.
»Nichts«, keuchte er. »Es ist nur die Kugel.« Erneut riss ein Schmerz an seinen Zügen. »Sie ist ... aufgewacht.« Er sah ihr in die Augen, seine Züge entspannten sich, er blickte durch sie hindurch, über sie hinweg, und Cora sah, was er sah, denn es spiegelte sich in seinen Pupillen: Es war der Himmel mit ein paar Sommerwolken, und die untergehende Sonne färbte sie rot. Valentin breitete die Arme aus. Tat einen Schritt. Und siehe: Die Luft trug ihn nicht.

War es der Ausdruck in seinen Augen, der Cora die Schwere nahm und ihren Füßen die Kraft gab, das Seil zu erspüren mit all seinen Schwingungen, in die es jetzt geriet, befreit von Valentins Last? War sie selbst bereits nicht mehr von dieser Welt und darum in der Lage, die Spanne zu überwinden, die sie vom Dach der Kirche trennte? Sie wusste es nicht. Auch später hatte sie keine Worte dafür. Sie hatte die alte Haut abgeworfen, so wie ihr in den folgenden Wochen und Monaten eine neue nachwachsen würde, hatte all ihren Schmerz und den Zorn, auch die Selbstgerechtigkeit und die Verzweiflung, so wie ihr Königinnenkleid und die unvermeidlichen Stiefel, die alte Cora und auch CoraZwei auf dem Dach des Hochhauses gelassen, und sich in die Obhut des Engels begeben.

In diesem vergangenen Jahr hatte sie viel zu viel über den Tod nachgedacht. Jetzt war sie vierzehn Jahre alt und begriff, weder sie noch Valentin, noch Raoul waren unsterblich. Und wenn diese beiden auch die zarte Linie auf die andere Seite bereits überschritten hatten, so lag doch vor ihr noch ein Leben, und es kam ganz allein auf sie an, was sie daraus machte.

EPILOG

Ein Jahr nach dem großen Brand kursierten in der Stadt viele Versionen darüber, wie es zu dem Unglück hatte kommen können. Denn obwohl Cora von Anfang an nichts anderes gesagt hatte als die Wahrheit, so wollte ihr die doch niemand glauben. Ein Punkmädchen, das sich wichtig tun will, hieß es. Wie sollte eine Vierzehnjährige einen solchen Anschlag verüben können?

Es gab andere, die den Brand für sich beanspruchten. Nicht nur militante Globalisierungsgegner, sondern auch eine »geheime Zelle« von Neonazis, von denen bislang niemand etwas gehört hatte, schickten Bekenntnisschreiben. Ein paar Wochen lang kursierte auch das Gerücht, Islamisten steckten hinter dem Brandanschlag. Die Ermittlungen verliefen allerdings allesamt im Sande.

Zwei Jahre nach dem Brand wurde die Bank dann doch endlich eröffnet. HP Sternberg hatte den ursprünglichen Entwurf überarbeitet und, wie er sagte, den »Ereignissen angepasst«. So hatte der Bau kaum Ähnlichkeiten mit dem schneckenhausförmigen Turm, den Ellen einst entworfen hatte. Böse Zungen behaupteten, das neue Gebäude sehe aus wie die Hochfrisur, die seine zweite Ehefrau auf ihrem Kopf spazieren trug, doch der Vergleich war – buchstäblich – an den Haaren herbeigezogen. Ungefähr zur selben Zeit verließ Ellen nicht nur den Tannenhof, sondern auch die Stadt. Die einen sagten, sie ginge auf

Weltreise, die anderen behaupteten, sie habe ein Stipendium erhalten, um in den USA zu studieren – und das in ihrem Alter!

Drei Jahre nach dem Brand erhielt der Tannenhof unter der Führung von Agnes Sontheim seinen ersten Michelin-Stern.

Vier Jahre nach dem Brand erschien in einem Amsterdamer Verlag eine Graphic Novel mit dem Titel: »Finnegals Schwur«. Der Autor, Adrian Sontheim, wurde über Nacht zur Legende und sein Buch in viele Sprachen übersetzt. Erst vor kurzem erwarb eine amerikanische Filmproduktion die Verfilmungsrechte.

Fünf Jahre nach dem Brand starb der Tannenwirt, und sechs Jahre nach dem Brand wurde HP Sternbergs zweite Ehe geschieden. Der Architekt überließ Sandra das Würfelhaus und zog auf die Kanaren. Manche sagten, dass er dort reichlich Kundschaft für seine eigenartigen Hauskreationen fände, doch Sandra erklärte jedem, der es hören wollte, dass es mit HP Sternbergs Kreativität aus und vorbei sei, seit er den letzten, hingekritzelten Entwurf seiner ersten Frau umgesetzt habe.

Sieben Jahre nach dem Brand kam Cora zurück in die Stadt, doch keiner erkannte sie wieder. Sie ging zum Friedhof und legte eine Rose auf ein verwuchertes Grab. Sie besuchte den Clown und erfuhr, dass Arnold Degens Atelier frei geworden war. Der Clown behauptete, er sei gemeinsam mit Ellen in die USA gegangen, Paul Sontheim jedoch, der noch immer an seinem Luftschiff bastelte, erzählte eine ganz andere Geschichte. Ein berühmter Galerist sei nach dem Brand auf Arnolds Werke aufmerksam geworden. Seine Stahlskulpturen hätten sich in dem großen Feuer in Form und Oberflächenstruktur verändert und seien in ihrem Wert gestiegen. Sogar das MoMA habe drei seiner Werke angekauft. Der Künstler lebe heute in Berlin und New York.

Cora hörte zu, selbst sprach sie nicht viel. Fast ein Jahr hatte sie in einer Spezialklinik verbracht. Mit fünfzehn nahm sie schließlich ihr Leben selbst in die Hand und zog mit anderen jungen Mädchen in eine betreute Wohngemeinschaft. Schon drei Jahre später machte sie ihr Abitur. Danach hatte sie ihren Rucksack gepackt und war einfach losgefahren. Sie reiste von einem Ort zum anderen, von einem Land zum nächsten, von Kontinent zu Kontinent. Sie stellte sich vor, jemand habe nur für sie eine unsichtbare Linie über die Welt gezogen, auf der sie entlangbalancieren sollte, immer der Nase nach, ein schmaler Grat, der ihr Leben ohnehin längst geworden war. An manchen Orten blieb sie länger, suchte sich Arbeit, schöpfte Atem, um dann wieder aufzubrechen und auf dieser Linie weiter zu balancieren. Sie wunderte sich nicht, als sie diese Linie eines Tages wieder in ihre Heimatstadt führte. Der Kreis hatte sich geschlossen. Nun würde etwas Neues beginnen. Sie hatte gelernt, Geduld zu haben, um herauszufinden, was sich zeigen wollte.

DANKSAGUNG

Diese Geschichte begann in Hawthornden Castle, Schottland, Gestalt anzunehmen – ich danke Mrs. Drue für einen unvergesslichen Aufenthalt als Stipendiatin an diesem ungewöhnlichen und inspirierenden Ort. Der Förderkreis deutscher Schriftsteller in Baden-Württemberg unterstützte die Weiterarbeit mit einem wichtigen Arbeitsstipendium, für das ich mich sehr herzlich bedanken möchte. In der Artist's Enclave I-Park in Connecticut, USA, fand ich im Pond Studio die Ruhe, um die Romanerzählung zu Ende zu schreiben – ich danke Ralph Crispino für die Gastfreundschaft und sein Engagement für Bildende Künstler, Musiker und Schriftsteller.